타인들

박경리
장편소설

다산
책방

차
례

서울흥신소

조간신문의 광고란을 벌써 전부터 골똘히 들여다보고 있던 문희文姬는 마침내 어떤 결심을 한 듯 문갑 위에 놓인 전화의 수화기를 든다. 다이얼을 돌리는 그의 하얀 손이 파르르 떠는 것 같다. 그쪽으로 가는 신호 소리, 문희의 얼굴은 긴장되고 벽을 쳐다보는 눈동자가 얼어붙은 것 같다. 마치 운명의 발소리가 자기를 향해 오는 것처럼. 꽉 밀려오는 공간.

그만두자 했으나 문희 입에서는,

"서울흥신소죠?"

가라앉은 목소리가 흘러나왔다.

"네, 그렇습니다."

녹이 슨 듯한 남자의 목소리가 울려온다. 문희는 그 목소리의 성격을 주의 깊게 음미하는 듯 침묵을 지킨다.

"무슨 용건이십니까?"

자연스럽게 그쪽에서 먼저 용건을 물어온다.

"좀 의뢰할 일이 있어서 그러는데, 댁이 책임자신가요?"

"네, 그렇습니다. 전화로 말씀하시겠습니까?"

"아니, 제가 찾아가죠."

"그럼 시간을 말씀해주십시오."

녹이 슨 듯한 목소리는 많은 사건을 다루어온 듯 군말 없이 간단명료하게 사무적으로 나온다. 문희는 팔을 들어 시계를 보면서,

"지금 열 시군요. 한 시간 반…… 열한 시 반에 거기 가겠습니다. 사무실은 어디쯤 될까요?"

"H호텔 뒤편에 있습니다. 별로 눈에 잘 띄지는 않습니다만, 푸른 바탕에 흰 글로 씌어진 간판이 나붙어 있죠. 곧 찾으실 수 있을 겁니다."

수화기를 놓은 문희는 한쪽 무릎을 세우고 그 위에 턱을 얹는다.

'누군지 알 턱이 있나. 안 가려면 안 갈 수도 있어. 아직은 좀 더 생각해보자. 한 시간 반…… 한 시간 동안은 생각할 수 있어. 한 시간 안으로 결단을 내려야지.'

무릎 위에 턱을 받친 채 문희는 움직이지 않는다. 꾸부려서

둥그스름하게 이루어진 여자의 허리의 선이 외로움과 고통에
차 있는 듯 보인다.

"아주머니."

부르며 식모아이가 방문을 열고 들어온다. 앞치마에 물 묻
은 손을 닦으면서 그는 다시,

"아주머니, 저……."

하는데 문희는 그 자세를 허물지 않고 식모아이에게 나가라
는 시늉으로 손을 흔든다.

"저, 돈암동 댁에서……."

다시 손을 흔드는 바람에 할 말을 못다 하고 식모아이는 방
에서 쫓기듯 나가버린다.

꽤 오랜 시간이 지나갔다. 문희는 팔을 들어 시계를 본다.
열 시 사십 분. 정원수에서 찢어지는 듯 새가 울며 날아간다.
이른 봄의 다사로운 햇빛이 창문 가득히 들치고, 그러고는 아
무 소리도 없는, 깊은 바닷속 같은 고요.

문희는 다시 시계를 본다. 열 시 오십오 분, 오 분이 남아
있다.

"가야지!"

그는 자리에서 일어나 양복장 문을 연다. 옷을 꺼내어 입는
다. 연보랏빛 두루마기에 연분홍빛 레이스의 숄, 숄과 같은
빛깔의 장갑을 천천히 낀다.

문희가 현관으로 나왔을 때,

9

"아주머니, 저 돈암동 댁에서 오시라고, 어제 전화가 왔었어요. 제가 그만 깜박 잊어먹고……."

식모아이는 뒤쫓아 나오며 아까 못 했던 말을 급히 뇌까린다.

"알았어."

식모아이는 문희를 앞질러 현관으로 내려선다.

"무슨 신발 내드릴까요?"

허리를 구부리며 묻는다.

"흰 것."

신발에 발을 담으려다 문희는 잠시 생각에 잠긴다.

"아 아냐, 검정 단화 내놔."

식모아이가 이상하다는 듯 눈을 치켜뜨는데 문희는 급히 방 안으로 되돌아간다. 서둘러 입었던 옷을 말짱 벗어버리고 양복으로 갈아입는다. 수수한 회색 투피스에 검정 외투, 회색 장갑, 수박색 머플러를 아무렇게나 목에 두르며 그는 집에서 나간다.

을지로입구에서 택시를 버린 문희는 H호텔로 이르는 좁은 오피스가街를 종종걸음으로 걸어간다. H호텔 뒷길로 접어든다. H호텔 라운지에서 뒷거리를 내려다보며 커피를 마시고 있던 젊은 신사가 종종걸음으로 걸어오는 문희에게 시선을 모은다. 신사의 눈이 커진다.

문희의 걸음은 푸른 간판이 나붙은 곳에서 멎었다. 이리저리 두리번거리다가 푸른 간판을 눈여겨본다. 젊은 신사는 흥미 있게 문희의 옆모습을 응시하다가 그가 안으로 사라지는 것을 보자 슬며시 의미 모를 미소를 짓는다.

냉기가 설렁하게 도는 시멘트 층계를 밟고 올라가는 문희의 부드럽고 깨끗한 살결에 잔잔한 소름이 일고 있는 것 같다. 그는 나갈 곳 없는 미궁迷宮 안을 방황하는 것처럼 몸을 이리저리 휘청거리며 천천히 층계를 딛는다.

까만 글자가 옆으로 나란히 새겨져 있는 문패 서울흥신소 앞에서 문희는 다시 망설인다.

'어쩔까? 그만 돌아가 버릴까? 마지막 결단, 아직은 여유가 있다.'

그러나 문희는 노크도 없이 도어를 떠민다. 문을 향해 앉아 있던 책상 앞의 남자가 읽고 있던 책갈피에다 손을 얹고 얼굴을 쳐들었다. 주근깨투성이의 얼굴, 말라빠진 젊은 청년이다.

'저 주근깨하고, 젊어. 젊어서 안 되겠다.'

도어를 등지고 서서 날카로운 눈초리로 문희는 청년을 관찰한다.

책을 덮고 청년은 일어서서 정중히 인사한다. 전화에서 듣던 그 녹슨 듯한 목소리는 아니다. 또 책상 위에는 전화도 있지 않았고, 좁은데도 사무실은 허황하게 보였다.

"잠시 전에 전화로 시간 약속을 한 사람입니다."

장갑을 빼어 외투 호주머니 속으로 밀어 넣으면서 문희는 침착하게 말한다.

"아 네, 알겠습니다. 이리로 오실까요?"

앞장서 간 청년은 묵직한 도어를 열어놓고 문희를 돌아본다. 문희가 방 안으로 들어서자 청년은 밖에서 도어를 닫아 준다.

커튼을 내려놓은 어두컴컴한 방, 비밀스러운 분위기가 가득 들어차 있었다. 전화를 받고 있던 중년 남자가 고개를 숙여 보인다. 그리고 난롯가에 놓인 의자를 손으로 가리키며 앉으라는 시늉을 한다.

"네, 네, 그렇죠. 나도 그러는 것이 좋겠다고 생각합니다. 당분간 그대로 내버려두어 봅시다."

문희는 깨끗하게 물을 뿌려놓은 난롯가를 내려다보며 전화가 끝나는 것을 기다린다.

"네, 네…… 알겠습니다."

전화를 끊은 사나이는 그의 데스크 앞에서 떠나 문희 곁으로 왔다.

"좀 늦었습니다."

문희가 사과하듯 말하자 그는 잠자코 문희가 앉아 있는 맞은편 의자에 앉는다. 안경을 쓴 탓인지 실험실에 있는 과학자 같은 인상이다. 깡마른 몸매에 성실해 보이는 얼굴의 잔주름, 그러나 안경 너머 작은 눈은 결코 만만치가 않다.

"용건은?"

하고 사나이는 짤막하게 물었다. 문희는 핸드백 속에서 사진 한 장을 꺼내어 난롯가 탁자 위에 놓는다.

"이분의 행방을 좀 알아야겠어요."

사나이는 사진을 들고 본다. 삼십오륙 세가량 되어 보이는 남자, 사나이는 사진에서 눈을 떼고 문희를 바라보며,

"실종되었습니까?"

"아니에요."

문희의 목소리는 지나치게 똑똑하다.

"그럼?"

"여덟 시에서 열한 시 반까지,"

하다가 말문을 닫는다. 사나이는 다음 말이 나오기까지 기다려준다.

"어디에 가 있는지 그걸 알고자 합니다."

문희 얼굴은 순간 붉게 상기된다.

"그럼 이 사진의 분은 집안사람이군요."

"그거는 묻지 마시고…… 여덟 시 전후해서 그분은 을지로 6가 모퉁이에서 담배를 한 갑 살 거예요. 그리고 그이는 전차를 탑니다. 대개는 무릎 위로 올라간 검정 외투를 입고 있죠. 그리구 모자는 쓰지 않았어요. 키는 큰 편입니다."

사나이는 수첩을 꺼내어 메모를 한다.

"전차를 타고 그분이 어디로 가시는지 그것을 알아야겠어요."

"얼굴은 흰 편인가요?"

"창백하죠. 사진을 잘 보시면 곧 그분을 아실 수 있을 거예요."

문희의 얼굴에는 순간 불안이 엄습해오는 듯 파아랗게 질린다.

"상대방에서 눈치를 채면 절대로 안 됩니다. 이것은 매우 중요한 일이에요. 여기에 와서 부탁하게 된 것도 바로 그 점 때문이니까."

문희는 크게 한숨을 내쉰다.

"알겠습니다. 그런데 부인께 연락을 어떻게 취하면 되겠습니까? 전화번호라도."

"아 아니에요. 제가 전화 걸겠습니다."

문희는 몹시 당황하며 일어서려다,

"저 사례금 같은 것은?"

하고 묻는다.

"네, 착수금으로 삼천 원 내는 게 관례로 되어 있습니다."

사무적인 태도는 그대로 지속되어 조금도 변화 없는 목소리로 사나이는 말했다. 문희는 서투른 솜씨로 돈을 세어 사나이에게 주고 도망치듯 사무실 밖으로 나간다. 올라올 때와는 달리 시멘트 층계를 마구 뛰어 밖으로 나간 문희는 형용할 수 없는 불안에 사로잡히면서 사방을 살핀다. 그리고 그는 급히 걸음을 옮긴다.

그때까지 H호텔 라운지에 앉아 있던 젊은 신사는 검은 외

투를 입고 오피스가를 빠져나가는 문희 뒷모습을 좇고 있다
가 그의 모습이 시야에서 사라지자 의미 모를 미소가 다시 그
의 입가에 번진다.

미도파 쪽으로 나온 문희는 합승을 기다리듯 가로수에 몸을
기댄다. 여러 대의 합승이 오고 그리고 또 떠나갔다. 그러나 문
희는 그 어느 것도 타려 하지 않고, 건너편에서 건너오는 사람
들의 무리에 희미한 눈동자를 던지고 있을 뿐이다. 고민하는
것도 아닌 허탈한 표정.

'일은 어떻게 될까? 어떤 결과가 나타날까? 세 가지 중의 하
나, 아니 아주 예기치 못했던 결과가 나타날지도 모른다. 왜 알
려고 했을까? 그냥 덮어두는 게 좋았을까? 모르고 있었던 것이
좋았을까?'

"미아리 가요! 미아리!"

귀청을 뚫듯 바로 옆에서 소리치는 차장 목소리에 문희 눈
이 빛을 되찾는다. 그는 급히 합승에 오른다. 시간이 일러서
그런지 합승 속에는 빈자리가 많았다. H호텔 라운지에 서 있
던 그 젊은 신사는 문희가 탄 미아리행 합승을 눈여겨보고 담
배를 붙여 물더니 우체국 쪽을 향해 천천히 올라간다.

돈암동에서 내린 문희는 조촐한 주택가를 지나 큰 한옥의
대문을 밀고 들어간다. 마침 신돌 위에 내려서려던 문희 또래
의 좀 싸늘한 인상을 주는 부인이,

"아이, 이제사 오는구먼. 한참 기다리고 있는 참인데."

인상과는 달리 매우 상냥하게 말하며, 그러나 어딘지 문희의 모습을 살피는 눈초리다.

　"어서 들어와요."

　부인은 멍하니 쳐다보는 문희에게 다시 말했다.

　"오빠 계세요?"

　"그럼, 지금 기다리고 계셔요."

　안방으로 문희가 들어서자,

　"오늘은 웬 양장이야?"

하고 문희의 오빠 문영文英이 부드러운 목소리로 말했다. 문희는 외투를 벗고 자리에 앉으며,

　"오늘 안 나가셨어요?"

　"음, 집에서 쉬는 판이다."

　문희를 뒤따라 들어온 그의 올케 현숙玄淑이,

　"전화 걸었더니 막 나갔다 하잖어. 그래 여기 오나 부다 하고 기다렸는데 늦었구먼. 어디 들렀다 오우?"

　문희는 잠시 당황하다가,

　"네, 저, 친구 집에 잠깐 들렀다가……."

　말끝이 흐려진다.

　"양장을 해서 그런지 몰라도 영 안색이 나빠요. 몸도 좀 여윈 것 같고."

　훑어보는 현숙의 눈길에서 숨어버리고 싶은 듯 문희는 눈을 내리깐다. 문영은 손가락을 펴서 이마에 내려온 머리를 걷어

넘기며,

"여자란 살이 찌면 마지막이다. 여윈 것은 좋은 현상이야."

어딘지 관심을 사려는 투가 있다.

"그런데 무슨 일로 전화 거셨던가요?"

문희는 대개 짐작하고 있는 듯 문영을 쳐다본다.

"아니 내가 전화 건 건 아니야. 네 올케가 심심해서 놀러 오라 했다더구먼. 그래 오늘은 집에서 쉴 겸 또 네가 온다기에 만나도 보고. 많지 않은 우리 형제간에 그렇게 거리가 멀어서야 얼굴 안 잊어버리겠나."

하며 헛웃음을 웃는다. 현숙은 잠자코 앉아 있다.

"요새 사업은 잘되나요?"

"남의 얘기처럼, 허 참. 오래비 사업 잘되고 못되는 것도 모르고, 새삼스런 인사냐?"

익살을 피우는데 어딘지 마음이 허공에 떠 있는 듯한 느낌을 준다.

"제가 어떻게 알아요."

"그러니까 넌 하나밖에 없는 오래비한테 관심이 없는 거다."

"오빠 일이 아니라도 전 사업 같은 데엔 관심이 없어요."

"그래 우리가 빌어먹어도 관심이 없겠나?"

"아이참, 누가 그런 뜻으로 말했어요? 지금 오빠는 부자 아니에요?"

"말도 말아라."

17

이때까지 가만히 앉아 있던 현숙이,

"오누이가 만나기만 하면 쌈이라니까. 나 뭐 먹을 것 좀 가져올게요."

하고 일어선다.

"언니, 나 지금 아무것도 먹고 싶지 않아요. 그만두세요."

"그래도 점심은 해야잖어?"

"점심도 싫어요."

"하지만 점심때가 다 돼가는걸. 우선 마실 거나."

식모가 있어 다 하는데도 현숙은 군이 일어서서 밖으로 나간다. 점심 준비보다 자리를 비켜주기 위해 하는 짓 같다.

"그래 넌 온종일 집에서 뭘 하니?"

"뭐 할 일 있나요? 살고 있는 건지 그냥 놓여 있는 건지 잘 모르겠어요."

"네 그 많은 시간을 내가 좀 얻었으면 얼마나 좋을까?"

"그게 얼마나 괴로운지 오빠 아시기나 하고 말씀하세요?"

"하기는 애가 없으니 지루하기도 하겠다. 하지만 피아노에 먼지는 안 쌓였겠지."

"먼지가 쌓였어요. 닫아놓은 채 몇 달이 지났는지 모르겠어요."

"왜?"

"의의가 없어요."

"의의가?"

"저 자신의 재능을 믿을 수 없어요. 그러니까 살고 있는 건지 놓여 있는 건지 모르는 거예요."

"그거 좀 곤란한 얘기다. 그런데 왜 그런 심경의 변화가 왔누?"

"너무 아득해서 제 마음이 음악의 세계에 미치지 못하는 것 같아요. 차라리 음악 애호가가 된 편이 낫지 않았을까 하고 생각하곤 해요. 그러면 좀 즐길 수 있었을 것 같아요. 자기 재능에 대한 불신처럼 무서운 게 어디 있어요."

"하지만 너에게 따로 가정이 있지 않나?"

"가정이라구요? 사막이죠. 그건 차라리 없느니만도 못한 걸 거예요."

문희는 고개를 떨어뜨렸다.

"넌 가끔 그런 말을 한다만 우리가 보기에는 지나치게 네가 욕심이 많은 것 같다. 그만하면 그 사람이야 너에게 잘하는 편 아닌가. 바람을 피우는 것도 아니고 평생 아이 없다고 탓하는 말을 하나, 결혼 생활 십 년에 군말 한마디 없는 남편을 두고 왜 그러니."

문희의 얼굴이 해쓱해진다.

"그이가 애기를 원하는 줄 아세요?"

"그러니까 마침 잘되지 않았어?"

문희는 찌그러진 미소를 띤다.

"그이가 이 세상에서 털끝만 한 애정이라도 바라는 줄 아세요?"

"애정은 주는 거야. 받는 건 아니거든. 바라지 않고 주기만
한다면 여자로서 행복한 것 아니냐."

그렇게 말하기는 했으나 문영은 그 일에 대하여 깊은 관심
을 쏟고 있지 않는 듯 보인다. 어떻게 보면 다른 이야기를 꺼
내기 위한 서곡序曲 같은 느낌마저 들고. 그것을 문희 자신도
잘 알고 있는 듯 서글픈 눈길을 화려한 자개장 쪽으로 돌린
다. 돌리면서도 말하지 않을 수 없는 듯,

"털끝만치도 바라지 않는 사람이 털끝만치라도 남에게 애
정을 베풀 것 같아요?"

눈물이 글썽 돌다가 엉겁결에 웃어버린다. 문영은 눈물은
보지 않고 너의 웃는 얼굴만 보았다는 식으로,

"그게 다 지나친 욕심 때문이야."

하고 애써 화제를 돌리려 한다.

"그런지도 모르죠. 쓸데없는 짜증 때문에 그런지도 모르죠."

문희는 쏟아버린 감정을 치마폭에 거둬 담듯 말했다. 문영
은 안도의 숨을 쉬며,

"맞어, 너에게 권태가 온 거다. 그래서 짜증이 나는 거야. 지
나고 보면 아무것도 아니다."

무성의하게 말하고 나서 그는 다시 손가락을 펴 머리를 걷
어 올린다.

"그런데 너희네 그 땅 말이다."

문영은 비로소 용건을 꺼낸다. 문희는 예기했던 일이라 생각하는지 다음 말을 기다린다.

"그게 그대로 있나?"

"그대로 있어요."

"그게 오만 평이라지?"

"네."

"지금 평당 천 원쯤 가지 않을까? 막 주택이 들어서는 판인데."

문영은 초조한 듯 담배를 붙여 문다.

"그건 모르겠어요."

"넌 뭐든지 모른다구나. 그게 어디 남의 땅이냐?"

"하지만 팔려고 하지 않았으니까요."

"지금 시세로 봐서는 천 원 더 갔음 더 갔지 떨어지지는 않을 거야. 거긴 별로 정지整地할 필요도 없구, 오만 평이면 천 원 잡고도 오천만 원, 구화로 오억 환이다!"

문영의 눈이 번쩍 빛난다. 문희는 잠자코 침묵을 지키고 있다.

"어때? 그거 팔아 우리 회사에 투자해볼 생각 없나?"

"제 마음대로 하나요?"

"글쎄, 네 마음대로 하든 안 하든 네 생각은 어떠냐 말이다."

"전 사업 같은 것 관심 없어요."

"그 큰 자본을 사장해두면 뭘 하누."

"그것만도 우리들한텐 과분한걸요. 내버려둔 땅이 그렇게 될 줄은 정말 몰랐어요."

문희는 아무 흥미도 관심도 없는 듯 내던지는 소리로 말한다.

"이 애가 정말 세상 돌아가는 형편을 모르는군그래. 그럼 네 말대로 과분하다고 치자. 그렇다면 날 위해 융자해다오. 넌 가만히 있어도 저절로 돈이 불어나게 마련이니까."

"하지만 그분은 땅 팔려 안 하실걸요."

"땅을 못 팔겠다면 은행에서 대부라도 받자. 너도 알다시피 우린 뻔히 보고도 자본 부족으로 돈덩어리를 그냥 떠내려 보내고 있지 않느냐 말이다. 땅은 그대로 두고 은행에서 융자를 받으면 너도 벌고 나도 크게 한번 벌어볼 수 있다."

문영은 차츰 흥분하여 재떨이에 담뱃재를 여러 번 떨곤 한다.

"오빤 뭘 그리 욕심을 부리세요."

"그런 말 하는 것 아냐. 욕심이 아니고 일에 대한 정열이야. 남아대장부, 그 정열이 꺼지는 날은 마지막이다."

문영은 싱긋이 웃는다.

"의논은 해보겠어요."

"의논해보겠다는 정도로선 안 돼. 꼭 되도록 네가 노력해라."

겨우 할 이야기는 다 끝났다는 듯이 문영은 쳐들었던 어깨를 내린다. 그때까지 현숙은 방에 들어오지 않았다.

"언닌 여태 뭘 해요?"

문희는 그런 분위기에서 한시바삐 놓여나고 싶은 듯 물었다.

"어 임아! 아주머니 어디 가셨니?"

문영이 밖을 향해 소리치자,

"저, 시장 가셨어요."

하며 바로 마루에서 대답을 하더니 심부름하는 계집애가 커피를 끓여서 방으로 들여온다.

"큰아주머니도 계신데 언니가 뭣 하러 장에 가셨을까?"

"장충동 아주머니 오셨다구요."

계집애가 대꾸한다. 분명히 자리를 뜨기 위해 한 짓임에 틀림없다고 문희는 느끼는지 서글픈 눈을 들어 다시 화려한 자개장에 눈을 보낸다.

'정말 돈밖에 모르는 내외간이야. 하긴 그런 정열이라도 있으니까 서로 뜻이 맞고…… 그래서 사는 보람을 느끼는지도 모르지.'

"따끈할 때 들어라."

문영은 담배를 비벼 끄면서 누이동생에게 커피를 들라고 권한다.

방문객

서울흥신소의 김주원金周元은 안경을 벗어놓고 수수한 회색 외투의 깃을 세우며 사무실에서 나간다. 을지로6가 모퉁이까지 온 그는 팔을 들어 시계를 본다. 일곱 시 이십 분, 지나가는 택시를 잡으려고 서 있는 사람처럼 그는 길가에 머문다. 담배 가게와 얼마간 떨어진 거리에서. 안경을 벗은 탓인지 한결 평범하고 인상은 엷어져서 하급 관리나 대서방을 벌인 서사 같은 느낌을 준다. 물론 지나가는 사람이나 머물고 있는 사람도 그에게 아무런 관심도 기울이지 않는다.

아직 외투를 벗기에는 쌀쌀한 이른 봄, 아니 늦겨울이라 해야 할지, 그런 날씨에다 일자리에서 돌아가는 어수선한 도시의 시간, 어둠은 벌써 사방에 묻어와 있었다. 그는 담배 가게 쪽에 주의를 하며 비어서 가는 택시는 못 본 척하고 서 있다.

거의 여덟 시가 다 되어갈 때 담배 가게에서 새어 나는 빛을 가득히 받은 얼굴 하나가 나타났다. 후리후리하게 큰 키, 아무렇게나 수세미가 된 머리, 사진에서 본 얼굴보다는 훨씬 나이 들어 보인다. 그는 몸을 돌려 이쪽에 등을 보이고 담배 한 갑을 사서 호주머니 속에 밀어 넣는다. 그동안 김주원은 재빨리 전차를 타기 위해 늘어선 줄 가까이까지 간다. 사진의 그 사나이는 천천히 담뱃갑을 뜯어 담배 한 개비를 뽑아 물고 두 손으로 바람을 막으며 라이터를 켜 불을 붙이더니 김주원이 서 있는 곳으로 다가온다. 김주원이 어중간하게 서 있었으므로 그는 김주원 앞에 들어선다. 그가 뿜어내는 담배 연기가 바람을 타고 김주원 볼을 스치며 흩어진다.

'무슨 직업? 하여간 인텔리다. 지금은 무직인지도 모르지.'

전차에 오른다. 김주원은 그와 마주 앉는 것을 피하고 저만큼 떨어진, 그러나 옆모습이라도 볼 수 있는 곳에 앉는다. 전차는 그다지 붐비지 않았고, 빈자리마저 뜨문뜨문 있었다.

사나이는 자리에 앉자 호주머니 속에서 신문을 꺼내어 들었다. 누구를 경계하는 빛은 조금도 없었고 굴곡이 깊은 얼굴에 희미한 전등불이 비쳐 깊은 음영을 지어주고 있었다. 그는 신문에서 조금도 눈을 떼지 않았다. 광고란까지 샅샅이 다 읽고 있는 눈치다.

원효로에서 키 큰 사나이는 내렸다. 김주원은 그림자같이 그를 따라 내린다. 그리고 그의 큰 키에 시선을 떼지 않으며 멀리서 따라간다. 굴다리를 지나고, 즐비한 상점 옆을 지나고, 그동안 그는 한 번도 뒤돌아보지 않았다. 다만 그는 상점 앞에서 귤을 사가지고 호주머니 속에 집어넣었을 뿐이다.

차츰 거리는 한산해지고, 지나가는 사람들도 뜸해졌다. 자동차가 들어갈 수 있는 그다지 넓지 않은 쓸쓸한 길로 들어선다. 가로등이 둥그런 원을 그리며 빛을 드리우고 있다. 키 큰 사나이는 길모퉁이를 돌았다. 거리는 더욱 쓸쓸해졌다. 김주원은 모퉁이에서 나가지 않고 가만히 얼굴만 내민다. 키 큰 사나이가 다시 길모퉁이를 돌아가는 것을 보고 그는 급히 보이지 않는 그를 쫓는다. 두 번째 길모퉁이에서 김주원이 얼굴을 내밀었을 때 키 큰 사나이는 어떤 양옥 앞에 서서 벨을 누르고 있었다. 김주원은 얼굴만 내밀고 그의 동정을 살핀다. 누가 나오는지 문이 열리고 그는 안으로 사라졌다. 김주원은 울타리를 따라 그가 사라진 문 앞에 가서 안의 기척에 귀를 기울인다. 상당히 넓은 뜰, 정원수가 잎도 없는 가지를 울타리 밖에까지 뻗쳐놓고, 아무 소리도 없다. 아주 아슴푸레하게 들려오는 발소리, 이어서 현관문이 닫히는 소리가 들려온다. 사람의 목소리는 한마디도 나지 않았다. 김주원은 수첩을 꺼내어 주소를 적고, 그다음에는 문패의 이름을 본다. 김순녀金順女, 이름도 적어두고 그는 발길을 돌린다.

'바람을 피는 모양이군. 하지만 사람을 보아서는…… 아무것에도 관심이 없는 듯한 얼굴을 하고 있었는데, 아까 찾아온 여자는 부인? 아닌 것 같기도 하고, 그 여자는 지나치게 경계를 하고 있었다.'

다음 날 문희는 어제와 마찬가지로 혼자 방에 쭈그리고 앉아 있었다. 흐린 하늘에서 비도 아니고 눈도 아닌 어중간한 것이 겨울과 봄의 중간 지대에 내리고 있다. 겨울도 아니고 봄도 아닌, 비도 아니고 눈도 아닌, 그래서 황량한, 맑음을 잃은 계절을 문희는 창에서 바라보고 있는 것이다. 그것은 어쩌면 문희 자신의 모습 같기도 하고 마음 같기도 하고 그와 관련된 모든 일과 사람 같기도 했다.

'오려면 비가 오시든지, 아니면 눈이 오시는지…….'

문희는 어린애처럼 혼자 중얼거린다.

'어제 오빠보고 난 피아노 위에 먼지가 쌓였다고 했었지. 피아노 위에만 먼지가 쌓였을까? 내 몸뚱이에도, 내 영혼에도 무수한 먼지가 쌓여, 쌓이고 또 쌓여서, 난 어떻게 하지? 누가 그러더라? 절망했을 때보다 막연해졌을 때 자살하고 싶은 충동을 더 많이 느낀다고. 나는 지금 막연하다. 뭣을 붙잡지 않는다면, 그것이 절망적인 일이라도, 아주 비극적인 일이라도…….'

그러나 문희는 그런 독백에 따라 마음도 그곳에 아주 빠져 있는 것같이 보이지는 않았다. 그는 별안간 수화기를 들었다. 그의 생각은 더 많이 전화에 쏠려 있었던 것이다.

"서울흥신소죠?"

"네, 그렇습니다."

녹이 슨 듯한 목소리가 대꾸한다.

"어제 찾아갔던 사람입니다."

"아 네, 그러지 않아도 기다리고 있었습니다."

"무엇을 보셨죠?"

문희의 말은 몹시 비약한다.

"집만 확인하고 왔습니다."

"어떤 집이던가요?"

"아주 큰 저택이더군요."

"집 안에는 물론 들어가 보시지 못했죠?"

뻔한 말을 묻는다.

"본인 모르게 뒤따르는 데도 상당히 힘이 들었습니다. 밤이고 해서 집 안에 들어갈 수야 없었죠. 집은 사오십 평 되겠

고 대지는 적어도 이백 평가량은 돼 보이는, 좀 구식 주택이더
군요."

"누가 문을 열어주던가요?"

"그건 멀어서 확인할 수 없었습니다. 그러나 문패에는 김순
녀라 씌어 있더군요."

"김순녀, 김순녀? 그럼 집 내부에 관해서는 알 도리가 없겠
군요."

문희의 목소리는 아주 약하다.

"그렇지는 않죠. 집 내부를 알아보는 것은 낮에 할 일이 아
니겠습니까?"

"그럼 내일 다시 전화 걸겠어요."

문희는 전화를 딸깍 끊어버린다.

"순아."

식모아이를 부르다 말고,

"김순녀, 김순녀?"

하고 뇐다.

"김순녀, 누구일까?"

"아주머니, 부르셨어요?"

식모아이가 방문을 열고 얼굴을 디민다.

"음?"

"지금 부르신 것 같아서요."

"음, 세탁소에서 아저씨 양복 찾아다 놨니?"

28

"아직 안 갔어요. 그릇 닦느라고 그만 깜박 잊어버렸어요."

"가서 찾아와."

"네."

하고 식모아이는 나간다.

"허공을 잡는 것 같다. 김순녀, 누굴까? 큰 저택? 김순녀, 누구일까? 사랑하는 여자?"

하다가 문희는 얼굴을 구기며 웃는다. 질투나 격한 감정을 찾을 수 없는, 눈동자에 희미한 그림자 같은 것만 지나간다. 전화벨이 울린다.

"여보세요."

수화기를 들고 낮은 소리로 말한다.

"문희냐?"

"네, 오빠세요?"

"어때? 어제 그 얘기 해봤나?"

"아직 못 했어요."

"왜 그리 무성의하냐?"

문영은 화를 낸다.

"늦게 들어왔어요."

"아무리 늦게 들어왔다고 그래 얘기할 시간도 없었단 말이냐? 너 자신이 이번 일을 탐탁하게 생각지 않는 것 아니냐?"

"사실 전 흥미가 없어요. 그보다 골치 아픈 일이 많구요."

"밤낮 골치 아픈 일, 일 하면서도 넌 한 번도 속을 털어놓는 일이 없더라. 중국 놈처럼 넌 비밀주의니까. 골치 아프면 이 오래비한테 털어놓고 의논 못 할 일이 어디 있어, 형제 좋다는 게 다 그런 것 아니냐?"

어세를 누그러뜨리며 위로 비슷하게 말한다.

"다 자기 자신들을 위해 열심히 살고 있는데 남의 얘기하면 뭣 해요."

"남? 그래 넌 나를 남이라 생각하고 있었구나."

"오빠가 어떻게 제 마음속에 들앉을 수 있어요? 그러니까 결국 남 아니에요?"

문희는 방바닥에 손가락으로 김순녀를 자꾸 그린다.

"쓸데없는 소리 하지 말아. 넌 만 가지를 다 파고들어 가서 그리고 뚜껑을 닫아버리려고 하더라. 아무것도 아닌 걸 가지고 사서 고민하고, 좀 단순허게 되어보란 말이다."

"아무것도 아닌 그게 문제죠."

문희는 전화의 대화에 조금도 마음을 주고 있는 것 같지 않다.

"잔말 말고, 참 내가 그 땅 시세를 알아봤지."

"……."

"평당 이천 원은 될 거란 말이 있어. 그럼 얼만지 아나? 오만 평이면 일억 원, 구화로 십 억이란 말이야. 이런 풍부한 재원을 두고, 매일매일 내 눈앞에서 그냥 황금덩어리가 흘러가버린단 말이야."

'오빠는 지금 손짓발짓하고, 흥분했을 거야. 정말로 눈앞에 황금덩어리가 흘러가기라도 하듯. 그칠 줄 모르는 탐욕, 그것이 남자가 지니는 힘의 상징인지도 몰라. 그런데 언니는 또 어떻고? 그 냉담한 성격에 남편의 사업을 돕는 일이라면 온갖 애교를 다 부릴 수 있는 여자지. 모두 다 살아 있다. 거짓이라도 좋아. 나에게도 누군가가 정열을 좀 준다면 이렇게 무의미하게 먼지에 쌓여 앉아 있지는 않을 거야. 미움이라도 좋고 노여움이라도 좋다.'

　문영의 말은 귓가로 흘려버리며 문희는 자기 생각에 잠긴다.

　"문희야!"

　"네?"

　"난 또 전화가 끊어졌다고. 내 말 듣고 있나?"

　"네, 듣고 있어요."

　"오늘 밤에는 꼭 이야기해봐라. 아 참, 너 경옥이 온 것 아니나?"

　"신문에서 봤어요."

　"어제저녁에 경옥일 만났지, 모임이 있어서 반도호텔에 나갔다. 네 이야기를 자꾸 묻더구나."

　"승리자의 자기만족에서 그러는 거죠."

　"그렇게 오해하면 쓰나. 곧 귀국연주회를 갖는다고 하면서 너에게도 초대권 보낼 테니 꼭 오라고."

　"오빠보고 그럼 뭘 해요?"

"아마 일간에 널 한번 찾아갈 모양이더라. 지금은 바빠 눈이 빙빙 돌아간다고 즐거운 비명을 지르더군."

"그런 걱정은 마시고 오빠나 조심하세요. 언니가 알면 조용한 집안에 풍파 일어요."

"지나간 일인데. 아무튼 어제 말한 거나 잊지 말고 오늘 밤에는 꼭 상의해보도록."

"네."

"그럼 또 전화 걸지."

긴 통화는 끝났다.

"싱겁기는."

한마디 내뱉는다. 그리고 일어서면서,

"어디로 갈까? 누굴 찾아갈까?"

창밖의 눈도 아니고 비도 아닌 것은 어느덧 멎고, 그러나 여전히 잿빛 하늘은 무겁게 땅을 누르려 하고 있다. 햇빛을 잃은 상록수는 더욱더 거무죽죽하게 때 묻은 옷을 걸친 듯, 그에게는 아직도 봄이 먼 것같이 느껴진다.

'나뭇가지가 흔들리고 가지에 쌓인 눈이 안개같이 날아내릴 때, 이 창문도 흐려져서…… 그래서 나는 울었는데, 그이 가슴에 얼굴을 묻고 울었는데. 차갑고 딱딱한 벽이었어, 아무리 흔들어도 차가운 벽이었어. 내 머리를 쓸어주던 그 손은 어쩌면 그렇게 메말라 있었을까? 그런데 지금은…… 내가 그이를 닮아가는 것일까?'

문희는 도로 자리에 주저앉으며 라디오를 켠다. 슈베르트의 「미완성 교향악」이 중간쯤 흘러나오고 있다. 문희는 음악 속에 묻혀 버릇처럼 무릎 위에 턱을 묻는다.

"아주머니! 아주머니!"

밖에서 식모아이가 숨이 넘어가는 소리를 지르며 쫓아 들어온다. 문희는 라디오를 끄고 창문에서 내다본다. 그러나 계집아이는,

"아주머니!"

하고 부르며 현관으로 쫓아 들어간다. 그의 뒤를 젊은 남자가 빙긋이 웃으며 따라간다. 방 앞에까지 온 식모아이는,

"아주머니! 저, 아저씨 오세요."

하더니 방문을 열고 웃는 얼굴을 디민다.

"아저씨라니 어느 아저씨 말이냐?"

문희는 알면서도 시치미를 떼고 묻는다.

"작은아저씨 말예요."

"음 그래? 들어오시라 하지."

계집애는 돌아보며,

"들어오시래요."

깨끗한 미소를 머금고 남자는 들어왔다.

"안녕하셨어요?"

인사를 하면서 그는 약간 장난스러운 눈길을 문희에게 보낸다.

"앉으세요. 웬일이시죠?"

"못 올 곳에 왔습니까?"

일부러 성난 척한다. 차갑게 가라앉은 문희 얼굴에도 미소가 피어난다.

"하도 오래간만이니까 그렇지 않아요? 순이가 다 기겁을 하는 판이니까."

"그 애는 원래 나를 좋아하니까요."

하는데 순이 또 와서,

"아주머니, 뭐 해 와요?"

미리 와서 묻는다.

"커피 하시겠어요?"

문희 말에,

"뭐 딴것 또 있습니까? 참, 머루술은 어떻게 됐어요?"

"작년 얘기 아니에요."

"그렇게 됐습니까? 참, 작년 이맘때 와서 머루술 얻어먹었죠. 할 수 없군요. 커피나 하죠."

천천히 담배를 꺼내어 붙여 문다. 문희는 그 앞에 재떨이를 밀어 내주면서,

"요새는 그 친구하고 어떻게 지내세요?"

"미혜 말입니까?"

"미혜라 했던가?"

"잘 있어요."

하는데 미간이 잔뜩 찌푸려진다.

"왜 뭐가 잘못되기라도 했어요? 나는 도련님이 그분하고 결혼하시는 줄 알고 있었는데."

"엿장수 마음대로요?"

말할 수 없이 순하게 보이던 그의 눈에 날카로운 빛이 지나간다.

"언제까지 그러고 계시면 안 돼요. 서른이 넘어가는데, 나도 책임 완수 못 한 것 같아서 어른들께 꾸중 듣는 기분이에요."

"지하에 계시는 우리 아버지 말씀입니까? 무책임하게 낳아 주시고 외면하고 싶은 자식인데 무슨 그런 걱정까지 하시겠습니까?"

스스로 비웃듯 담배 연기를 내뿜는다. 문희는 그 말 대꾸는 하지 않고,

"결혼을 하셔야 해요. 그 미혜라는 소녀 귀엽지 않아요?"

"그래 형수씨께서는 결혼 생활을 행복하다고 생각하십니까?"

"그 그건, 내 자신의 일이지 도련님하곤 아무 상관 없어요."

문희는 불쾌한 듯이 말을 끝내고는 입술을 다물어버린다.

"마찬가집니다. 결혼도 저 자신의 일이지 형수씨하곤 아무 상관 없어요."

"역습이군요."

하는 수 없어 문희가 웃어버리자 그도 따라서 웃는다. 웃는

데 마치 소년과 같은 장난기 섞인 웃음이다. 옷차림과 모든 것이 세련되고 용모도 단정한데, 다만 어딘지 어리게만 느껴지는 웃는 얼굴이 특징인 동시, 때론 몹시 외롭고 슬프기조차 한 느낌을 주는 것은 무슨 탓일까?

"형님은 요즘에도 쭉 학교에 나가세요?"

"나가요."

"참 이상한 성미도 다 있어. 방학 아닙니까, 아직."

"방학은 끝났어요, 그저께. 하지만 방학 동안에도 줄곧 나간걸요."

"나가서 대체 뭘 합니까?"

소년같이 무심해 보이던 얼굴에 아주 복잡한 선이 엇갈린다.

"뭘 하긴요? 일하죠."

"일? 평생 개인전 한번 가져보지 못한 화가가 말입니까?"

"그런 것 간섭하는 것 아니에요."

문희는 그 정도로 남편에 관한 이야기는 끝맺고 싶은 듯,

"시골 농장은 어떻게 됐죠?"

하고 화제를 돌려버린다.

"겨울 아닙니까?"

"적자 나지 않아요?"

"적자도 흑자도 없어요. 저희 마음대로 내버려두니까요."

"그것에도 정열을 잃으셨군요."

"그것뿐입니까? 다 그렇죠. 의욕 상실입니다. 한 가지만 빼

놓고."

"그 한 가지는 뭘까?"

한 가지라도 갖고 있는 사람에게 문희는 선망의 눈길을 보내며 혼잣말같이 뇐다.

"이루어질 가망이 거의 없는 일입니다."

"그럼 소용없지 않아요?"

"하지만 그게 현재의 나를 떠받치고 있는 유일한 힘인걸요."

"그럼 좋겠군요."

"다시 뭐냐고 묻지 않으세요? 그게 뭐냐구?"

그는 눈을 가늘게 뜨고 문희를 쳐다본다.

"물어도 대답 안 하실 걸 뭐 하려고 물어요?"

"대답하면 어쩌시겠어요?"

"그럼 말씀해보세요. 막 사람을 떠미는 것 같네요."

문희가 웃으니까,

"이야기 안 할랍니다. 알고 싶지도 않으면서."

하고 토라진 아이같이 문희를 외면한다.

"아이구 참, 언제 철이 들어요? 화내시지 말고 커피나 드세요."

문희는 마침 순이가 가지고 들어오는 찻잔을 그 앞에 밀어놓는다

"아주머니, 점심은 어떻게 해요?"

순이가 묻는다.

"네가 알아서 준비해라. 아직 시간은 멀었으니까 천천히."

문희는 스푼으로 커피를 저으면서,

"모두 형제가 욕심이 없어서, 남들은 다 안 그러던데, 참 아무렇게나 살고 있는 것 같아요."

"아니, 형수씨는 안 그렇습니까? 안 그렇다 그 말씀입니까?"

"나도 이 집에 와서 물이 들어버렸죠. 늙은이 말씀대로 조상님의 그 산소가 잘못된 거나 아닐는지……."

문희는 커피 잔도 힘에 겨운 듯 무겁게 들어 한 모금 마신다.

"큰 오해를 하고 계십니다."

별안간 그의 목소리가 크게 터져 나왔다.

"뭘?"

문희는 어리둥절해서 상대편을 본다. 격한 듯한 목소리와는 반대로 그는 웃고 있었다.

"형수씨는 오핼 하고 계시단 말입니다. 제가 욕심 없는 놀량패로 보입니까? 천만에요. 얼마나 큰 욕심, 야망 뒤에 절벽이 기다리고 있어도 나는 한번은 그것을 해치울, 해치울 것입니다. 틀림없이 한번은."

"궁금하군요."

"조금도 궁금하지 않으면서, 궁금한 일은 따로 있지 않습니까?"

"……?"

"서울흥신소에는 뭐 하러 가셨죠?"

조용히 물었다. 문희의 얼굴이 해쓱해진다.

"형님 땜에 그러셨어요?"

"……."

"H호텔 스카이라운지에서 형수씰 봤죠. 똑똑히 보았습니다."

"……."

"오래간만에 양장을 하시고."

"그 일 땜에 오늘 오신 거예요?"

문희의 목소리는 까칠했다.

"아, 아닙니다. 온 김에 이야기가 나왔죠."

"날 협박하는 건 아니겠죠?"

그의 얼굴에 곤급困急의 빛이 역력히 드러난다.

"남이 가장 아파하는 곳을 지적하는 건 좋은 사람 하는 짓이 아니에요. 모르고 무심히 했다면 몰라도. 무슨 계산이 있다면 그건 오산이 되고 말 거예요."

얼굴은 창백했으나 문희의 목소리는 또렷하다.

"또 한 번 오해하시는군요. 그 집은 빈집이란 말씀을 드리고 싶었을 뿐입니다."

"빈집?"

문희는 몸을 앞으로 기울이며 되묻는다.

애인

　길을 지나가는 여자들의 얼굴이 번져나듯, 아슴푸레하게 보이는 저녁 안개 속을 검은빛 바바리코트의 깃을 바싹 세우고 뚜벅뚜벅 걸어가던 하영河永은 손가락 사이에 끼고 있던 담배를 버린다. 포도 위에 잠시 불꽃이 튀다가 이내 사그라지고, 가로등 밑의 그림자는 뒤로 처진다. 아직은 쌀쌀한 바람이 볼을 스치고 지난다. 똑바로 보고 뚜벅뚜벅 걷고 있던 하영은 잊어버렸던 일을 생각했음인지 지나쳐버린 길을 되돌아서, 상점 모퉁이를 꺾고 재즈가 요란스러운 다방 문을 밀고 들어간다.

　담배 연기가 자욱한 곳에 코발트빛 플란넬 코트에 머리를 등까지 늘어뜨린 여자가 손을 쳐들어 보이며 하영에게 자기 있는 좌석을 알려준다. 그러나 하영이 그의 옆으로 다가갔을 때 여자는 영시집英詩集을 들고 열심히 읽는 시늉을 하며 얼굴을 들지 않았다. 무표정했던 하영의 입가에 경멸의 웃음이 번진다. 그는 슬그머니 맞은편 좌석에 앉는데 경멸의 웃음은 사라지고, 다시 본시대로 아무런 빛도 찾아볼 수 없는 눈이 여자의 긴 머리칼에 가서 머문다. 레지가 그들 옆을 지나간다. 하영은 여자 앞에 놓인 빈 커피 잔을 힐끗 쳐다보고,

　"커피 하나."

하고 레지에게 차를 주문한다.

어두운 구석, 젊은 연인들은 다정하게 머리를 맞대고 앉아서 무슨 이야기를 주고받고 있는가. 모두 젊은 세대, 하영은 레지가 날라 온 커피를 마시며 여전히 여자의 긴 머리를 바라본다. 여자는 책을 덮고 얼굴을 들었다.

"뭘 보고 계세요?"

둥글고 큰 눈을 굴리며 묻는다. 웃고 싶은데 웃음을 참는 듯.

"머리."

짤막하게 뇌까리며 빛이 없는 하영의 눈이 여자의 굴리는 눈으로 옮겨진다.

"왜요? 뭐가 붙었어요?"

머리를 걷어 올리며 다시 묻는다.

"길어서."

"새삼스럽게, 시시하네요. 뭐 따로 멋진 얘기는 없어요?"

"나중에 침실에 가서 영시집 속의 사랑 노래를 읽어주지."

여자는 두 어깨를 추슬렀다가 내리며 킥 하고 웃는다.

"오늘의 일과는?"

웃음을 거두며 여자는 묻는다.

"동그래미."

"취직의 건은?"

"그것도 동그래미."

"안 간 것 아니에요?"

"음."

"왜요?"

"농장이 있어서 그런가 봐."

"피신할 곳이 있으니 아니꼬운 취직 안 하겠다 그 말이에
요?"

"제법 빠르군. 전적으로 그런 건 아니겠지만."

"흥…… 농장 그만 팔아버리세요."

"그건 안 될 의논이군."

"농장이 없다고 생각하면 눈 딱 감고 어디든 낙찰이 될 거
아니에요."

"좋은 생각이야. 하지만 그 농장은 줄 사람이 있으니까."

하영의 말은 어디까지나 건성으로 하는 것처럼 들렸다.

"농장을 받을 사람은 누굴까? 강미혜한테 주시는 거예요?"

"미안하게 됐군."

하영은 가볍게 물리치고 커피 잔을 든다.

"눈물이 나네요."

하영은 들은 척도 않고 있다가,

"미혜."

하고 부른다.

"말씀해보세요."

"음, 좀 더 연구해보고……."

"마음 내키는 대로, 봄바람 부는 대로, 이 세상에 영 씨같이
편한 백성이 어디 있어요?"

핀잔을 주었으나 미혜는 과히 마음 상해하지도 않는다.

"우리 농장에 한번 내려가 보겠어?"

"난 또 무슨 말인가 했지. 연구할 필요도 없이 싫어요."

"쩨쩨하게 복수야?"

"아아니, 천만에요. 나는 서울이 좋은걸요. 수돗물도 없구, 음악도 없구, 따분하게 어떻게 살아요?"

"누가 가서 살자 했어?"

"며칠이라도 사는 건 역시 사는 것 아니에요? 나는 불편한 것만은 딱 질색이에요."

"그 긴 머리는 불편하지 않을까?"

"멋이야 참을 수도 있죠."

"그게 멋인가? 물귀신 같다."

"여자의 상징이에요."

"물귀신이?"

"요물이?"

하영은 껄껄 웃어젖힌다.

"엄청난 오해야. 미혜는 좀 덜된 계집아이지."

이번에는 미혜가 깔깔거리며 웃는다.

"오해는 그쪽의 것이에요. 내 것 아니죠."

하고 어쩌면 좀 틀려버린 사람같이 웃어젖힌다.

"어째서?"

"적어도 영 씨께서는 내가 요물 아니었더라면 상대를 하지 않았을 거란 그 말이에요."

"거 재미있는 논법이군. 심심하다는 것을 알면, 그런 자부는 안 할 텐데?"

"그야 알죠. 최소한 심심풀이 대상으로도 말예요."

"미혜의 그 각오가 좋아서 만난다는 것쯤, 그것도 알고 있어야지."

"물론입니다. 무척 리얼한 이야기긴 하지만."

"그리고 한 가지 다방에서 영시집 따위 꺼내놓고 읽는 건 구역질 난다는 것도."

"월권이군요. 영 씨의 취미에만 전적으로 응하게 돼 있나요? 이 긴 머리만 하더라도, 안 그래요? 영 씨가 심심하면 나도 역시 심심할 것 아니에요? 안 그렇다고 할 만치 독선적은 아니라고 믿고 있어요."

미혜는 연설조로 한바탕 뇌까린다.

"하긴 그래."

하영은 싱긋이 웃는다.

"그럼 오늘 밤엔 어디 가죠?"

"우선 저녁 먹고……."

"영화 안 보러 가시겠어요?"

"ABC 같은 얘기는 그만두자. 가보고 싶거든 미혜 혼자 가."

그들은 서로 마음에도 없는 허황한 소리들을 지껄이며 거리로 나온다. 한동안은 입을 다물고 또각또각 구두 소리만 내고

걷다가,

"서로 경멸하면서, 그러면서 만난다는 것은 참 우스운 이야
기야."

하고 미혜는 혼잣말처럼 중얼거린다.

"심각해지는 것 피하자고 서로 약속하지 않았던가?"

하영은 한눈을 팔면서 대꾸한다. 미혜는 더 이상 아무 소리
도 하지 않았다.

"춥지?"

한참 만에 하영은 미혜의 마음을 어루만지듯 말을 걸어
왔다.

"조금, 으시시하네요."

"안아줄까?"

"용기 없을걸요."

하는데 하영의 발길이 머문다. 그리고 양식점 K장으로 막 들
어가는 여자의 뒷모습을 물끄러미 바라본다. 거리의 소음도
사람들의 무리도 잠시 잊어버린 듯.

"뭐예요?"

미혜가 묻는데 하영은 말이 없다.

"왜 그래요?"

"여자!"

"여자?"

민첩하게 움직이는 미혜의 눈이 하영의 눈 간 곳으로 옮겨

진다. 그러나 이미 여자의 뒷모습은 K장 안으로 사라지고 보이지 않았다.

"아는 여자예요?"

미혜의 목소리는 팽팽하니 뻗는 것 같다.

'저렇게 넋을 잃고? 저런 얼굴을 본 일이 없어.'

미혜는 하영을 가만히 올려다본 채,

"누구예요?"

다잡아 묻는다.

"모르는 여자."

"그럼 왜 그러죠?"

"어깨의 선이 하도 고와서…… 틀림없이 미인일 거라 생각하며 쳐다보았지. 그런데 돌아보지 않는군."

억양 없는 목소리가 나직이, 그래서 더욱 그의 감정이 절실한 것을 미혜는 깨닫는다.

"그럼 우리도 K장에 들어가서 저녁 먹어요."

하고 하영의 팔을 미혜가 잡았을 때 하영은 거칠게 그 손을 뿌리친다.

"어머! 뭐가 나빠요? 미인인지 아닌지 구경할 수 있잖아요?"

"밥맛 떨어진다!"

한마디 뇌까리더니 하영은 미혜가 따라오거나 말거나 아랑곳없이 혼자 성큼성큼 걸어가 버린다.

"기분 나빠! 그냥 갈까부다."

혼자 앙탈을 부렸으나 하는 수 없었던지 미혜는, 여자가 사라진 K장 창문을 힐끔힐끔 쳐다보며 하영의 뒤를 쫓는다.

황혼은 다 지나가고 짙은 어둠, 그래서 쇼윈도에서 새어 나오는 불빛은 한결 찬란하다. 그러나 하늘은, 지상의 빛들이 반사되어 그런지 희미하고 가물거리는 별빛이 힘에 겨워 보인다. 그 하늘을 향해 늘씬하게 키가 큰 하영은 얼굴을 치켜들고 걸어간다. 어쩐지 슬픈 뒷모습, 실의에 가득 찬 듯한 걸음걸이―.

미혜는 곧장 걸어가는 하영의 뒤로 다가간다.

"어딜 가는 거예요? 자꾸 가면 골목이에요. 막다른 골목이란 말예요."

아까 뿌리쳤던 그 무정한 팔을 다시 잡는다.

"걷어차 버리고 가지."

"개구쟁이 시절도 아니구 뭐예요? 장난감으로 집이 된 줄 아세요? 공연히 슬퍼하지 마시고, 되돌아가시는 게 어때요?"

"슬픔은 그리 흔한 것도 아니야. 더욱이 미혜가 그런 말 하면 빛을 잃어."

"미안합니다."

하영은 걸음을 멈추었다. 그리고 미혜를 돌아본다. 골목길 대폿집의 좁은 창문에서 술친구들이 떠들어대는 목소리가 들려온다.

"우리 오늘 밤 먼 곳으로 한번 가볼까?"

눈을 내리깔았는데 눈시울의 그늘이 져서 그런지 하영의 눈은 크고 깊어 보였다.

"먼 곳이라뇨? 달나라로 가시겠다는 거예요."

이죽거리는데,

"워커힐, 아니면 어디 정릉 방면이라도 좋고."

"워커힐은 싫어요. 너무 멀어."

"어차피 자고 올 텐데 뭐."

"허지만 나 단화 신고 온걸요."

"단화 신고 들어오는 여자는 사절하는가?"

"알면서."

"몰라."

"코쟁이들 키가 얼마나 크다구."

하영의 얼굴이 염오에 찌그러진다.

"하긴 직업 방해가 되겠군."

"무슨 직업?"

미혜의 발끈한 목소리가 날아온다.

"뭐 그런 직업 있잖아? 미혜는 그쪽 사람들을 많이 알고 있지."

"길가에서 뺨 맞기 싫거든 사과하세요!"

덤벼들 기세로 악을 쓴다. 노한 얼굴은 한층 작아 보이고 앞머리에 가려진 두 눈이 햇빛 받은 강물처럼 번득인다.

"그럼 키 큰 코쟁이하고 키 작은 미혜가 무슨 상관이지?"

약간은 미안한 생각이 들었던지 하영은 궁색한 변명 비슷, 그러나 여전히 따지는 투로 말했다.

"그쯤 되면 그건 농담이 아니구 악담이야. 지독한 악취미, 바로 살인적이란 말이야. 미스터 하하고 이리 노닥거리고 다니지만 내 정신까지 그리 타락되진 않았단 말이에요."

미혜는 한탄하듯 중얼거린다.

"정신이 뭐 말라비틀어진 거야? 남자에게나 여자에게나 더러운 욕정은 다 있지, 그리고 매춘적인 요소도 말이야."

하영의 말에 다시 대꾸하지 않고 이번에는 미혜가 하영을 내버려두고 오던 길을 되돌아간다. 그리고 그의 뒤를 하영이 어슬렁어슬렁 따라간다. 풀이 죽어서, 어딘지 무안 탄 아이 같은 표정을 하고. 행길에 나온 하영은 지나가는 택시 하나를 잡는다.

"미혜, 타라!"

뒤에서 미혜의 어깨를 잡으며 명령한다. 미혜가 힐끗 돌아보자,

"정릉 가자!"

이번에는 달래듯 말하며 싱긋이 웃는다. 미혜는 눈을 흘긴다. 그러나 아무 군소리 하지 않고 택시에 오르더니 거친 손짓으로 긴 머리칼을 뒤로 젖힌다.

"저주를 받을 인간!"

나직이 뇌었다. 뒤따라 차에 오른 하영은 들은 척하지 않고

담배를 붙여 물며 시트에 몸을 기댄다.

택시가 안국동으로 돌아 나왔을 때 하영은 미혜의 작은 손을 슬그머니 잡는다.

"만나기만 하면 싸움이거든."

은근히 아까 한 말을 사과하는 투로 하영은 말했다.

"……."

"서로가 만나기만 하면 지나치게 상처를 주는 것 같다. 짧은 이 세상에 그럴 것 없지."

"……."

"안 만나면 되는데 자꾸 만나게 된단 말이야."

"피차 심심하니까."

미혜는 하영의 손을 밀어내고 핸드백 속에서 콤팩트를 꺼내어 콧등을 두들긴다.

"서로가 다 불순하죠."

여전히 콧등을 퍼프로 두들기면서 미혜는 말을 덧붙인다.

"마음속에는 서로가 다 다른 곳에 고향을 두고 있으면서 말예요. 잠시 쉬었다 간다고 생각하면 군말할 것도 없고 그까짓 서푼어치도 안 되는 군말 들어도 상처받을 것도 없을 텐데…… 역시 심심해서 갖가지 제스처를 부려보는 거예요."

"옳은 말씀이야. 마음의 고향이 어디메 있는지 나는 원래 영시英詩하고는 인연이 먼 사람이어서 잘 모르긴 해도……."

"겉멋이라는 걸 모르세요?"

"그 코발트빛 코트 말인가?"

"그것도 과히 배척할 건 못 됩니다. 모두가 다 겉멋에 사는 바에야 혼자 고고할 필요도 없지 않아요? 하긴 영 씨를 고고한 선비라고 생각한 일은 한 번도 없지만. 요 땅의 시가時價가 어떻게 변동하는지, 늘 신경을 곤두세우고 있다는 것을 알고 있으니까 말예요."

미혜는 거칠게 콤팩트의 뚜껑을 닫는다.

"이론 정연하고 청산유수와 같은 언변이군."

"물론입니다. 아프레의 첫째 자격은 언변이니까요. 이제는 소녀의 티를 좀 벗어버려 섭섭하기도 하고, 군더더기가 더 붙은 것 같아 슬프기도 하지만."

"아무래도 정릉까지의 거리 가지고는 안 되겠는걸? 뭣하면 차를 돌릴까? 인천 방면으로."

하고 하영은 놀려댄다.

"걱정 마세요. 정릉에도 아마 호텔은 있을 거구, 밤새도록 지껄여드릴게요."

앞 좌석의 핸들을 잡고 있던 운전수가 싱긋 웃는다.

시가를 빠져나온다. 우거진 숲속으로 자동차는 지나가고 있었다. 그리고 개울이 숲 사이로 흐르고 있었다. 아직 초저녁이건만 하얗게 뻗어 난 아스팔트, 불이 비친 아스팔트 길을 지나가는 사람의 그림자 하나 없다. 어디서 부엉이라도 울어댈 것 같은 조용한 거리, 서울 시내에 이런 곳이 있었던가 싶을 만큼 한적하고 공기가 맑은 유원지다.

B장 앞에서 내린 그들은 아까 말다툼 같은 것 언제 했느냐는 듯 매우 다정한 연인들처럼 팔을 끼고 B장 뜰을 지나간다.

"우선 식당에 가서 저녁을 먹고."

하영의 목소리는 모든 시름을 풀어버린 듯 들렸다. 그들은 삐걱삐걱 소리가 나는 나무 층계를 밟고 이 층에 있는 식당으로 올라간다.

"어서 오십시오."

잽싼 웨이터가 반갑게 인사하며 그들을 위해 창가 좌석을 마련해주고 의자를 앞으로 당겨 그들에게 앉기를 권한다.

"손님이 별로 없군."

하영은 코트를 벗어 빈 의자에 놓고 흩어진 머리를 쓸어 넘긴다.

저쪽 창가에는 등산꾼들 한패가 어마어마한 차림을 하고 둘러앉아서 저녁을 먹고 있었다. 그밖의 손님이라곤 별로 눈에 띄지 않았다. 하영은 식사를 주문하고 저쪽 창가의 등산꾼들을 바라본다. 산에서 내려오는 길인 모양이다. 그들 일행은 거의 중년 남자들이었고 그중에 홍일점 화려한 용모의 여자가 한 사람 끼어 있었다. 생김새가 화려하고 무척 젊게 보이기는 했으나 나이는 삼십을 넘었음이 틀림이 없다.

"정말 오래간만에, 몇 해 만일까? 그래도 산은 다정하기만 하고……."

여자는 영탄조로 말하며 까르르 웃는다. 그 웃는 얼굴을 보는 순간 하영의 한쪽 눈썹이 치올라간다.

'어디서 본 것 같은 얼굴이다. 누굴까?'

"실컷 향수에 젖었겠구먼. 안 가겠다고 빼쌓더니, 기분 좋아 다행이요."

어떤 남자가 아첨하듯 말한다.

"산에 가고 싶기야 하지만, 너무 바빠서……."

"너무 바쁜 것도 좋지 않소. 가끔 바쁜 일 잊어버리고 산에 가보는 것은 정신위생상 필요하죠."

다른 남자 하나도 그 여자를 끔찍이 위하는 투로 말을 했다.

"등산도 좋지만 요다음에 어디 사냥 가지 않겠소?"

키가 작은 사나이가 제안한다.

"그거 좋은 아이디어예요. 하지만 난 독주회를 끝내야 해요."

"그럼 독주회는 끝내야지."

"조금 있으면 사냥하기 꼭 알맞은 시즌이지."

"흥, 제법 아는 척하는구먼. 꿩 한 마리 못 잡고, 누가 데려갈 줄 아나? 그 자네 개, 그것도 주인 닮아서 엉터리더라. 포인트도 못하는 놈 겉만 미끈하고 족보만 좋으면 뭘 해?"

"대기는 만성이다. 늦게 배운 도둑 밤잠 못 잔다고 두고 보라고."

각기 한두 마디씩 하며 닭다리를 뜯고 있다.

"뭘 생각해요?"

미혜가 말을 건다.

"어디서 본 것 같다, 저 여자를……."

"모르세요?"

"미혜는 아나?"

"좀 알아요."

"누구야?"

"강경옥. 이번에 미국서 돌아온 피아니스트예요. 저의 동생하고 좀 아는 처지죠."

미혜의 투로 봐서 강경옥 본인하고는 인사가 없는 모양이다. 하영은 그래도 생각이 잘 나지 않는 듯 한동안 고개를 갸웃거리고 있다가,

"아 참! 생각이 나는군."

"……."

"우리 형수씨 친구야."

"그래요?"

미혜의 반응은 냉담하다. 강경옥을 의식하기 때문에 그런지도 모른다.

"라이벌이라고도 볼 수 있지."

"어째서요."

"재능으로, 혹은…… 또 복잡한 일이 있지……."

웬 까닭인지 미혜는 그런 화제에서 피하려는 듯 잠자코 있

었다. 그리고 자존심을 다친 듯 불쾌한 얼굴이 된다. 아까 하영이 심한 말을 했을 적에도 미혜는 그런 표정 하지 않았는데.

웨이터가 식사를 날라 왔다. 하영도 입을 다물고 식사를 시작한다. 그때 등산꾼 일행이 자리에서 일어섰다. 거의 문간까지 간 강경옥이 좀 미심쩍은 생각이 들었는지 하영을 돌아본다. 그리고 고개를 한번 흔들어 보인다.

"뭘 그래요?"

옆에 선 남자가 말하자,

"나 잠깐만."

하고 경옥은 하영이 옆으로 다가왔다.

"저, 식사 중 실례입니다만……."

"네."

하영은 밑도 끝도 없이 대꾸하고 나서 경옥을 올려다본다.

"저 혹시 하진 씨 동생 되시는 분 아니세요?"

"그렇습니다."

"아, 그러세요. 어쩐지…… 전에 몇 번 뵌 일이 있었는데, 나 강경옥이에요. 혹시 기억하고 계실는지……."

"조금 전에 기억해냈습니다."

경옥은 활짝 웃는다.

"아, 그러세요. 고맙군요. 그래 문희는 잘 있어요?"

"나는 잘 모릅니다."

"아직 애기가 없다죠?"

"없습니다."

"아이, 딱하기도 해라. 만나거든 일간에 한번 찾아가겠다고 전해주세요. 그럼."

경옥은 미혜에게 눈인사를 보내고 기다리고 있는 남자들 일행을 따라 나간다. 그들의 발소리가 계단 밑으로 사라지고 난 뒤.

"아 그러세요? 아 그러세요? 아직, 아이 딱해라. 아, 자, 발음이 반드시 말 앞에 나와야 한다고 생각하는가?"

하영은 빵을 찢으면서 경옥의 목소리를 흉내 내어 조롱한다. 다른 때 같으면 미혜도 한마디 거들었을 것을 이상하게도 그는 잠자코 있었다.

"아마 미국에 가서 잘못 배워온 모양이야."

하영이 덧붙인다.

"그래도 경력이 굉장하던걸요."

"누가 알어?"

악몽

불쾌하게 내리누르는 듯, 침묵이 덩어리가 되어 방 안에 가득 들어차 있는 것만 같다. 고요한 밤의 공기를 밑바닥으로부터 조금 흔들어주듯, 이따금 먼 곳에서 개 짖는 소리가 들려오다가 만다. 그러면 침묵의 덩어리는 다시 굳어져 머리를 내리

누른다. 반쯤 젖혀져 있는 푸른 커튼 사이로 별 없는 하늘이 꺼멓게 방 안을 들여다본다. 꺼먼 하늘은 커튼의 푸른 빛깔을 더욱 차갑게 잔인하게 느끼게 한다.

침묵의 덩어리에 눌려 도저히 빠져나갈 수 없는 듯 문희는 앉아 있다. 마치 문갑 위에 우두커니 놓인 전화기처럼 꼼짝하지도 않고. 문희의 머릿속에는 지나간 여러 가지의 일들이 앨범의 갈피를 넘기듯 하나하나 지나가고 있었다. 그때에는 아무렇지도 않았던 일들이, 설사 마음에 걸렸다 하더라도 일종의 괴벽으로밖에 보이지 않았던 일들이 지금은 낱낱이 뜻이 깊은 것으로 마음에 되살아오는 것이었다. 수수께끼, 정체불명, 남편 하진河進에 대하여 명확하게 결론지을 수 있는 것은 오직 그 말뿐이었다. 모르겠다는 그 말뿐이었다. 그리고 날이 갈수록 안개는 더욱더 짙어져 갈 뿐이었다.

'이상성격…… 이상성격자? 결코 그것만은 아니다. 반드시 그 이상성격에 이른 이유, 원인이 있을 것 아니냐?'

집 앞 길을 자동차가 클랙슨을 누르며 지나간다. 그러고는 다시 그와, 어둠, 밤, 몸서리쳐지는 밤이 가라앉는다.

'도련님은 빈집이라 했다. 그는 무엇을 조금 알고 있을까? 안다면 무슨 일? 도련님 그인 좋은 사람? 나쁜 사람?'

문희는 머리를 싸안는다. 모든 것이 의문으로만 연속되어 지금껏 무심히 보아온 하영에 대해서까지 깊은 의혹을 품지 않을 수가 없다.

'그 흥신소의 사람도 역시 여자가 없는 집이었다고 말했다. 김순녀라는 이름은 집을 지키는 할머니의 이름이라고 했다. 내가 만일 남자였다면 그처럼 전기회사 사람으로 가장하고 들어가 볼 수도 있었는데, 그럼 분명히 내 눈에 띄는 것이 있었을 거야. 여자관계일 가능성은 희박하다. 그렇다면 무엇일까? 어마어마한 일이었다면, 그, 그럼 나는 내 손으로 남편을 궁지로 몰아넣은 결과가 되지 않았을까?'

몸을 떤다.

'어마어마한 일? 무슨 일? 살인강도? 간첩?'

하다가 문희는 눈을 크게 벌린다. 이마에서 기름땀이 배어난다.

'아니야! 넌 과대망상증에 걸려 있어! 그런 어마어마, 아니야, 도련님은 아무렇지도 않게 말했어. 다만 작품을 하러 갔을 거야. 그 집 속에 아틀리에가 있고, 캔버스가 빽빽이 들앉아 있을 거야. 모든 것은 기우에 지나지 않아. 그이의 성격은 예술가의 괴벽에 지나지 않아.'

문희는 손등으로 이마에 배어난 기름땀을 씻는다. 이때 문 쪽에서 벨이 울렸다. 문희는 팔을 들어 시계를 본다.

"열한 시 사십 분!"

그는 중얼거리며 현관문을 열고 뜰로 나간다. 문밖에서,

"문희요?"

진의 목소리가 났다.

"네."

"왜 자지 않고 기다리는 거요? 문은 순이가 열어줄 텐데……."

언제나 하는 똑같은 말을 하진은 오늘 밤도 빼놓지 않고 했다. 대문을 열어주자 그는 돌아서서 문을 잠그면서,

"무슨 연락 없었소?"

"아무 연락도……."

그것도 밤마다 되풀이하는 말이다. 현관으로 들어가 구두를 벗으면서 하진은 다시,

"내일부터는 순이가 문 열어주도록, 그리고 당신은 일찍 자요."

"……."

"몇 번 말해야 알아듣겠소!"

이번에는 화를 바락 낸다. 그리고 그는 그의 침실 겸 서재의 도어를 열고 들어가 버렸다.

자기 방으로 돌아온 문희는 이부자리를 깔고 자리에 들려다 말고 도로 일어선다. 깨끗하게 빨아서 다려놓은 하진의 잠옷과 속내의를 들었다. 그리고 벽거울에 비친 자기 얼굴을 바라본다. 가까이 가서 머리를 매만지고 아직은 팽팽하고 아름다운 얼굴을 오랫동안 쳐다보다가 그는 하진의 잠옷을 안고 나간다. 하진의 방 앞에서,

"여보?"

대답이 없다.

"여보, 들어가도 돼요?"

"들어와요."

굵고 낮은 목소리, 아무 감정도 없는 기계 같은 소리다. 문희가 도어를 밀고 들어갔을 때 하진은 문 쪽으로 등을 돌리고 창문 밖을 내다보고 서 있었다. 옷도 갈아입지 않은 채. 다만 침대 위에 코트가 내던져 있었다. 문희는 침대 모서리에 들고 온 잠옷을 살며시 내려놓고 내던져진 코트를 옷장 속에 걸어 둔다.

"잠옷하고 내의 가지고 왔어요. 갈아입으세요."

"음."

문희가 나가지 않고 우두커니 서 있는 것을 느낀 하진은 몸을 돌렸다. 그리고 그 옷을 벗고 잠옷만 갈아입는다.

"내의가 더러워요. 갈아입으세요."

"내일."

하고 그는 침대에 걸터앉는다. 문희는 그냥 우두커니 서 있었다.

"당신 오빠가 날 한번 만나자 하더군."

한마디 불쑥 한다.

"뭐 그 일 땜에 그러겠죠."

"아마 그런 모양이야."

"어떡허시겠어요?"

"복잡한 거래 같은 것 싫으니까……."

"그럼 그렇게 잘라 말씀하세요."

"당신하고는 퍽 성격이 달라."

"좋지 않아요? 의욕적인 성격이 부러운걸요."

하진은 한참 동안 말이 없다가 침대에 벌렁 자빠져 누우며,

"의욕적인 성격…… 아마 험한 꼴을 안 봐서 그럴 거야."

천장을 멀뚱멀뚱 올려다본다.

"당신은 뭘 그리 험한 꼴을 보셨어요?"

그 말 대답은 하지 않는다.

"그 담배 좀."

하진은 누운 채 손을 내밀었다. 문희는 담배와 재떨이를 그 옆에 놓아준다. 담배를 붙여 문 하진은,

"문희!"

"네."

"우리가 결혼하고 몇 해 됐지?"

"꼭 십 년이에요."

"십 년…… 요즘, 피아노에 먼지가 쌓였던데……."

"……."

"문희도 미국 갔다 올래?"

"누구처럼?"

"경옥이 말이야."

"귀국 독주회 한다죠?"

"신문에 보니까 그렇더구먼."

"전 미국 가고 싶지 않아요. 그럴 재능도 없구. 이제 다 된 걸요."

"나 땜에?"

"……."

"참, 밤이 조용하구먼."

그는 몸을 들쳐 재떨이에 담뱃재를 떨고 일어섰다. 그리고 재떨이 담뱃갑을 탁자 위에 놓더니 전등불을 껐다.

"오늘 여기서 나하고 자아."

그는 문희를 살그머니 안았다. 문희를 침대 위에 눕히고 그도 옆에 누우면서,

"문희는 왜 통 불만을 말하지 않지? 내가 불만스럽지 않어?"

"불만 해봐도 소용 있어요? 당신은 당신만의 세계를 가진 걸……."

가슴에 안기면서도 허탈한 목소리로 말한다.

"세계니 어쩌니 그런 어려운 말 필요 없어. 불만이란 단순하게 해야지. 누가 전부를 가질 수 있어?"

말은 쌀쌀하고 매서웠으나 하진은 문희의 몸을 더듬으며 참 오랜만의 접촉을 꾀해보는 것이었다. 뒤에 오는 것이 더욱 허무하리라는 것을 서로가 잘 알면서, 그들은 어딘가 잘못되어 있는 것만 같은 정염情炎에 사로잡히면서도 그것을 다 하지 못하고 마음들이 지쳐버리는 것이었다.

서로의 몸이 나누어지고 나직한 한숨을 내쉬며 완전한 벽과

벽으로 칸이 지워졌을 때,

"경옥이 만난 일 있어요?"

조금도 실감이 없는 투로 문희가 물어본다.

"만나지 않았어."

"초대권 오면 가시겠어요?"

"별로 취미 없어."

"그저께 도련님 오셨다 가셨어요."

"뭐 하러?"

"그냥 놀러 왔나 봐요."

"여전히 놀고 돌아다니는가?"

"그런가 봐요."

"팔자 좋군."

남의 일처럼 내뱉는다.

"허황하게 보여요. 발이 땅에 붙어 있지 않는 것 같아서요."

"누굴 미워하지 않고는 못 사는 놈이지. 당초 비비 틀어지게 태어났어."

"그보다 못한 사람이 이 세상에 얼마나 많은데 그럴까요."

"상식 이하의 얘기야. 당신은 당신의 경우를 그렇게 생각하오?"

"……."

"세상 놈들은 내가 땅마지기나 가지고 있다고 대단하게들 생각하지. 빈정거리고 선망하고, 그래서 좋은 작품 못 하며 허

송세월하고 있다고 하면서 곧잘 자위들도 하지.”

밑도 끝도 없는 말이다.

“하긴 이제 나는 날 화가라 생각하지는 않아. 학교에서 학생들 가르치는 선생이지만 돈 땜에 그렇게 됐다는 것은 큰 오산이야.”

“그럼 뭣 땜에 그래요?”

그 말 대답은 하지 않는다.

“이제 자아.”

그는 문희의 등을 한번 두들겨주고 돌아눕는다.

새벽녘— 문희는 울부짖는 듯한 소리에 잠이 깨었다. 방 안에는 어둠이 있을 뿐 조용했다. 아무 일도 일어나지 않았던 것처럼.

‘꿈을 꾸었을까?’

문희는 다시 잠을 청하려고 눈을 감는다.

“아앗! 까, 까마귀! 백 마리, 천 마리! 아, 아니 수천 마리!”

옆에 누운 하진의 입에서 혀 꼬부라진 소리가 튀어나왔다.

‘잠꼬대를 하는구먼. 깨우면 잠 못 주무신다.’

문희는 살그머니 일어나서 밀려 내려간 이불자락을 걷어서 하진의 어깨 위에 끌어 올려준다.

“사람이 아니다! 이건 짐승들이다! 숨을 쉬는데 눈을 빼어 먹었구나! 팔이 허공을 지, 짚는데 눈을 빼어 먹었구나!”

‘무서운 꿈을 꾸고 있다.’

하진의 잠꼬대는 멎었다. 그는 돌아누우며 입맛을 다시다가 다시 고르고 낮은 숨소리를 낸다.

'언제던가? 음, 언제던가. 그때도 이이는 까마귀가 몰려온다고 한 일이 있었지. 밤낮 까마귀 꿈만 꾸는가 봐.'

문희는 눈을 감았다가 다시 뜬다.

'……잠이 오지 않아. 어젯밤에 이이는 날보고 미국 가라 했었지? 왜 그랬을까, 미국에 가라고…… 가버릴까? 새삼스럽게 음악 공부는 아니고, 그래 그냥 가보는 거다. 천지가 넓어서 뭐 새로운 것이 있을지도 몰라. 대자연이 한없이 한없이 넓고 보면 내 조그마한 마음 같은 것 압도되어 아무것도 아니게 되어버릴지도 몰라. 그럼 이이는? 꾸벅꾸벅 학교에 나가시고 저녁에는 그곳에, 그리고 이 침실로 돌아와서 잠을 자겠지. 나는 있으나마나, 그 생활에 무슨 변동이 있을라구…….'

창문 밖에 시꺼먼 상록수가 먼 곳의 산처럼 우묵하게 보인다.

'빈집의 할머니, 김순녀라는 할머니, 내가 만일 이이의 뒤를 살피고 있다는 걸 알게 된다면 그날로부터 우린 이혼이야. 그럴 수 있는 사람, 그럴 수밖에 없는 사람…….'

"이, 이건 계곡이 아니다. 맑은 물이 흐르는 계곡이 아니다! 피의 계곡, 까마귀 떼들의 계곡이다. 인간이 아니다! 짐승이다! 마 마귀의 밤이다! 이 냄새!"

"여보!"

문희는 하진을 흔들어 깨운다.

"너가! 문희 너가 왜 여기 와 있어! 너가 어째서 여기!"

오장을 끊는 듯한 목소리, 문희는 깜짝 놀라 하진으로부터 물러난다.

"누, 눈이 없다!"

잠꼬대의 연속이다.

"여보!"

문희는 다시, 이번에는 강하게 하진을 흔든다.

"음?"

하진의 물 먹은 듯한 대답이다.

"나쁜 꿈을 꾸시는군요."

"음……."

하진은 침대 위에 일어나 앉는다.

"막 잠꼬대를 하셨어요."

"악몽이야!"

내뱉는다. 그리고 몸서리치듯 몸을 흔들었다.

"막 까마귀 어쩌구 하세요."

"까마귀?"

하진은 꼭 같은 말을 되풀이하며 이마에 난 땀을 닦는다.

"왜 까마귀 꿈을 자꾸 꾸실까?"

"왜라는 말 듣기 싫어!"

화를 발칵 낸다.

"까마귀 꿈이 당신을 괴롭히는 것 같아서 그러는 거 아니에요?"

"까마귀는 내가 집착하고 있는, 지금 집착하고 있는 그림의 주제야."

바쁘게 꾸며댄 말이라는 것이 역력하다.

"지금 당신은 그림 안 하고 계시잖아요?"

"머릿속에서도 안 하고 있을 것 같애?"

"어젯밤에 당신은 화가를 부정하셨어요."

"왜 자꾸 파고들어?"

"제가 알면 안 되나요?"

"문희에 관한 일 아냐!"

"저에 관한 일 아니면 알아서는 안 되나요?"

"집요하군. 문희는 관계없어!"

문희는 입을 다물어버린다. 하진은 불을 켜고 소파에 가서 앉으며 담배를 붙여 문다. 연기가 피어오르는 곳을 바라보는 그의 눈에 핏발이 서고 얼굴은 창백하게 질려 있다.

"아까……."

문희가 다시 말을 꺼냈을 때 하진의 붉게 충혈된 눈이 번득였다. 그리고 그는 문희를 가만히 노려본다. 문희는 그 눈초리에 움츠러들다가 크게 결심한 듯,

"아까 당신은 말씀하시길, 까마귀는 요즘 집착하고 계시는 그림의 주제라 하셨죠?"

"……."

"그럼 이상해요."

하진의 눈이 더욱 번득인다.

"당신은 전에도, 아주 전에도 까마귀의 잠꼬대를 하신걸요."

하진은 소파에서 벌떡 일어섰다. 그리고 주먹을 휘두르며 문희를 칠 듯 무서운 얼굴이 되어,

"내가 싫어하는 말은 묻지 말어."

집이 흔들릴 만큼 고함을 지른다.

"나는 나, 너는 너야! 남의 마음을 다 제 것으론 못 한단 말이야!"

다시 고함 소리가 집을 흔드는 것 같다. 문희는 엎드려 울음을 터뜨린다. 지금까지 그렇게 노한, 무서운 하진의 얼굴을 본 일이 없다.

"앞으로 두 번 되풀이했다간 이혼이다!"

이혼이라는 말은 꼭 두 번째 듣는 말이었다. 한번은 저녁마다 어디 가느냐고 물었을 때 이혼이라는 말을 내뱉었지만 지금같이 이렇게 노한 얼굴은 아니었다. 그러나 그 말은 결정적인 것이었고, 지금 노하며 울부짖듯 하는 것도 결정적인 말이다. 그가 한번 말한 이상 그 말대로 실행에 옮길 것은 거의 확실한 일이었다.

이제는 문희의 울음소리만 들릴 뿐 하진은 더 이상 노하지도 말하지도 않았다. 그는 울고 있는 문희를 차갑게 내려다

보고 있을 뿐이다. 울다가 문희는 자기 방으로 돌아갔다. 하진은 소파에 앉은 채 한마디 말도 걸지 않았다. 자기 방으로 돌아온 문희는 울음을 거두고 석상같이 차가운 얼굴로 돌아갔다.

창문 밖이 희뿌옇게 밝아왔다. 신문을 던져주고 뛰어가는 배달부 아이의 발소리가 지나간다. 날은 다시 밝아오는 것이다. 그리고 해는 다시 솟을 것이며 어제와 다름없는 생활이 시작될 것이다.

문희는 세수를 하고 다른 날보다 더 많은 시간을 화장을 위해 소비한다. 그런데 그는 자기의 얼굴을 의식할 수가 없고 서울흥신소에 가서 남편의 뒷조사를 의뢰한 짓이 새삼스러운 공포로서 그의 가슴을 짓누르는 것이었다.

'이혼을 한다. 이혼을 하면 되지. 이혼하고 내가 품은 의문을 밝히는 일, 이것은 반드시 교환될 성질이야. 나는 어느 쪽을 택하지? 이미 일은 시작되었고, 그러나 지금이라도 멈출 수는 있어. 아니야, 이미 누설은 되었다. 나 아닌 다른 사람이 알고 있지. 그야 그이 동생도 알고 있지 않느냐? 이혼을 한다. 그냥 이대로 내버려두고 미국으로 간다.'

어느 곳을 뚜드려보아도 문은 잠겨 있는 것만 같이 문희는 생각되었다.

"순아?"

부엌에서 달가닥거리고 있는 소리를 듣자 문희는 식모아이를 부른다.

"네?"

"신문, 아저씨 방에 갖다드리고, 커피 끓이니?"

"네, 지금 끓어요."

순이는 신문을 가지러 밖으로 나간다. 신문을 하진의 방에 넣어두고 온 순이는 문희 방 앞에서,

"아침은 어떻게 할까요?"

새벽의 고함을 들었는지 순이는 풀이 죽어 물었다.

"커피 먼저 갖다드리고 빵을 구워. 계란 반숙하구."

"네, 저 신문……."

순이는 방문을 조금 열고 문희가 보는 신문 한 부를 살며시 디밀어 넣는다. 문희는 천천히 신문을 펼쳐 든다. 일면에 신문사 사고가 나 있었다. 강경옥의 귀국 독주회를 주최하는 신문, 요염하게 웃고 있는 경옥의 화려한 얼굴이 적지 않은 지면을 차지하고 있다. 글자를 하나하나 주워 읽어가는데 문희의 머릿속에는 아무런 뜻도 새겨지지 않는다.

"아주머니, 저, 준비되었는데……."

순이의 목소리가 다시 밖에서 들려온다.

"아저씨 세수하셨니?"

"네."

"그럼 아저씨 방에 갖다드려. 난 아침 안 먹겠다."

한참 후 다시 순이의 발소리가 들려온다.

"안방에 갖다 놓으래요. 안방에서 잡수신다고."

"음."

순이가 막 구워진 빵과 반숙 계란과 이것저것 잡탕선이가 놓인 차반을 들고 방으로 들어왔을 때 하진의 부시시한 얼굴이 나타났다. 문희는 탁자를 꺼내어 빵 접시를 올려놓으며 하진의 얼굴을 피한다. 하진은 털썩 주저앉으며,

"문희는 안 할 테야?"

어색하게 묻는다.

"전 나중에요."

하진은 반숙 계란 두 개를 먹고 토스트에다 다시 버터를 칠하며 아무 소리 없이 먹는다. 그 옆에서 문희는 사과를 깎고.

"오늘 당신 오빠 만나는데 당신 안 나오겠소? 오래간만에 같이 저녁이나 하지."

그런 말로 새벽의 자기가 한 난폭한 태도를 사과하고 있는 것 같았으나, 그렇다고 해서 하진의 근본적인 것에 한 오라기의 금도 가지 않았다는 것을 문희는 알고 있었다.

"제가 가면 거북해요."

다시 등장하다

겨우내 입고 다니던 검은 오버코트를 벗어버리고 회색 바바

리코트로 갈아입은 하진은 대문을 밀고 나가면서 문희를 한 번 힐끗 쳐다본다. 미안해서 그랬던 것이었을까. 언제나 창백한 편이지만 유달리 오늘따라 더욱 창백한 하진의 얼굴은 거의 풀빛에 가까우리만큼 언짢았다. 이른 아침 바람이 다소 설렁하기는 했지만 추위는 이제 완전히 가셨고, 그런데도 하진의 푸른 얼굴에는 자잘한 소름이 일어 송송해 보였다. 몹시 비참해진 것 같은 느낌, 눈만은 여전히 병적으로 번득이며 열이 오르는 듯 불그레하다. 하진은 아무 말도 하지 않고 뚜벅뚜벅 걸어갔다. 문희는 깊은 의식도 없이 문에 기대어 멀어져가는 하진의 뒷모습을 막연한 눈으로 좇는다.

날씨는 유리처럼 청명하여 연하게 깔려 있는 아침 안개를 빨리 걷어가고 있었다. 출근을 서두르며 너덧 명의 남자가 흩어져서 바삐 걸어간다. 그들 속에 하진의 뒷모습만이 유독 껑충하게 커 보인다. 길모퉁이를 돌아가면서 하진은 코트 깃을 세우며 가벼운 몸짓을 한다. 정말 대수롭지도 않은 동작이었다. 그러나 막연히 그의 뒷모습을 좇아가던 문희 눈에 그 아무렇지도 않은 하진의 동작은 아주 선명하게 매력적인 것으로 비쳤다.

하진은 이내 길모퉁이에서 사라졌다. 그가 사라지는 순간 문희는 그를 영원히 잃어버릴 것 같은 절망에 사로잡힌다. 코트 깃을 세우는 뒷모습에서 느낀 충동적인 애정의 감동이 아직 전신에 일렁이고 있는데 숨이 막히게 엄습해오는 절망,

너무 절박하여 눈앞이 캄캄해지는 것만 같이 느껴지는 것이었다.

'뒷모습까지도 신경질적이야.'

중얼거리며 문희는 가까스로 뜰 안에 들어온다. 문을 닫아 걸고 뜰 안을 지나온다.

눈앞이 캄캄해질 만큼 절박했던 그의 마음과는 반대로 문희 얼굴에는 이상한 생기가 넘치고 있었다. 실로 오래간만에, 짓누르는 듯한 권태에서 놓여난 감정의 변화, 그것에서 오는 것이었는지도 모른다. 마침 뒤뜰에서 돌아 나오던 순이가 사냥개처럼 문희 얼굴에서 그 감정의 변화를 보았는지 빙그레 웃으며,

"아주머니."

하고 부른다. 문희는 턱을 좀 쳐들며 무슨 말이냐고 묻는 시늉을 한다.

"저 뒷집에 말예요."

"그래서?"

"고양이가 새끼를 다섯 마리나 낳았어요. 얼마나 예쁜지……."

"새끼를……."

자기도 모르게 문희는 눈살을 찌푸린다. 아이가 없는 문희의 처지를 문득 깨달았는지 순이는 그만 당황해버린다.

"그래 새끼를 낳았는데 어떻게 됐다는 거지?"

영리하게 머리가 핑핑 돌아가는 순이를 기특하게 생각하며

문희는 슬그머니 웃는다.

"저 말예요. 저, 기르고 싶으면 한 마리 주겠다 하잖아요. 제가 하도 예뻐하니까."

"너 고양이를 좋아하니?"

문희 얼굴의 미소를 보자 순이는 간절한 자기 소망이 이룩 될지도 모른다는 마음에서 무척 기뻐하며,

"전 다 좋아해요."

몸을 뱅글 돌리듯 하며 말한다.

"다 좋아하다니?"

"개도 좋구요, 양도, 토끼도. 짐승이라면 다, 모두 좋아요. 시 골 있을 때 송아지 데리고 풀 먹이러 가는 게 제일 기뻤어요."

"그럼 한 마리 얻으렴."

"정말이에요, 아주머니?"

"그 대신 순이가 책임져야 해. 오줌 싸고 밤에 울고 하는 것 난 딱 질색이야."

"네, 네, 고양이는 방에선 오줌 안 싸는걸요. 얼마나 정갈스 런 짐승이라구. 아이 좋아라!"

순이는 앞치마를 펄럭이며 부엌 쪽으로 뛰어간다.

'식구가 적어서 심심한가 부지? 그런데 무슨 변덕이야? 난 고양이를 아주 싫어하는데…….'

문희는 집 안으로 들어가지 않고 오래간만에 뜰 안을 거닐 어본다. 밤이슬에 젖은 잔디가 발바닥에 축축이 전해오고 햇

빛이 담장 위로 넘어오기 시작한다. 어느새, 언제 그렇게 되었는지 줄장미 가지마다 새순이 터지려 하고 있었다. 빨갛게 타오르는 새순, 가지 전체가 산고産苦를 안고 있는 듯, 온통 불긋불긋하여 새 생명에의 환희보다 오히려 비통한 고뇌를 연상시킨다.

문희는 슬며시 그 앞에서 비켜선다. 그러나 문희는 고양이 새끼라든지 줄장미의 괴로운 산고에 충격을 받을 만치 어린아이에 대한 갈망이 있었던 것은 아니다. 하진이 갈망하지 않았기 때문에 그랬는지도 모른다.

문희 눈앞에는 코트 깃을 세우며 가던 하진의 뒷모습이 다시 집요하게 어른거렸다. 그 강한 매력, 옆에 있을 때보다 더 짙게 풍겨오는 그의 체취, 얼마나 남편을 사랑하고 있었던가를 문희는 새삼스레 깨닫는다. 하진에 대한 애정의 확증이 어째서 그러한 하찮은 동작에서 얻어질 수 있었는지, 서로 포옹하고 서로의 피가 교류되는 그런 순간에 있어서도 문희는 허황하였고, 상대방의 애정은 물론 스스로의 애정도 믿어볼 수 없었던 것이 아니었던가.

"아주머니, 전화 왔어요!"

창문에서 내다보며 순이가 명랑하게 소리친다.

"어디서?"

"돈암동에서요."

'오빠한테서 왔구나. 또 나오라고 야단하겠지.'

방으로 들어간 문희는 내려놓은 수화기를 든다.

"여보세요?"

"아, 문희냐?"

정다운 목소리다.

"웬일이세요? 아침부터."

"항상 너는 왜 그 모양이냐?"

정다웠던 목소리는 갑자기 불만스럽게 변한다.

"뭐가요?"

"한번쯤 반갑게 전화받아보려무나."

"오빠는 왜 항상 그 모양이요?"

문희는 문영의 투를 되풀이하며 쓰게 웃는다.

"뭐가?"

"절 어쩌라구 밤낮 그러세요?"

"그래그래, 천성이니 할 수 있나. 넌 그렇게 돼먹은 아이니까 새삼스레 뉘를 보고 탓을 하노. 그거는 그렇고, 너 이야기 들었나?"

"무슨 이야기요?"

문희는 시치미를 뗀다.

"너 남편한테, 참 그 사람은 나갔나?"

"나갔어요."

"그래, 오늘 저녁에 너 나오는 거야? 저녁이나 같이하자고 했는데."

"전 못 나가겠어요."

"왜?"

되묻는 말이 꽤 순조롭다. 문희가 나오지 않을 것을 미리 알고 있었던 것처럼.

"몸이 좀 불편한 것 같아서 쉬어야겠어요."

"흠, 젊은 사람이 어디가 그리 아플까? 애기 서는 병도 아니구, 그럼 알았다."

문희의 말도 기다리지 않고 문영은 전화를 끊어버린다. 애기 서는 병도 아니고 하며 가시 돋친 말을 내뱉은 것은 이번 일에 있어서 전적으로 비협조적인 태도로 나오는 누이를 잔뜩 밉게 본 탓인 모양이다.

문희는 오래간만에 피아노 위에 쌓인 먼지를 털고 그 앞에 앉는다. 몇 시간을 그는 정신없이 피아노에 매달린다. 미친 듯 건반을 치고 또 친다. 거친 폭풍을 몰고 가듯, 나중에는 악에 치받쳐 입술을 깨물며. 얼마 동안의 시간이 흘렀는지 치던 손을 멈추고 이마에 밴 땀을 손등으로 문질렀을 때 창밖에는 햇빛이 환하게 쏟아지고 있었다. 하늘빛으로 짐작하여 정오는 벌써 지나간 듯했다.

'역시 안 되겠구나!'

아무 기쁨도 감동도 없었던 것을 문희는 깨닫는다.

'미친 듯, 아무것도 없으면서 미친 듯이 해봤구나.'

눈물이 그의 얼굴에 흘러내린다. 그는 흰건반을 어루만지며 흐느껴 운다.

'무엇이 그 옛날의 내 기쁨, 그 감동을 앗아갔을까. 나는 십 년 동안 무엇을 향해 투쟁을 했을까? 이제는 이렇게 지치고 힘이 다 빠져버렸는데……'

빈 마음을 향해 몹시 허우적거려온 십 년의 세월, 문희는 그동안 소중한 자기 재능이 못 쓰게 되고, 음악에 대한 맑은 신앙과도 같았던 마음이 이제는 자기에게 한 오리도 남아 있지 않다는 것을 절감한다.

'얄팍한 영혼으로, 예술에 대한 두려움 없는 허영으로, 그런 경옥이 지금은 당당한 피아니스트로 귀국을 하였다. 음악에 헌신할 수 있다고 믿었던 나는 지금 허수아비 같은 한 사람을 잡고 메아리도 없는 혼자 넋두리로 온종일, 온종일을 허무하게 보내고 있지 않느냐. 도시 이것은 무슨 까닭일까?'

그칠 줄 모르게 흘러내리는 눈물을 닦을 생각도 않고 문희는 앉아 있다. 아침에 잠시 지나간 인간에 대한 감동도 지금은 타다 만 석탄 덩어리처럼 잿빛으로 굳어진 채 쓸쓸히 흔적만 남기고, 서울흥신소로 찾아간 자신의 모습만이 구질구질한 흙탕물을 뒤집어쓴 꼴이 되어 뇌리를 오고 간다.

뒷집에서 고양이 새끼를 한 마리 얻은 순이는 아까부터 복도 앞을 서성거리고 있었다. 피아노 소리가 멎고 안에서 아무 기척도 없는 것을 한참 살피고 있던 순이는 방문을 열고 들어간다.

"아주머니, 고양이 얻어 왔어요."

"음."

문희는 돌아보지 않고 코 먹은 소리로 대꾸한다.

"참 예뻐요. 한번 보세요."

"나중에."

하자 환영받지 못한 것을 섭섭하게 생각하기라도 한 것처럼 새끼 고양이는 야옹 하고 처량한 소리를 내며 운다. 돌아앉은 채 움직이지 않는 문희의 가냘픈 두 어깨를 우두커니 바라보고 있던 순이는 자기 깐에도 문희의 마음을 알 만한지 우는 고양이를 안고 살며시 나가버린다.

세 시가 지나서 문희는 거리로 나갔다. 목적도 없이 헤매어 다니다가 그는 단골 미장원이 눈에 띄어 미장원 문을 밀고 들어선다.

"아이구, 어서 오세요. 오래간만이군요. 왜 그새 통 안 오셨어요?"

몸집이 좋은 중년의 미장원 마담이 손님 머리를 만지고 있다가 아주 반갑게 문희를 맞이해준다. 문희는 비어 있는 소파에 앉으며,

"그간 안녕하셨어요?"

건성으로 인사를 하는데 마담은 문희의 얼굴을 눈여겨보며,

"얼굴이 수척해지셨어요. 어디 편찮으셨어요?"

하고 묻는다.

"집에 너무 들어박혀 있어서 그런가 부죠?"

"봄인데, 좀 나다니세요. 머리하시겠어요?"

일손을 멈추지 않고 묻는다. 문희는 잠자코 고개를 끄덕인다.

"바쁘세요, 지금?"

"그다지, 천천히 해주세요. 머리도 안 감았지만."

"그럼 그동안 감으실까?"

"아니 그냥 하겠어요."

미장원 안은 하얀 가운을 입은 미용사들이 왔다 갔다 하며 상당히 붐비고 있었다. 손이 비어 놀고 있는 미용사는 한 사람도 없고, 남아난 손님들은 제각기 잡담을 나누며 자기 차례가 오기를 기다리고 있었다. 뭉뭉하게 피어오르는 실내의 열기, 일도 바쁘거니와 그 열기로 하여 미용사들의 얼굴은 붉었고, 사방에 박힌 커다란 거울 속에 이상한 색채가 무슨 추상화처럼 흐르고 있었다. 환상적이기보다 괴이한 느낌이다. 모두의 아름다워지려는 본능이 그런 괴이한 색채와 분위기를 자아내게 하는 것일까. 문희는 거울 속의 움직임, 이상하게 강렬한 것이 자기를 위압해오는 듯한 환각에 사로잡힌다. 그는 가벼운 현기증을 느끼며 탁자 위에 놓인 잡지 한 권을 집어 든다.

문희는 가끔 이러한 날이 자기에게 있다는 것을 알고 있었다. 신경이 가는 현紘처럼 흔들리는, 아주 예민하게—대개 하진과 한방을 쓰고 난 다음 날에 그런 상태에 빠진다.

오른편 구석에 비스듬히 드러누워 미용사에게 얼굴을 내맡기고 있는, 늘씬한 체구의 여자가 실눈을 하고서 잡지를 보고 있는 문희의 옆모습을 살짝 살핀다. 그러고는 복잡한 미소를 띠더니 다시 문희를 살핀다. 그 여자 옆에 서서 인조人造 눈썹을 자그마한 가위로 자르고 있던 미용사가,

"짧게 할까요?"

하며 여자에게 묻는다.

"음…… 눈에 띄지 않게."

실눈을 하고 문희의 옆모습을 살피던 여자는 무엇이 그렇게 유쾌한지 활짝 웃음을 짓더니 눈을 감는다.

"이리 오세요."

손님의 머리를 다 끝내고 내보낸 뒤 마담은 빈자리를 가리키며 문희를 부른다. 문희가 자리에 가서 앉자 부드러운 머릿결을 만져보며 마담이,

"좀 짜르지 않겠어요?"

"요다음에."

문희의 머리를 마담이 말기 시작했을 때, 화장을 다 끝낸 여자는 자리에서 일어섰다. 그는 거울 속의, 가만히 앉아 있는 문희를 보고 빙그레 웃었다. 그러나 문희는 그냥 멍청히 앉아 있었다. 거울 속에서 여자의 눈과 마주쳤으면서도 골똘히 생각에 잠겨 있던 문희는 화려하기 이를 데 없는 경옥의 얼굴을 알아보지 못하였다. 경옥은 옷걸이에서 눈부시게 흰 실크 코

트를 내려 입고 뚜벅뚜벅 문희 옆으로 다가간다.

"끝났군요."

마담이 말을 걸어준다. 경옥은 들은 척도 않고 거울의 문희 얼굴 위에 자기 얼굴이 비치게 했으나 그래도 문희는 멍한 눈을 하고 있을 뿐이다.

"마음에 안 드세요?"

좀 당황한 마담이 묻는다.

"아뇨, 썩 잘되었어요. 그런데……."

하며 경옥은 얼굴을 갸웃거린다.

"내 얼굴이 그렇게도 변했을까요?"

"……?"

어리둥절해진 마담이 일손을 멈추고는 경옥을 쳐다본다.

"하긴 십 년이면 강산도 변한다는 말이 있기는 있지요. 하지만 이거 너무 섭섭한데?"

더욱더 어리둥절해진 마담이,

"지금 한창이신데 뭘 그러세요?"

궁색한, 아귀가 맞지 않는 말을 던진다. 하긴 아직도 화려하고 싱싱한 미모의 경옥이었지만. 경옥은 목소리를 굴리고 웃다가 문희의 한쪽 어깨를 덥석 잡는다. 생각에서 깨어난 문희는 소스라쳐 놀라며 돌아본다. 그리고 경옥을 보자 한층 더 놀란다.

"그래도 모르겠니, 문희?"

하고 경옥은 또 높은 소리로 웃는다.

"너, 너 경옥이구나."

"아, 아아 이제 안심이다. 내 이름을 기억해두고 있었으니."

"어머, 아는 사이세요? 난 또 걱정을 했죠. 화장이 마음에 들지 않았나 싶어서."

비로소 안심을 하며 마담은 조수 아이가 내미는 새로운 고데를 받아 들고 문희의 머리를 말기 시작한다.

"너 온 것 신문에서 봤어. 여러 가지로 축하한다."

머리를 내맡기고 있으니만큼 자유롭게 움직일 수 없는 문희의 목소리는 어쩔 수 없이 딱딱하게 울린다.

"고마운 이야기지만 올드미스의 신셀 면하지 못했으니 너 보기가 안됐구나."

경옥의 그 말에는 여러 가지 복잡한 뜻이 숨겨져 있는 것 같다.

"그 대신 넌 더 큰 걸 얻지 않았니? 일득일실이야."

"맞어. 그럼 나 기다리마. 오래간만에 널 만났는데 그냥 헤어질 수는 없지. 안 그래? 마담, 이 애 머리 빨리 부탁합니다." 하고 경옥은 소파에 가서 다리를 꼬고 앉는다.

마담은 익숙한 솜씨로 문희의 머리를 빗겨주었다. 그리고 웃으며,

"오래간만에 만나셨는가 본데 어서 가보세요."

그들은 어깨를 나란히 하고 미장원에서 나온다. 경옥은 시

계를 들여다보며,

"약속 시간이 오십 분쯤 남았는데, 어디 다방에나 가서 이야기할까?"

"그러지."

"넌 도무지 그대로, 영 늙지 않았구나."

"나이가 있는데 왜 안 늙겠니."

"아냐, 여전히 아름다워. 애기가 없어 그럴까? 가정부인의 때가 안 묻은 것 같다."

"……."

"그래 하 선생도 안녕하시구?"

"음."

"너 오늘 어디 가는 것은 아니겠지."

"갈 데 없어. 심심해서 나왔을 뿐이야."

"그래? 나 약속만 없음 저녁이라도 같이했음 좋겠는데……."

그들은 자그마한 다방 문을 밀고 들어선다. 자리에 앉으면서 경옥은,

"정말 감개무량하다."

새삼스럽게 말하며 그는 호들갑스러운 몸짓을 한다.

"어때, 그곳 생활은?"

문희가 넌지시 묻는다.

"말도 말아라. 고생바가지야."

"이제 안 가겠구나."

"그야 모르지, 여기서 섞이기 싫음 또 떠나는 거지 뭐."

"구속이 없어 좋겠구나."

"흐음! 그렇게 생각하니? 난 여자로서 그게 제일 불행한 거라고 생각하는데."

"다 가질 수야 없잖니."

"그럼 넌 아주 음악은 버렸다는 얘기냐?"

"아마도…… 그럴 거야."

"나 같으면…… 난 얼마든지 양립시킬 수 있다고 생각하는데?"

"그럴는지도 몰라."

"다만 마음에 드는 남자가 없어, 불행하게도."

"넌 조금도 불행해 보이지 않는다…… 의욕에 가득 차서."

"너는?"

경옥의 눈이 번득인다.

"어떻게 보여?"

문희는 쓸쓸한 웃음을 띠며 도리어 반문한다.

"글쎄…… 물론 행복하겠지. 여러 경쟁자를 물리친 너 아니냐?"

"그럼 무척 행복하겠구나."

"남의 말같이."

경옥은 여자 특유의 직감으로 문희가 결코 행복하지 못하다는 확증을 얻는다. 그것은 그에게 있어 퍽이나 만족스러운

것이었는지 눈에 띄게 명랑해지며,

"음, 우리 뭘 마셔야지."

하고 레지를 부른다. 레지가 날라 온 커피 잔을 들면서 경옥은 조금 전에 듣던 것 같은 목소리와는 아주 딴판으로 가라앉으며,

"만나기 전에는 무척 할 말이 많을 것 같았는데, 너를 만나고 보니 별 할 말이 없구나. 너무 생활감정이 동떨어져서 그럴까?"

문희는 흰 실크 코트와 잘 어울리는 은색 매니큐어를 칠한 경옥의 손톱을 쳐다본다.

"나 미국이나 아니면…… 구라파 쪽으로 한번 가볼까 싶어."

경옥의 말에는 대꾸 없이 문희는 딴전을 피운다.

"뭐?"

"피아노하곤 아무 관계 없어. 그냥 구경하는 기분으로 돌아다니다 올까 싶어."

"하 선생님이 허락하실까?"

"그이가 가보라고 해."

"하긴 돈이 많으니까 어려운 일도 아니지. 그런데 문희 너 정말 피아노는 단념했니?"

불안한지 다짐하듯 묻는다.

"가정주부의 취미로 낙찰 짓기에는 너무 슬프고, 그렇지만 이제 내 재능에는 아주 녹이 슬어버렸다는 것을 모를 만치 난

둔하지도 않어."

"가면 언제나?"

"생각만 해본 거지 뭐, 작정한 일은 아냐."

"그래?"

경옥은 잠시 생각에 잠긴다.

변하지 않았군요

열대식물이 화려하게 가지를 뻗은 K호텔 로비로 경옥이 들어온다. 활짝 핀 붉은 장미와도 같이. 그는 흰 실크 코트를 입었지만 어디까지나 붉은 장미, 흰 장미로 보이지는 않았다. 그의 두툼한 붉은 입술 탓인지도 모르지만. 로비에 서성거리고 있던 몇몇의 외국인의 시선이 경옥에게로 쏠린다. 경옥은 대담하고, 한편 너까짓 것 본토에서는 촌뜨기 신셀 면할 길 없는 주제가 하는 투의 야릇한 미소를 머금고 지하실에 있는 커피숍으로 천천히 내려간다.

'문희는 탐욕스런 오라비 둔 덕택으로 손해를 톡톡히 보는구나.'

그런 말을 마음속으로 중얼거리며 경옥은 슬며시 웃는다. 웃는 그 얼굴로 도어를 밀고 들어섰을 때 말쑥하게 차려입은 문영이 그를 맞이했다.

"많이 기다리셨어요?"

경옥은 자리에 마주 앉으며 정답게 문영을 쳐다본다. 그 말 대꾸는 하지 않고,

"언제 봐도 최고 멋쟁이군."

하며 문영은 허두를 뗀다.

"사교술이 그만이네요. 그새 몇 번 만났다구."

"몇 번이라니? 우리들 역사가 얼마나 길다구 그래?"

"옛날 옛적 호랑이 담배 먹던 시절까지? 그땐 가난뱅이 고학생 아니었던가요?"

"허 참, 실감 안 나는 얘기군. 경옥이 가난뱅이 고학생이라니."

"피아노 좀 빌려 쓰려고, 남의 집 가정교사의 신세였었죠."

"그래도 최고 멋쟁이였어."

"그보다 하진 씨 오시는 거예요?"

"그럼 오지 않고. 약속 어길 사람은 아냐."

"저도 같이 초대했다는 말씀은 하셨어요?"

"뭐 만나서 보면 되는 것 아냐? 모르는 사이도 아니구."

"날 뭣에다 이용하려는 거죠?"

"미친 소리 말아요. 경옥이 하진일 잊지 못하는 모양이니 내가 선심 좀 써주는 거지."

"흐음! 나 방금 문희를 만나고 오는 길예요."

"문희를?"

문영은 찔끔한 듯 몸을 움직인다.

"공교롭게도 미장원에서 만났어요. 문흰 여전히 곱던데요."

문영은 쓰게 입맛을 다시며,

"온 성질이…… 나하고는 도무지 맞질 않어."

"나를 좋아하던 오빠하고 내가 좋아하던 그의 남편하고 나, 세 사람이 그 애 몰래 만났다는 것을 안다면 문흰 어떤 얼굴을 할까?"

경옥이 빙그레 웃는다.

"빈말은 아니군. 옛날에 나는 경옥이 땜에 죽으려고 했었지."

"죽기까지야 했겠어요? 결혼하고, 아들딸 낳고 깨가 쏟아지게 사는 걸 보면 어떨는지……."

"남자야 할 수 없잖아? 이제 내 정열은 사업에 모조리 쏟았어."

"꿩장하다더군요. 소장실업가로서 능수능란한 그 수완에는 평이 자자하더구먼요."

"내 적수들은 그렇게들 말할 거야."

문영은 지레짐작을 하고 얼굴을 찌푸린다. 경옥은 보석이 박힌 자그마한 시계를 들여다본다.

"그런데 하진 씬 왜 여태 안 오세요?"

"마음이 설레는가? 하긴 십 년 만의 해후가 될 테니까 그럴 만도 하지."

문영은 싱글벙글 웃는다.

"하지만 약속은 지켜야죠. 실례가 되지 않아요?"

"경옥일 만나리라는 것은 꿈에도 모를 테니 자존심 상해할 필요 없어. 경옥이 안절부절못하니까 내 마음도 편하지 못한걸."

"어머, 능청스럽게. 어때요, 이혼하고 결혼할 생각 있으세요?"

경옥은 상대방의 눈을 주시한다. 문영은 그 눈이 부신 듯 슬그머니 외면을 하면서 쓰게 웃는다.

"가슴을 울렁이며 지금 다른 사람을 기다리고 있으면서 그런 소리 하게 됐나?"

"그이가 바로 매부 되시는 분이고."

"구식 소리 하지 마. 대인관계를 뭐 그리 복잡하게 생각해?"

"그런데 왜 여태 안 오죠?"

"아따, 되게도 서둔다. 경옥이 만나서 얘기 좀 할려고 내가 삼십 분 앞당겨 왔거든. 곧 나타날 거야. 그 친구 정확하니까."

문영은 시계를 본다.

"십 분 남았군."

한참 침묵이 흐르다가 경옥은 다리를 포개 얹으며 묻는다.

"문희하고는 잘 지내시는가요?"

"누구? 나하고?"

문영은 일부러 능청을 떨며 손가락으로 자기 가슴을 가리킨다.

"오빠하고? 그랬다간 큰일 나지."

경옥은 몹시 선정적인 몸짓을 하며 웃어젖힌다.

"음! 그 친구하고 말이지. 몰라. 하도 차돌 같은 사람들이니까 그 속을 통 모르겠더구먼. 아이 없는 게 비극일 거야."

"바람 안 피우세요?"

"그런 기미는 통 없더구먼."

"다행이네요. 동생은 꼴이 바람피우는 것 같던데."

"동생이라니? 문희 말인가?"

문영의 눈이 커다랗게 벌어진다. 그리고 몸을 앞으로 쑥 내민다.

"하진 씨 동생 말예요."

"아, 그 작은집에서 난 녀석 말인가?"

"접때 어디서 봤는데, 별로 인상이 좋지 않은 계집애하구."

"독신 생활에 계집애 데리고 놀기 예사지."

경옥은 문영과의 이야기가 지루하고 싫증이 나는지 살며시 하품을 깨문다.

"뭐 재미나는 일 없어요? 돌아와 보니 만 가지가 그저 그렇고 그렇군요."

"바빠서 눈이 돌아간다면서? 저번에 그런 말 했잖어? 바쁘면 재미나는 거 아냐?"

"일만 하다 죽으라는 법 있어요?"

"그럼 여지껏 좋은 사람도 없었다 그 말이군."

"보시다시피 감정의 부스럭지나 좀 줏어볼려고 하진 씨를 만나러 나오지 않았어요? 얼마나 궁했으면."

경옥은 허탈한 듯 웃는다. 아주 빈번히 그는 소리 내어 웃건만 그 웃음은 하나도 자기 것이 아닌, 사교를 위해 몸에 붙인 제스처에 지나지 않았다.

"믿어지지 않는 얘기군. 그 풍만한 아름다움을 가지고……."

문영의 눈이 순간 정욕적으로 번득인다.

"전혀 없었다면 그건 거짓말일 게고, 더러 심심풀이로."

"나도 한번 그 심심풀이의 상대가 되어보고 싶군."

"후원자가 되어주시겠다면 기꺼이."

경옥은 뱀처럼 매끄럽고 연하게 몸을 구부린다. 문영의 눈이 번쩍번쩍 빛난다. 그에 못지않게 경옥의 눈도 번쩍번쩍 빛난다. 서로 애정 아닌 정욕의 마음을 그 눈에서 읽어버린다. 그리고 서로가 납득하며 짙은 미소를 짓는다.

"오, 경옥이 아니요?"

외국풍의 경박한 악센트, 문영이 먼저 얼굴을 쳐든다. 오십 가까워 보이는 신사가 눈이 나쁜 것 같지도 않은데 엷은 보랏빛 안경을 쓰고 정말 희극영화에 나옴직한 몸짓을 하며 웃고 서 있었다.

"오 미스터 안, 그간 안녕하셨어요?"

일어선 경옥이 역시 그의 말투를 닮아가며 손을 내민다. 신사는 경옥의 손을 마구 흔들며,

"우리 프리마돈나를 여기서 만날 줄이야. 나 며칠 전에 돌

아왔소."

프리마돈나라는 말의 뜻이나 잘 알고 있는지 의심스러울 만큼, 최고 최상의 몸치장을 하고 있는데도 불구하고 신사는 무식해 보였다.

"어머, 그러세요? 제가 알았더라면 비행장에 나갔을 것을."

경옥은 천연스럽게 말하고 문영을 힐끗 쳐다보며 한쪽 눈을 찡긋해 보인다.

"알리자니 알릴 도리가 있겠소? 경옥이 어디 있는지 이제 만난 김에 경옥이 아드레스나 적어둬야겠소."

신사는 수첩을 꺼내어 대단히 어마어마한 표정으로 만년필을 든다. 경옥은 약간 난처한 빛을 띠다가,

"그거 좀 곤란하게 됐군요. 저는 곧 이사를 하게 돼 있는데 가는 집의 주소를 기억할 수 없네요. 죄송해서 어떡하나?"

"하 그거 참, 유감입니다."

"그럼 제가 미스터 안의 전화번호라도 가질 수 있다면 차후 연락 드리겠는데……."

"오, 오 참, 그렇구먼."

경옥이 핸드백을 들려고 하자 그는 또다시 희극배우 같은 몸짓을 하며,

"아니, 아니 적을 필요는 없구, 여기 명함이 있소, 자아."

그는 명함 한 장을 뽑아 경옥에게 내민다. 경옥이 들여다보지도 않고 그것을 핸드백 속에 간수하자 신사는 매우 섭섭한

표정을 짓는다. 그 명함에는 어떤 직위가 씌어 있었는지 알 길 없었으나.

"동행이 계시는데 매우 실례가 많았소."

신사는 문영에게까지 허리를 굽혀 인사를 하고 사라진다.

"재미있는 친구군."

"호호호…… 허리 잡겠어요. 호호호…… 저 무식쟁이가, 호 호호……."

까드라지게 경옥은 웃는다.

"돈푼깨나 있어 보이는군."

"어떻게 해서 벌었는지 그 경위는 알 수 없지만, 아이 우스 워라. 저치 음악가만 만나면 그게 여자일 경우 모조리 프리마 돈나가 되는 거예요. 본시 못 배웠으니 밑천이 모자라고, 그래 서 음악가만 보면 최고 예술간 줄 알아요. 멸시를 당하고 야 유를 받으면서도 자기 돈 쓰고 기를 쓰며 따라다니는 거예요. 연주회의 초대권이라도 한 장 보내보세요. 그야말로 대단한 선풍이 일죠. 돈 선풍 말예요."

"본질은 선량한 모양이지?"

"불쌍하죠. 많이들 이용하면서…… 이용한 대가도 지불받 지 못하는 가엾은 사람, 아마 오늘도 미국의 촌놈 데려다 놓 고 실컷 먹일 거예요."

"그러다가 파산하면 어쩔려구?"

"그런데 영리한 구석이 없지도 않아요. 확보한 재산의 나머

94

지만 뿌리는 걸요. 그러니까 단체에 목돈 기부 따위는 통 안 하죠. 거기 있을 때도 언제나 개인 상대였어요."

"개인 상대라면 경옥의 처지로선 얼마든지 긁어낼 수 있겠 군."

"흠."

"이번 귀국연주회의 초대권 한 장 보내면 돈 선풍이 불 것 아니냐 말이야."

"계산하고 있어요."

경옥은 장난스럽게 웃는다. 이때 하진이 나타났다. 그는 얼 핏 경옥을 알아보지 못하고 문영이 옆으로 다가간다.

"어 이제 오는군. 자네가 지각을 하다니."

말하는 문영의 눈이 재빨리 경옥에게 간다. 조금 전까지 웃 고 있던 경옥의 얼굴에는 가벼운 경련이 일고 있었다.

"반가운 옛 친구가 눈에 띄지 않나?"

문영의 말에 하진의 눈이 경옥에게 간다. 경옥은 앉은 채,

"오래간만이군요. 그간 안녕하셨어요?"

"아, 누구라구? 오래간만입니다."

하진도 처음에는 좀 놀란 듯했으나 이내 냉정해지며 십 년 만에 만난 사람 같지도 않게 말을 한다. 그리고 문영의 옆자 리에 앉는다.

"조금도 변하지 않았군요."

경옥의 가라앉은 목소리를 듣고 하진은 싱긋이 웃으며 얼

굴을 쓸어본다.

"한국에 돌아온 기분이 어떻습니까?"

한마디 해야겠다고 생각했는지 하진이 불쑥 묻는다.

"지금 하 선생님을 대한 것처럼 변하지 않았다는 느낌뿐입니다."

"그럼 변한 사람은 경옥 씨뿐이군요. 모두 진보하지 않았다는 뜻입니까?"

"옛날의 그리움이 그대로 남아 있다는 뜻이겠죠."

"그건 좋은 현상이군요. 모두 갔다 오면 한국을 초라하게 보는 모양이던데……."

하진은 슬쩍 경옥의 말을 피해버린다. 그리고 문영에게 얼굴을 돌리며,

"어떻게 이리 만나게 됐습니까?"

"우연이지."

문영은 경옥에게 눈짓을 한다.

"오늘은 좀 늦었죠?"

"그러게 말이야. 시곗바늘 같은 친구였는데."

"교통사고가 났어요, 오는 도중."

"자네가 탄 버스가?"

"뒤집혔어요. 부상자가 꽤 많았죠."

"그래서?"

"좀 거들어주고."

"조금도 안 다치다니, 같은 차를 타고서, 그거 기적이군."

"우연이죠."

하진은 껄껄 웃는다.

"그럼 우리 저녁 하러 갈까?"

"그러죠."

하진은 비로소 담배를 붙여 물며 일어선다. 그 옆으로 경옥이 바싹 다가서며,

"아슬아슬했군요. 자칫했으면 못 만나 뵐 뻔했군요."

나직이 속삭인다.

지하실 커피숍으로부터 나온 그들은 오 층에 있는 식당으로 올라간다. 문영이 앞서가므로 하진은 하는 수 없는 듯 경옥을 부축해준다. 그는 매우 굽이 높은 구두를 신고 있었다.

"선생님 여전하시군요. 여성에게 친절하시구."

경옥은 하진에게 몸을 기대며 속삭인다. 하진은 부수수하게 웃으며 대꾸가 없다.

"요다음 제 독주회 때 나와주시겠어요?"

"요즘 늘 바빠서."

"어머 섭섭한 말씀을 하시네요? 오랜 친구를 그렇게 대접해서 옳을까요?"

"예측할 수 없어서 약속은 못 하겠습니다."

냉정하지는 않았으나 근엄하게 말한다.

"그렇게 바쁘세요? 작품 하세요?"

“네.”

애매하다. 경옥은 잠시 가벼운 한숨을 내쉬다가,

“제가 귀국한 절반 이상의 이유는 하 선생님을 뵙는 일이었어요. 하지만 자신이 없더군요.”

“……”

“먼저 찾아가 뵙는…… 몇 번인가 학교에 전화하려고 생각하면서도……”

“일요일에 집에 놀러 오시지. 대개 일요일엔 집에 있으니까요.”

“집에……?”

경옥은 불쾌한 표정을 짓는다.

“문희도 경옥 씨의 오랜 옛 친구 아닙니까?”

“남의 진실을 그렇게 악용하는 건 너무 잔인하지 않을까요? 저도 어지간히 콧대는 높답니다.”

불쾌했던 얼굴이 노여움으로 변한다. 그러나 하진은 구태여 그 대답을 하려 하지 않고, 그러나 경옥을 변함없이 부축해 준다. 식당으로 들어가서 웨이터가 마련해주는 좌석에 앉았을 때 경옥의 얼굴은 평상시로 돌아와 있었다.

“흠! 경옥이 말대로 저 친구 코쟁이 하나 데려다 놓고 마구 먹이는 판이구먼.”

문영이 창가로 눈을 보내며 싱그레 웃는다.

“바로 맞았죠? 그런 사람이래도.”

웃음을 띠었으나 경옥의 목소리는 아까처럼 여유 있고 자신만만하지는 못하였다. 닭다리를 뜯고 있던 그쪽에서도 경옥을 보고 번쩍 손을 들어 보인다. 경옥이 고개를 끄덕여준다.

"우선 맥주부터 마시기로 하지."

문영은 웨이터가 주문을 받으러 왔을 때 하진을 보며 말했다.

그들이 한창 맥주를 마시며, 주로 문영과 경옥이 잡담을 나누고 있는데 하진은 무슨 생각을 하는지 멍해 있었다.

"하 선생님, 뭘 생각하세요? 예의적으로라도 눈앞에 있을 동안은 눈앞의 사람을 생각하세요."

경옥은 눈을 흘기며 하진의 빈 잔에 맥주를 붓는다.

"그거 재미나는 말이군. 좀 그래 보게, 골샌님아."

문영이 맞장구를 친다.

"골샌님이라구요? 천만에요, 모르시는 말씀. 십 년 전에는 경옥이도 문희와 마찬가지로 하 선생의 애인이었고, 그 밖에도 한두 사람."

하진은 쓸쓸하게 그냥 웃고만 있다.

"그랬었나? 금시초문인걸."

문영은 일부러 눈을 끔벅인다.

"알고도 모르는 척하는 그 술수가 오늘날 문영 씨의 유일한 사업의 밑천이나 아닐는지요."

경옥이 핀잔을 준다.

"하여간 오늘은 우연이고, 요다음에 경옥을 주빈으로 모시기로 하고, 그럼 우리 사무적인 얘기 좀 하기로 하지."

경옥과 함께 웃던 웃음을 거둔 문영이 하진에게 정색한 얼굴을 돌린다.

언덕 밑의 풍경

십 분가량 시간은 남아 있었다. 하진은 심한 두통을 느꼈으므로 아무 말 없이 데생하는 학생들을 내버려두고 실기실에서 나와버린다.

머리를 걷어 넘기니 복도의 바람이 설렁하게 목덜미에 와서 닿는다. 온종일 햇빛이 안 드는 북편 창밖에는 회색빛 우중충한 돌산이 보인다. 공사를 시작한 지 벌써 달포가 지났는데 아직 석수들이 정을 치는 망치 소리가 들려온다. 멀리서 나는 소리였지만 마치 하진의 골을 치는 듯. 실제의 소리보다 의식의 소리가 더 컸는지도 모른다.

'흥! 아이들 가르치는 학교인지 교사를 짓기 위해 있는 곳인지 모르겠군, 도무지.'

몸을 밖으로 내밀고 바깥바람을 쐬다가 하진은 걸음을 옮긴다.

'미술 교사, 화가, 대학교수, 환쟁이……'

우중충하게 어둡고 긴 복도를 지나가면서 하진은 혼자 중얼거린다. 쓰디쓴 미소가 지나간다. 망치 소리에 두통은 한층 더 심해지는 것 같고, 가슴이 메어오듯 울렁거린다.

'정말 넌덜머리가 난다. 그런데 뭐 하려고 여기 붙어 있는지 모르겠다. 일주일에 세 번, 아침이면 반드시 문을 나서는 버릇, 방학 때는 매일 꼬박꼬박 나왔었지.'

메마르고, 그래서 한층 더 커 보이기만 하는 하진의 큰 키가 휘청거리는 것 같다.

복도 양편의 흰 벽면에는 백 호 이상의 그림들이 즐비하게 걸려 있었다. 희미한 창문이 하나 지나가면 칙칙한 추상화 한 폭이 나타난다. 다시 창문이, 그리고 그림이. 하진은 그것이 무한히 계속되고 있다고 생각한다. 색채로밖에 보이지 않는 그것들은 아주 무거운 중량을 내포하고 있는 듯, 그러면서 하진을 굽어보고 어쩌면 당장에 큰 암석처럼 굴러떨어져서 밑의 것을 모조리 짓눌러버릴 것만 같은 소름 끼쳐지는 공포를 자아내게 한다.

'저 붉은 색채가 꿈틀거리고 있어. 가만있자. 누구의 그림이 더라?'

그러나 그 그림을 자세히 들여다보는 것도 아니다. 그냥 스치고 가면서 현기증과 더불어 그는 이상한 환상 속으로 말려들어 간다. 그렇게 걷고 있는 그에게 이제는 정을 치는 망치소리는 들려오지 않았다. 다만 색채가 펄럭이고 꿈틀거리고.

'나는 지금 걷고 있다. 깊은 계곡 속을 무한정 헤매고 있다. 발부리에 끈적끈적한 피가 괴는 것 같다. 포 소리가 왜 이렇게 먼지 모르겠다. 아니, 아무 소리도 들려오지 않는다. 전선에 포 소리가 멎으면 무서운 것이다. 포 소리가 멎은, 숨소리 하나 들려오지 않는 침묵의 전선…… 무엇이 일어날 것이다. 시시각각으로 무엇이 다가오고 있다. 아아, 수천 마리의 까마귀 떼들이 날아내린다. 날갯소리가 소나기 같구나. 온통 하늘이 까맣다. 푸른 구멍, 하늘 구멍 한 조각도 찾아볼 수 없구나! 수, 숨이 막힌다. 아, 저, 저 마구 날아올라 가는구먼! 눈알을 다 빼먹은 까마귀 떼들이 날갯짓을 하며 춤을 추고 있다. 눈알이 빠져버린 송장이…… 그, 그런데 살아서, 숨이 붙어서 팔을 휘젓고 있지 않느냐! 숨을 할딱이고 있다. 지리산, 지리산, 영순이…… 나는 지금 계곡 밑바닥, 피가 끈적끈적한 곳을 거닐고 있다. 양편 능선에서 보이는 무수한, 저 무수한 총구, 적의 총구가 기왓장 밑의 서까래 같다! 내가 넘어지면 까마귀 떼가 날아내릴 것이다. 눈을 쪼아 먹고 그리고 살을 쪼아 먹을 것이다. 내 숨이 넘어가기 전에, 영순이, 아 영순이, 움직이던 팔뚝…….'

하진은 우뚝 걸음을 멈추고 눈을 크게 부릅뜬다. 눈앞에는 누런 빛깔의 그림과 창문, 그리고 창문 밖에 잿빛 돌산이 있었을 뿐이다.

'내가 꿈을 꾸면서 걸었구나.'

그는 호주머니 속에서 꾸겨진 손수건을 꺼내어 이마에 배어난 기름땀을 닦아낸다.

'……심한 것 같다. 요즘에는 점점 더 심해져 가는 것 같다.'

머리는 여전히 무겁고 다시 돌을 쪼는 망치 소리가 들려온다. 이윽고 그림의 벽이 끝났다. 따라서 환상의 계곡도 끝이 난 것 같았다. 그는 교수실 문 앞에 서 있었다.

'이번에는 내가 적의 사령부 앞에 서 있구나!'

생각을 한곳에 모으려는 듯 교수실 도어를 오랫동안 응시하다가 고개를 한 번 흔들고 도어를 민다. 그곳에도 회색 안개가 뿌옇게 흐르고 있는 것 같았다. 그 안개를 헤치며 코밑수염을 가꾼 얼굴이 불쑥 나타난다. 그 코밑수염의 얼굴은 번쩍번쩍 빛나는 하진의 눈을 보고 빙긋이 웃는다.

'저 작자가 또 나타났어? 저 작자를 만나려고 내 골치가 그렇게 쑤셨던갑다.'

다른 교수들과 듬성듬성 모여 앉아 잡담을 하고 있던 미술평론가 강인하는 결코 악의적인 미소를 하진에게 던진 것은 아니었다. 오히려, 이 신경질쟁이야, 그래도 용케 강의는 꼬박꼬박 하러 나오는군 하는 투의 지극히 친밀을 표시한 미소였던 것이다. 하진은 그 미소를 세차게 퉁겨버리듯 그에게 등을 돌릴 수 있는 아무 의자에나 퍽 주저앉으며 담배를 뽑아 문다.

"하 선생."

강인하는 하진이 등을 돌리고 앉는 것쯤 문제시도 하지 않

는 모양으로 넌지시 말을 건다. 코밑수염을 쓸어보면서. 하진은 비스듬히 몸을 돌리며,

"웬일이시우?"

"헤헤헤……."

"멀리까지 왔구먼요."

"여까지 산책 나왔죠. 옛날 정들었던 곳이라 철쭉이 피지 않았나 하고 왔는데 원, 공사하느라고, 돌산을 무너뜨리는 둥이 소동 아니겠소?"

싱글벙글 웃다가 검은 베레모에 제격으로 맞아떨어지는 굵은 나무 파이프에 가루담배를 담는다.

"명동에 나가니까 하 선생 개인전 연다는 소문이 자자하던데, 그거 정말이유?"

천천히 담뱃불을 붙이며 묻는다.

"나보다 더 잘 아시는군."

하진은 찌그러진 웃음을 띠는데 공연히 싸움이라도 걸듯 위태위태한 분위기를 자아낸다.

"남이 더 잘 아는 일이 많지. 하기사 헛소문이 아닌가 생각하긴 했지요. 그러나 왕년의 천재께서 십여 년 동안 긴 침묵을 지키고 계시니 그거 되겠소?"

"안 되면 어쩌겠소?"

"허, 그거 안 되죠."

고개를 설레설레 흔들며 농으로 옮겨가려 한다.

"오래간만에 멀리까지 산책 왔다면서 무슨 설교요? 훈장티를 아직도 못 벗었소?"

옆에 앉은 만년 강사가 핀잔주듯 말한다. 그러나 강인하는 들은 척도 하지 않고,

"화가가 그림은 안 하고 대학 교수직에서 썩고 있다니, 세상에 이런 답답할 노릇이 있겠소? 처자 먹여 살리려고 하는 짓도 아니겠고, 하 선생의 경우는 일종의 수수께끼요. 일찌감치 목이 마른 후배에게 자리 물려주는 선심이나 베풀고 화실에 들어앉아 작품 해야지. 안 그렇소, 하 선생?"

하진이 대신 아까 핀잔을 주던 강사가,

"그래 강 선생은 진작 학교에서 물러났는데, 그동안 무얼 했소?"

하고 웃는다.

"좋은 화가가 침묵을 지키고 있으면 유능한 평론가도 침묵을 지키지 않을 수 없겠지."

"옳아, 자네는 유능한 평론가 못 돼서 지상에 이름이 그렇게 요란스레 나더라니, 요즘. 하하핫……."

서로 무관한 사이인 듯 뚱뚱한 회화과 장 교수가 익살을 피우며 너털웃음을 웃는다.

"그까짓 토막글이 무슨 놈의……."

"그러니 현재 침묵을 지키고 있는 평론가다 그 말씀인가? 자네가 유능한지 무능한지 매우 애매한 노릇이로되 입은 발

라서 말은 옳게 했지. 아암, 그렇고말고. 좋은 화가가 침묵을 지키면 유능한 평론가도 침묵을 지키렷다. 그럴싸해. 원래 평론가란 작가의 뒷바라지해주게 마련이거든."

싱글벙글 웃으며 놀려댄다.

"넋 빠진 소리 작작 하게. 자넨 쟁이바치 아닌가? 자고로 쟁이바치가 상납하는 물건을 검사하는 사람의 벼슬이 높다는 걸 모르나? 베를 짜 와서 검사를 마쳐야만 무게를 달게 되는 법이고, 돈을 찾아가게 되는 거지. 정신 똑똑히 차려두게."

농담치고는 어설프고 구차스러운 말을 늘어놓는다.

"오오라 맞어, 자네 그러고 보니 직공들의 피 어지간히 빨아먹었겠구나. 기업주의 고용살이하면서 말이지?"

화제의 실마리를 만든 하진은 뒤편에 나앉고, 그들의 실없는 농담은 바야흐로 무르익는다. 하진은 창밖에 눈을 준 채 담배만 태우면서 일절 그들 이야기 속에 끼어들지 않는다. 그렇다고 해서 그의 표정이 평온했던 것은 아니다. 짜증과 신경질이 오락가락하면서 때론 신비스럽기조차 한 빛이 그의 얼굴에 엇갈려 복잡하고도 변화 많은 표정을 이루고 있었다.

담배를 비벼 끈 그는 앉아 있기도 답답하였던지 무거운 머리를 깍지 낀 손바닥에 받치고 교수실 안을 왔다 갔다 한다.

"지금 우리 화단에는 마지막 귀족 한 사람과 마지막 부르주아 한 사람이 있지."

한가한 교수실, 강인하는 기침을 하며 이야기의 각도를 달

리한다. 왔다 갔다 하고 있는 하진을 힐끗 쳐다보면서,

"마지막 귀족인 K는 그 방대한 유산을 십여 년 동안 착착 팔아먹어 가면서 다만 그림만 그려왔고, 지금도 굶주려 허덕이면서도 팔리지 않는 그 고집스런 화풍을 그냥 끌고 나가거든. 바보같이 생긴 녀석이 어디서 그 지독한 고집이 나오는지. 고집이기보다 일종의 집념이지. 그는 예술을 위해 모든 것을 탕진하고, 오로지 그 자신만을 위해 살아왔거든. 어쩌면 우리 화단에서뿐만 아니라 이 나라의 마지막 귀족이 될지도 모른단 말이야, K는……."

"고약한 친구지. 쌀이 떨어지면 이불 깔고 드러눕는다더군. 친구가 쌀말이나 짊어지고 가면 부시시 일어난다는구먼."

누군가 강인하 말에 짝을 맞춰준다.

"화단 최후의 부르주아 H는……."

하는데 뚱뚱한 장 교수가 팔을 내저으며,

"최후라니? 그럼 앞으론 화가는 다 빌어먹으란 말이야? 두고 봐. 소품 하나가 백만 원에 팔릴 시기가 올 테니까. 귓밥 만지고."

"흥, 가엾은 친구야, 오늘 밤 잠자리에 들거들랑 그런 꿈이나 꾸게 하나님께 빌어라."

"내가 그림 팔아서 십 리나 되는 성곽을 사거들랑 돈 빌려 달라고 손바닥 펴고 오질랑 말게. 지금 교외에는 어마어마한 대저택들이 들어서고 있는 판이라, 정원만을 꾸미는 데도 수

백만 원 처들이는 처지고 보니 그림에는 눈뜬장님일망정 집 모양의 체통을 봐서라도 무식쟁이 벼락부자가 그림을 안 살 수 없게 돼 있단 말이야. 알겠나, 이 친구야?"

"흥, 꿈이나 꾸어라. 자네 당대에는 돈벼락 맞을 걱정은 없으니까, 꿈속에서나마 넓은 화실을 짓고 밥걱정 없이 작품 제작에만 전심할 수 있는 체험을 하게나."

"나야 뭐 돈벼락 맞을 걱정보다 좋은 작품들이 많이 쏟아져 나오면 실속 없이 바빠질 자네 처지가 걱정이네그려."

"달에 로켓이 갔다 하니 그곳에 세울 학교 인가를 얻으러 가는 인사하고 마찬가지 횡설을 하는구면. 아무튼 마지막 부르주아인 H는 돈이 사장되어 있는 것과 마찬가지로 그의 재능도 지금 사장해둔 채란 말이야. 애석한 일이 아니겠나? 내 생각 같아서는 아마도 그 사장된 재산을 풀어내고 나오는 날이면 그의 아까운 재능도 저절로 풀려나올 상싶은데……."

바로 하진에 관한 이야기였기 때문에 다른 사람은 맞장구를 치지 못한다.

"안 그렇소, 하 선생."

강인하는 싱글싱글 웃으며 하진을 화제에 끌어들이려 한다.

"무슨 이야깁니까? 나는 가는귀가 좀 먹어서."

하는데 교수실의 사동이,

"하 선생님, 전화 왔습니다."

하며 수화기를 건네준다. 하진은 수화기를 들고,

"전화 바꿨습니다."

"저예요."

여자의 목소리다.

"실례지만 누구신지요."

"저 경옥이에요."

"아, 그러세요?"

"어머! 그러세요라뇨? 전 학생의 자모님이 아닌데요?"

"여긴 국민학교가 아닙니다."

경옥은 깔깔 웃는다.

"무엇에 그리 화가 나셨을까? 그런데 하 선생님은 기어코 안 오셨더군요."

"어디를 말입니까?"

"어머! 아무래도 접시 물에 빠져 죽어야 할까 봐."

"그렇게도 억울한 일이 있었습니까?"

하진은 알면서도 시치미를 뗀다. 농담조로 말하지 않는다면 까닭 없이 치미는 짜증에 그는 전화기를 내동댕이쳤을 것이다.

"너무하세요."

"어째서요?"

"조그마한 꽃다발이라도 가져오시는 줄 태산같이 믿었는데 영영 그만이더군요. 눈이 빠질 뻔했어요. 독주회의 의의는 완전 상실, 아무래도 환영받지 못하는 이 땅에서 영영 사라져야 할까 봐요."

농담으로 천연스럽게 지껄였으나, 단념하지 않는 끈질긴 힘이 경옥의 목소리 속에는 있었다.

"대단히 유감스럽군요. 사후면 안 되겠습니까? 아주 몸이 다 묻히고 말 큰 꽃다발을 안겨드리죠."

"아아, 노여움이 절반가량은 풀어지는구면요. 그럼 한번 절 만나주시겠어요?"

"좋습니다."

"언제?"

"언제라도."

"오늘이라도?"

"좋소."

하진은 화가 나서 내동댕이치듯 말한다.

"그럼 먼저 만난 그곳에서, 일곱 시까지 기다리겠어요. 약속 어기시면 안 돼요."

전화를 끊는다. 얼굴을 잔뜩 찌푸린 채 수화기를 놓자마자 하진은 호기심에 가득 찬 눈들을 뒤로하고 온다 간다 말도 없이 밖으로 나와버린다. 구내식당으로 가서 커피 한 잔을 마신 뒤 그는 공사장을 향해 어슬렁어슬렁 걸어간다.

오후에는 강의가 없고 바깥바람을 쐬어 그런지 머리는 다소 가벼워진 듯하다고 하진은 생각한다. 벌써부터 땀을 흘리기 시작한 목수는 그리 그늘이 짙지도 않은데 나무 밑에서 대패질을 하고 있다. 비뚜름하게 머리를 동여맨 수건이 왔다 갔다한다. 깎고 또 깎고, 얇삭한 판자 위에 고운 무늬가 나타난다. 다듬잇살이 보기 좋게 오른 하얀 비단의 무늬와 같이. 한동안 우두커니 서서 구경을 하고 있던 하진은 담배를 꺼내어 목수에게 권하면서,

"이건 무슨 나무요?"

"미송입니다."

"무늬가 곱군요."

"무늬가 많은 것은 볼만하죠."

"나왕보다 여문가요?"

"그럼요, 거 다 몰라 그렇지 나왕은 아주 무릅니다. 목재가 옛날같이 없으니까 모두 그걸 쓰게 되지만."

"그럼 미송이 비싸겠구면."

"오히려 미송이 싸죠. 그 대신 일하기가 망해요. 그러니 품삯이 많이 먹죠."

"하루 품삯은?"

"오백 원입니다."

"대학교수보다 낫군."

"말씀도 맙쇼. 평생 해도 이 꼴 이 따라지. 일이 고된 데다가 그나마 노상 일이 있는 것도 아니구…… 뜨내기 신세죠."

목수는 담배를 비벼 끄고 다시 대패를 든다.

"일을 하는 데 재미를 느낍니까?"

"옛날에는 그랬습죠. 내 손으로 집 한 채 지어놓으면 돈도 돈이지만 신바람이 났죠. 요즘엔 어디 목수가 집 짓습니까? 기껏 문짝이나 만들고 문틀이나 짜주면 그만이죠. 벽돌, 시멘트가 판을 치니 우리네 목수들은 한갓 날품팔이를 면치 못한답니다."

목수는 서글프게 웃는다.

"나는 부러운데 그러시우?"

"어림도 없는 말씀을, 선생님들이야 선빈데 있을 법이나 한 일입니까?"

목수는 머리에 감은 수건을 끌러 땀을 닦고 하진을 물끄러미 바라본다.

"연장 망태만 짊어지면 어디든 갈 수 있지 않소?"

"그것도 젊은 시절의 얘기죠. 이래 봬도 안 가본 데가 없답니다. 조선 팔도는 물론, 일본 중국에도 다 갔었지요. 그래도 늘어난 건 없고 요 꼴 요 모양입니다그려. 목수치고 제법 지니고 사는 사람은 드물죠."

"가족은 많소?"

"네댓 됩니다. 벌어 먹이기가 바쁩니다."

"소원이 무엇이요?"

목수는 일손을 멈추고 하진을 의아하게 바라본다. 그러다가 싱긋이 웃으며,

"날씨나 좋고 일자리가 쭉 계속되었으면 좋겠습니다. 겨울 한 철은 놀고먹어야 하니까요."

이번에는 하진이 그를 빤히 쳐다본다.

"그것이 소원이요?"

하다가 하진은 돌아서서 언덕으로 올라간다. 언덕에 앉아서 그는 언덕 아래, 방금 이야기를 나누고 온 목수의 일하는 모습을 내려다본다. 왼편으로는 돌산을 쪼아내는 석수들의 모습을 볼 수 있다.

'날씨나 좋고…… 일자리가 쭉 계속되었으면 좋겠습니다 고…….'

하진은 목수가 하던 말을 입속으로 되뇌어본다.

'내 소망은 무엇일까…… 저 친구보다 더 가난한 인간이군 그래.'

하진은 잡풀 속에 벌렁 드러누우며 하늘의 구름을 본다.

'석수는 짬만 보고 정에 망치질을 하고, 목수는 나뭇결을 보고 대패질을 한다. 옛적에는 나도 그와 같은 화공이었을 텐데, 언제부터 이렇게 갈라져서 생각 많은 귀족이 되었을까? 흐르는 구름을 보며 옹기장이는 그릇을 만들고 석수는 돌을 다듬고 목수는 나무를 밀고, 그래서 그 너그러운 선을 만들지 않았던가? 그 선(線)을 잃어버린 지금, 내용을 찾다가 잃어버린 선, 내용이 없는 선, 그러나 빈 그릇은 존재한다. 그러나 선이 없는 내용은 무엇으로 형체 지울 것인가? 어떤 예술가께서는 볼륨을, 볼륨을, 했었지. 구름을 보고 물소리를 듣고 이룩한 너그러운 선 대신 소음과 물체와 바쁜 상황 속에서 찾은 것은 몸서리쳐지는 외로움, 눈을 감아버리고 싶은 고뇌의 덩어리, 무자비하게 추구함으로써 그것을 예술가의 양심이라 하였다.'

"어머 선생님?"

맑은 목소리에 놀라며 하진은 풀밭에서 벌떡 일어나 앉는다.

"시를 읊고 계세요?"

이번에는 좀 탁음이다.

"아아 누구라구?"

여학생 둘이 손을 잡고 서 있었다. 호리호리하게 마르고 눈이 큰, 맑은 목소리의 임자인 듯한 여학생은 신비스럽게 하진을 바라보고, 둥그스름한 얼굴에 어깨가 넓은 탁음의 임자인 듯한 여학생은 하진을 조금도 어려워하지 않는 친숙한 미소를 띠며 서 있었다.

"여간 놀라지 않았어요."

탁음의 소녀가 말한다.

"왜?"

"글쎄, 아무도 없는데 어디서 중얼중얼 소리가 나지 않겠어요? 전 대낮에 도깨비 난 줄 알았어요."

하고 소녀는 사내아이처럼 깔깔 웃는다. 그러나 눈이 큰 소녀는 근심스러운 얼굴로 하진을 바라보며 웃지 않았다.

"송희는 도깨비가 있다고 생각하나?"

하진은 소녀의 근심스러운 눈을 들여다보며 묻는다.

"아뇨."

또렷하고 맑은 소리가 낮은데도 울린다.

"그럼 왜 그리 겁먹은 눈을 하고 있지?"

하진의 얼굴에는 드물게 부드러운 미소가 흐른다.

"선생님이 어떻게 되셨나 싶어서요."

"어떻게라니?"

송희의 얼굴이 새빨갛게 물든다.

"저, 저……."

"미친 줄 생각했단 말이지?"

붉어진 얼굴에 다시 겁먹은 눈이 되어버린다.

"정말 선생님은 이상하셔요."

하진은 탁음의 소녀에게로 얼굴을 돌린다.

"선생님 별명 뭐래는 줄 아세요?"

하진의 말 없는 얼굴을 바라보며 소녀는 생글생글 웃는다.

"모르는 게 약이지."

"다른 선생님들은 아시고 싶어서 꼬치꼬치 캐묻던데요? 선생님은 호기심이 없나 봐요."

상체를 흔들며 말하는 소녀의 레몬빛 바바리코트가 퍽이나 선명하다. 옆의 송희는 마음대로 생각나는 대로 말할 수 있는 친구를 부러운 듯 쳐다본다.

"호기심…… 그건 아마 어느 누구보다 강할걸."

하진의 시선은 멀리멀리 봄 아지랑이가 낀 곳으로 간다. 그 외면이 너무나 완강한 것이어서 비위가 좋은 여학생도 더 이상 말을 걸어보지 못한다.

"그럼 선생님, 저희들 먼저 가겠어요."

"음."

소녀들은 손을 잡고 비탈진 길을 내려간다. 코트도 없이 검은 스웨터를 입은 눈 큰 소녀는 비탈길을 내려가면서 몇 번이나 돌아보곤 한다.

그들의 모습이 아주 멀어졌을 때 하진의 시선이 비로소 검은 스웨터 입은 소녀의 뒷모습을 좇는다. 맑은 샘 같은 소녀라 그는 생각했다. 늘 말이 없으면서도 강한 호기심과 어떤 이야기를 담뿍 실은 듯한 그 눈동자는 하진의 마음을 이따금 놀라게 하곤 했는데―.

미치광이의 선물

"사장님, 전화입니다."

사장실에 있는 계집아이가 전화를 돌려준다.

"아, 나 이문영이요."

문영은 거드름을 피우며 말했다.

"좀 급한 일이 있어서 전화 걸었지요."

취기 어린 남자의 목소리다.

"음 누, 누군데?"

"당신 매부요."

"한잔 마셨군."

이문영의 목소리가 갑자기 부드러워졌다.

"뭐 맥주 좀 한 것뿐인데 그러세요?"

"그, 그래 급한 일이란 뭔가?"

"돈 좀 쓰려구요."

"돈?"

"네, 돈입니다. 십만 원쯤 융통해주십시오. 안 됩니까?"

"안 되긴? 그런데 어디다 쓰려고?"

"집에 들어갈 시간은 없고, 기분이지요, 갑자기. 내일 돌려
드리리다."

"돌리고 안 돌리는 것보다, 술이 취했는데?"

문영은 망설인다.

"내가 거부, 벼락부자란 것을 모르시오? 술자리에 십만 원
쯤 뿌렸기로소니 뭐가 어쨌다는 겁니까? 안 되겠으면 그만두
십시오."

"안 되긴, 성미도 급하다. 보수면 되겠지?"

"그럼은요."

"어디로 전할까? 자네 여기로 오겠나?"

"지금 보석상에, ×보석상에 있는데 사람 시켜 보내주십시오."

"×보석상? 그, 그러지."

전화를 끊은 문영은,

"별일 다 있군. 그 친구 보석상엔 뭐 하러 갔을까? 보석을 산다는 건가?"

중얼거리면서 비서를 부른다.

문영의 비서가 ×보석상에 보증수표를 가지고 갔을 때 하진은 비스듬히 의자에 기대어 앉아서 고개만 한 번 끄덕였다.

"여기 가져왔습니다."

비서가 공손스럽게 수표가 든 봉투를 내밀자,

"저기 주시오."

하며 보석상 주인에게 턱을 쳐들어 보인다. 보석상 주인은 얼른 받아 금액을 확인한다.

"거스름돈은 이리로 주시고."

하진은 비스듬히 앉은 채 주인에게 말했다.

"그럼 가도 좋소."

비서가 다시 공손스럽게 인사를 하고 나간다. 보석상 주인은 얼마간의 거스름돈과 포장한 보석상자를 하진에게 건네준다.

"감사합니다. 참 좋은 것 고르셨습니다."

하며 손을 비비고 함박꽃 같은 웃음을 띤다. 하진은 무척 행복해 보이는 보석상 주인의 얼굴을 물끄러미 바라보다가 거스름돈과 보석상자를 호주머니 속에 밀어 넣는다.

"나 사기한같이 보이지 않소?"

"원, 벼, 별말씀을."

"수표가 가짜면 어쩌겠소."

"괜한 농담을 하십니다."

"사기꾼도 보석상자를 호주머니 속에 밀어 넣을 땐 나보다 행복할 거요. 안 그렇소, 주인?"

술기가 있어 그렇다고 보석상 주인은 헤아린다.

"물건을 파는 게 그리 즐겁소?"

또 묻는다.

"파는 사람보다 사 가시는 분이 더 즐겁죠."

"그럴까요?"

"어떤 부인네는 너무 기뻐 눈물까지 흘린답니다. 오래오래 소망하던 것을 산다구요."

"하긴 애인보다 보석을 더 사랑하는 여인이 있지."

"있구말구요. 허다하죠. 여자들이 보석에 미치면,"

"미치면?"

"무슨 짓이라도 합니다."

"무슨 짓이라도……."

"그럼요."

"여자 못 된 게 한이구먼."

하진은 드디어 일어서 거리로 나간다.

하진은 바에 들러 다시 술을 하고, 술을 하는 동안 그는 보석상자를 여급에게 던져주고 싶은 충동을 여러 번 느꼈다.

거리에 황혼이 깔릴 무렵 하진은 싱그러운 가로수를 따라 K호텔로 향하였다. 지하실 커피숍의 도어를 밀고 들어갔을 때 경옥은 연둣빛 투피스에 코트도 없이 멋진 포즈로 앉아 있었다. 그는 하진을 보자 전과 같은 웃음을 띠지 않고 매우 쓸쓸한 표정이었다.

하진이 맞은편 좌석에 앉자 경옥은 시계를 보며,

"정확하시군요."

"교통사고가 없었으니까."

"독주회 날에는 교통사고 없으셨던가요?"

하진은 금세 얼굴을 찌푸린다. 자기 자신의 행동이 모조리 건성이었다 할지라도 여자가 너무 추근추근 구는 것은 싫었던 것이다.

"나에게 보내주신 그것 초대장이었습니까?"

하진은 싸늘하고 멸시하는 미소를 띤다.

"네? 초대장이죠, 물론."

경옥의 얼굴은 바보같이 된다.

"난 또 검찰청의 소환장인 줄 알았지요."

비로소 비꼬는 말임을 알아차린 경옥은 얼굴을 붉힌다. 부

끄럽기보다 노여워서. 하진은 멸시의 미소를 거두고,

"너무 자신만만하십니다. 삼천만이 다 경옥 씨의 숭배자는 될 수 없는 일 아니겠어요?"

"……."

"뭘 드시겠습니까?"

"아무거나요."

자리를 차고 가버릴까 망설이면서 경옥은 대꾸한다.

"너무 자신 많은 분은 누가 좀 꺾어드려야 합니다."

좀 지나쳤다 생각했는지 하진의 목소리는 부드러웠다. 그 말 한마디에 경옥의 노여움을 풀어진다. 경옥은 자신이 결코 단순한 여자가 아니라고 생각하고 있다. 그러나 그의 눈에 비친 하진의 자신에는 당할 도리가 없어 그는 스스로 단순해진다고 자위하고 있는 터이다. 이쯤 되고 보니 두 번 다시 독주회 이야기는 꺼낼 수 없게 되어버렸다.

"약주 하셨군요."

"좀 했습니다."

"기왕이면 저하고 함께하실 것을."

"지금도 여지는 있습니다."

"그럼 어디로 가야겠네요?"

"어디로…… 그러죠."

했으나 하진은 일어서지 않는다.

"내일은 비가 오시지 않겠죠?"

엉뚱한 소리를 한다. 경옥은 창문 밖을 보려다가,

"여긴 지하실이니까 하늘이 보여야죠?"

"느낌이 있지 않습니까?"

"글쎄요. 비 오시지 않을 것 같은데…… 어디 여행하시나
요?"

"아뇨, 어떤 사람의 소원이 생각나서."

"소원?"

"그 사람은 날씨나 좋고 일이나 계속하여 있었음 좋겠다 하
더구먼요. 날씨야 하나님이 하시는 것을 낸들 어쩌겠소? 일은
그렇지, 일은 우리 그 땅에다 집이나 한 백 호 지었음 당분간
일이 계속되겠지."

"어떤 분인데요."

"목수."

"목수? 하 선생님은 별난 데 다 관심이 있군요."

"관심도 없소. 잡념이지. 내가 그런 휴머니스트가 될 것 같소?"

"인연이 멀죠."

"그럴 거야."

"여자를 버리는 것을 보면."

"버림을 당했다 생각한다면 강경옥의 면목이 형편없게 될
텐데?"

"버림을 당했으니까 미련이 남는 것 아니겠어요? 그러니까
이리 다시 만나게 된 거고요."

"당신의 소망은?"

차츰 하진의 말투는 옛날로 돌아가고 있었다.

"아시잖아요?"

"모르는데."

"사랑."

"무엇에 대한?"

"인간에 대한."

"사랑이 아니라 승리감이겠지."

경옥은 눈웃음치며 그 말 대답은 하지 않는다. 눈언저리에 가는 주름이 모이는 것이 안됐다고 하진은 생각한다.

"내가 오늘 밤 당신의 소망을 이루어드리리다. 목수의 소망보다 손쉽고 간단한 것 아니요."

"더러는 농을 빼시고 말씀해보시지 않겠어요?"

경옥은 슬픈 얼굴이 된다.

"거짓말치고는 희극이 비극보다 낫고, 또 더 어려운 거요."

주거니 받거니 해봐야 끝이 없다고 생각한 경옥은,

"어디 장솔 안 옮기겠어요?"

"왜요, 옮겨야죠. 바로 위로."

그들은 아무 저항도 느끼지 않는 듯 K호텔의 방으로 옮겨간다. 그리고 그들은 아무 저항 없이 포옹하며 허무한 관계에 빠지는 것이었다.

경옥은 슈미즈 위에 투피스를 걸치며,

"문희한테 미안하지 않아요?"

"그따위 속된 대화는 그만둡시다. 아마 모두들 꼭 같은 얘기 할 거요."

"천연스럽게 속일 수 있겠어요?"

"말 안 하면 속이는 게 되겠지."

"외국에 가겠다 하더군요."

"……."

"하 선생님이 가라 하셨다구요?"

"자유지."

"부인인데?"

하진은 침대에 걸터앉은 채 아무 대답도 하지 않는다. 어색한 침묵이 흐른다.

"문희도 퍽 피곤할 거예요."

경옥이 한마디 뇌까리고 하진과 좀 거리를 두며 침대에 걸터앉는다.

"남녀 관계가 다 이런 거라면 참 쓸쓸할 거예요."

"쓸쓸하지 않을 방법이 꼭 한 가지는 있지."

"어떤?"

"내게는 아주 못쓰게 된 여자가 하나 필요할지도 몰라."

하진은 가만히 벽을 응시한다. 고독한 눈동자에 눈물이 어려 있는 듯 보인다.

"나는 벌써부터, 아주 옛날 경옥일 처음 만났을 그때에도 인간의 존엄성을 부정하고 있었어. 인간은 모조리 동물로만 보이더란 말이야. 그것도 무슨 성욕이나 식욕을 두고 하는 말은 아니지. 생존 본능 말이야. 썩어 문드러진 몸뚱이에 구더기가 득실거린다는 어느 시인의 이야기 그것도 이미 낡았어. 아마 그것은 공상이었기에 그럴는지…… 무한히 아름다웠던 것들이, 그것들이…….”

하다가 하진은 머리를 흔들며 일어선다. 그리고 양복을 입고 주머니 속에서 보석상자를 꺼낸다.

“경옥이.”

“네?”

“나 그리 나쁜 남자는 아냐. 그렇지만 경옥이도 허위가 많지.”

“…….”

“옛날 일 되씹고 싶지는 않아. 옛날 일이란 한 가지 말고는 모두 희미하고 기억에도 사라져버렸어. 다만 이번 독주회에 못 간 속죄로.”

하며 그는 보석상자를 내밀었다.

“나 먼저 나가겠어.”

하진이 도어를 밀고 나가려 하자 경옥은,

“이따금 전화 걸어도 돼요?”

“아마 걸고 싶지 않을 거야.”

도어를 소리 나게 닫아부치고 그는 나가버린다.

거리는 어둡다. 밤, 저물지는 않았지만.

'미치광이의 선물이야. 오백 원 품삯 받는 목수에게 만 원 베푸는 대신 경옥에게 십만 원 베풀었다. 미치광이의 선물이다, 미치광이의 선물이다.'

그는 전차를 타고 원효로로 향한다. 전차에서 내린 그는 식료품점에서 귤을 사서 호주머니 속에 넣고 천천히 어둠을 타며 걸어간다.

그 저택, 노파 한 사람이 살고 있는 그 저택 속으로 하진이 사라진 뒤 삼십 분이나 지났을까? 하영이 그 집 앞에 나타났다. 그리고 그도 저택 안으로 사라지고 말았다. 하영의 뒤를 밟고 왔는가 어둠 속에 서울흥신소 김주원이 담뱃불을 붙인다.

'이상한 일이야. 그 여자는 일체의 연락을 끊고 다시 나타나질 않았다. 그런데 나는 이상한 흥미를 느낀다 말야. 그들은 틀림없이 형제간이다. 얼굴이 닮았어. 일전에도 그는 여기에 나타났어. 이번이 두 번째……'

하는데 하영이 문을 밀고 나온다. 그는 김주원이 뒤를 밟고 있다는 것을 알고 있는 듯 얼른 길모퉁이에 숨는 김주원의 모습에 냉소를 띠며 천천히 걸음을 옮긴다.

'저 새끼, 형수한테 어떤 보고를 할까? 병신 같으니라구.'

장미원薔薇園

　연회색 양복에, 다소 비대해지기는 했지만, 막 이발소에 다녀왔는지 풀이 선 흰 칼라 위에 면도 자국이 시원해 보이는 목덜미를 구부리고 앉아서 이문영은 신문을 읽고 있다.

　'흠, 재미나는 이야길 했군. 그 위인이 보면 대체 어떤 표정을 할까? 하지만 나도 동감인데 어쩔 것이여.'

　문영은 히죽이 미소를 띤다. 신문 문화면에 실린 강인하의 글을 보고 그는 웃는 것이다. 침체된 화단이라는 제목 아래 치켜세우고 때리는 소위 적당히 안배한 평이다. 그 속에 하진에 관한 지면이 제법 넓은데 재능 있는 작가라고 은근히 두둔하는 척하면서 도시락은 안 들었지만 날품팔이처럼 화가의 자격을 상실한 사람이 미술 교수로서 교문을 드나든다는 둥, 다음의 비약을 위해 회의하는 것도 좋고 싸늘한 지성도 부정하는 바는 아니로되 문제는 인생에 대한 의욕과 애정을 잃어버린 경우, 그것은 예술가로서의 생명도 단절된 것을 의미한다는 둥, 꽤 잔인하게 파고들었다. 그리고 삐뚜름하게 올려놓은 베레모의 얼굴이 흡사 오뚜기 같은 사진이 한 장 크게 실려 있었다.

　문영은 묘한 쾌감을 느끼며 다시 한번 실쭉 웃는다.

　'구워도 삶아도 못 먹을 위인이야.'

　신경의 선이 아주 복잡하게 엇갈리고, 그러면서도 만사에 초연한 것 같은 느낌을 주는 매부인 하진, 한마디도 없는데 속물근성을 모멸하는 듯 미간을 모으던 표정, 그러한 하진이 문영에게는 늘 마땅치가 않았다. 그뿐만 아니라 그 앞에서는 일종의 굴욕감까지 느끼는 순간이 있으니—옛날 결혼 전에 경옥을 쫓아다닐 때 번번이 하진에게 패배의 쓴잔을 마신 이유만은 아니다. 문영은 현재 위치에 만족하면서도 어쩐지 하진을 만나기만 하면 지적인 면에서 낙오된 열등감을 갖게 되는 것이었다. 물론 그 자신에게 예술가로서의 소질이 있다고 생각한 일도 없거니와 그 방면으로 나가겠다는 마음을 먹은 일조차 없었다. 그렇다고 해서 하진이 예술에 대한 혹은 그림에 대한 이야기를 끄집어내었던 것도 아니다. 구태여 문영의 열등감의 이유를 꺼낸다면 그것은 하진이 지닌 분위기 때문이었을 것이다. 그러나 문영은 하진의 오만 평의 땅을 결코 단념하고 있지는 않았다. 하진의 성격이 비정상인 데서 희망을 가져보는 것이었다.

힐 소리가 또각또각 울려온다. 문영이 얼굴을 들자 여전히 한결같이 화려하게 차린 경옥이, 그로서는 잘 어울리지도 않는 새치름한 표정으로 걸어 들어온다. 문영은 얼른 신문을 들어 탁자 위에 던지고 은근한 눈을 들어 경옥을 본다. 자리에 앉은 경옥은 손수건을 꺼내어 화장이 지워지지 않게 땀을 눌러 닦으며,

"어지간히 덥군요. 그런데 뭐 할려고 사람을 오라 가라 하는 거죠?"

교태 반, 모멸 반이 섞인 야릇한 음성으로 말을 던지며 경옥은 날씬한 다리를 포개 얹는다. 검은 에나멜 구두 끝이 약간 쳐들린 듯하여 각선미도 아름다우나 구두의 선도, 살결이 뽀오얀 다리에 선명하여 아름답다. 검은 레이스에 검은 망사 안을 받친 여유 있게 만들어진 서머 코트가 시원해 보인다.

"보고 싶어서 오라 했지. 그러나 경옥을 가라 한 기억은 없는 것 같은데……."

문영은 넥타이를 한번 만져보고 경옥의 의상을 감상하는 듯, 그러나 나도 반쯤은 모멸을 담은 너처럼 결코 너를 존경하고 있지는 않다는 눈초리로 건너다보는 것이었다. 허나 너에게 환심을 사둘 필요는 있다는 좀 징그러운 표정이다.

"아무리 헤프게 써도 말만으론 손해 없을 테니까."

경옥은 콧등을 찡긋해 보인다.

"어때? 오늘 교외에 한번 나가볼까, 조용한 데루."

"제법 애인 같은데요."

"만나는 동안은……."

"일방통행이구먼."

"서로가 다 바쁘고 매인 몸이니."

동문서답을 하며 문영도 콧등을 찡긋해 보인다.

"흠, 엄처시하에 계신 몸이니."

"죽도록 사랑하는 사람이 있고."

어지간히 화제에 궁한 모양으로 건성으로 뇌까리는 말 속에

그들은 그들 자신이 무거운 권태와 이상한 공허에 빠져들어
가는 것을 느낀다.

"만날 동안은 애인, 그래 두는 것도 나쁠 건 없지."

문영은 맥 빠진 소리를 되풀이하며 하품을 깨문다.

"하기는 그래요. 하나하나 사렸다가는 인생이 피곤해질 테
니까."

경옥은 손끝으로 탁자를 치면서,

"레지! 여기 마실 것 가져와야지. 시원한 걸로."

차 주문을 하고 무료하게 창밖을 보는데 문영은,

"인기 직업에 있는 경옥이로선……."

"만인의 애인이 되라는 건가…… 흐흐훗훗……."

나직이 웃으며, 이내 쓴 표정을 짓는다.

"그 점에 있어서 경옥이하고 나하고 아주 합치가 된단 말
이야."

"뭐가?"

"하나하나 사리지 않고 살아가는 점."

"흠, 결합되지 않은 게 얼마나 다행이었는지."

"그건 또 무슨 소리야?"

"서로가 다 사리는 점 없이 마음대로 놀아났다간."

문영은 너털웃음을 웃는다.

"실없이 보수적이군."

"한 사람은 돈에 환장을 하고, 한 사람은 명성에 환장을

하구."

"이따금 정직한 소릴 하는군. 경옥인 그래서 좋지 않어? 정력이 모자라는 친구는 인생에 있어 한 번도 환장을 못 하고 가는 거지. 이를테면 하진이 같은 위인은 정력이 부족해서 만사에 환장 한번 못 하고,"

"그걸 어떻게 알아요?"

경옥의 눈이 번뜩인다.

"다 알고 있어. 그 위인은 정력의 원천인 재물마저 그냥 썩혀두고 있거든."

"그 몇만 평 된다는 금싸라기 같은 땅 말인가요?"

문영은 잠자코 만다.

"뭐 그 땅에 모조리 집을 지어 목수한테 일거리를 준다든가?"

경옥이 희미해진 기억을 더듬듯 뇐다.

"집을 지어?"

문영의 얼굴이 바싹 긴장이 되며 몸을 앞으로 쑥 내민다.

"확실치는 않아요. 잠꼬대 같은, 앞뒤 연관도 없이 그런 말한 것 같은데, 목수가 어쩌구저쩌구……."

"언제?"

"언젠가 그날."

경옥이 픽 웃는다.

"음……."

문영은 한동안 침묵을 지키다가 아까부터 갖다 놓은 냉커피를 마시고,

"어때? 교외에 나가볼 생각은 없어?"

"자신 있어요?"

"무슨 자신?"

"날씨가 상당히 더워요."

"그래서?"

"배가 나오지 않았어요? 옆에서 허덕이면 모처럼의 숲속의 산책이 공염불이지 뭐예요."

"거 악담하지 말어. 아직은 그런 지경에 이르지 않았으니까."

문영은 쓴웃음을 띠며 차츰 비대해져 가는 자신을 둘러본다.

그들은 소공동 앞길까지 나와서 지나가는 택시를 잡는다.

"자가용은 어떡허시고 택시 신셀 지게 되셨어요?"

경옥은 차에 오르면서 불만스레 말한다. 문영은 운전수에게 갈 곳을 이르고 시트에 등을 기대며,

"고장이 나서 병원에 갔지."

"경옥을 이렇게 대접해서는 안 될 텐데? 어부인께서 나들이 하시느라고 불러 간 건 아니에요?"

경옥의 말이 과히 빗나가지는 않았던 모양으로 문영은 슬그머니 시선을 돌리면서,

"한국의 자랑 프리마돈나를 택시로 대접해서는 안 될 일이지."

하고 능청을 떤다.

"속물이라는 것은 이미 알고 있는 바이나 정력 과잉으로 누구처럼 어릿광대 신사가 되면 곤란하죠."

"……?"

"아메리카에서 돌아온 그 노신사처럼."

경옥은 별안간 그 어릿광대의 신사 꼴을 생각했음인지 깔깔대며 웃는다.

"그래 그 노신사하곤 어찌 되었지? 물론 초대장은 보냈겠지만."

"보내구말구요."

"꽃다발을 안고 방에 찾아왔겠구면. 꽃다발 사이엔 백만 원짜리 수표가 끼어 있었을 게고."

"유감천만하게도."

"안 그랬단 말인가?"

"왜 그리 꼬치꼬치 물으세요? 난 가톨릭이 아니니까 고해할 의무를 느끼지는 않는데요."

택시는 바람같이 달린다. 한결 시원한 바람이 들치고 전원 풍경은 점점 넓어진다. 운전수는 핸들을 잡은 채 경멸 섞인 눈빛으로 앞을 바라만 보고 있다. 누구인지 알 턱이 없는 운전수였으나 어느 모로 보나 상류사회의, 지식도 있음직한 사람들이 주고받는 말이 그렇게 썩어서야 어떻게 이 나라 꼴이 바로 되겠는가 사뭇 분에 찬 표정이다.

산장에 도착한 그들은 차에서 내린다. 문영은 얼마간은 돈을 더 주는 모양이지만, 운전수는 고맙다는 말도 없이 무뚝뚝하게 받아 넣는다. 택시가 떠나자,

"꽤도 애교 없는 사람이군."

"애교가 없는 게 아니구 반감이."

"왜요?"

"가난뱅이들의 특유한 심술이지."

"잘 아시는군요. 적이 많겠습니다."

"하나님은 능력을 평등히 나누어주시진 않았어."

그들은 방갈로 하나를 빌려 들어 우선 맥주를 주문한다.

"왜 이리 사람의 씨도 없을까요?"

"일요일엔 붐볐으니까, 오늘은 월요일이거든."

"엄처시하에 계시는 몸이니 아주 치밀하게 택일을 하셨구면. 여비서들 데리고 놀러 다니던 버릇이 있어서 훈련은 자알 되었습니다."

경옥은 먹고 싶지도 않은 떡인데, 그러나 아까운 듯한 기분인지 깐죽거린다.

"질투를 하니 반갑군."

"그야 아메리카에서 온 그 노신사가 다른 여자 데리고 가는 것을 보아도 질투는 느낄걸요."

"천하의 남자를 다아 가지고 싶다! 그 대단한 배짱이야."

"남성께서는 안 그럴까요? 바로 문영 씨의 경우는?"

"글쎄…… 하하핫…… 역시 그럴는지도 몰라."

그들은 날라 온 맥주를 마신다.

"그런데 하진인 언제 만났지?"

"언젠가 그날."

"가끔 만나나?"

"왜 그러시죠? 무슨 음모를 꾸미려고 그러세요."

"농담이 아니야."

"저도 농담은 아니에요."

"그 작자 아주 곤란해."

"순순히 말을 안 들어서?"

"경옥의 경우는 안 그런가?"

"그럴 것 같아요? 이걸 보세요."

경옥은 은어처럼 길고 매끄러운 손을 쑥 내민다. 다이아가
찬란한 빛을 발하고 있다.

"그 어릿광대 노신사는 빈 꽃다발이래도 하진 씨는 그렇지
않더구먼요."

문영의 눈이 둥그레진다.

"놀라셨어요? 하진 씨는 열 올릴 줄 모르는 쑥맥인 줄 아셨
어요?"

"그, 그건…… 언젠가 나한테 돈을, 그, 그런 엉뚱한 짓도

하나?"

"한 대 맞은 기분이죠? 까딱 잘못하다간 문영 씨도 문희도 그 성곽이 흔들릴지 몰라요."

좀 굳은 표정으로 말한다. 다이아 반지를 선물로 받은 것은 거짓이 아니었으나, 하진의 감정을 거짓 보고 하고 있는 자기 자신에 대하여 일말의 서글픔을 느끼지 않는 경옥은 아니었다. 그러나,

"결코 영원히 가지고 싶은 마음은 없어요. 그리 끔찍스럽게 매력 있는 사나이도 아니구요. 하지만 옛날의 슬픔에 대한 보상은 있어야 할 것 같아요."

"보상이라니?"

"미스터 리 누이동생에 대한 승리감을 저도 가져보고 싶어요. 어떠세요? 누이동생을 위해 불안을 안 느끼세요?"

경옥의 얼굴이 보기 흉하게 일그러진다. 문영은 순간 당황하는 빛을 띤다.

"내가 무슨 상관이야. 한두 살 먹은 애들도 아니구."

"적어도 시초에 있어서는 미스터 리는 공범자예요."

"공범자?"

"하긴 문영 씨가 그런 계기를 만들어주시지 않았어도 저는 저대로 작전이 있었지만."

비로소 경옥은 빙그레 웃는다. 문영은 한참 동안이나 알 수 없다는 얼굴을 하고 앉아 있었다. 공범자고 뭐고 하는 그따위

일보다 자기에게 빌려간 돈으로 산 보석 반지가 경옥에게 간 그 사실이다.

"그럼 어떤 상태까지 갔는지……."

"실례의 말씀."

"아주 나에게 다 고백하지. 기왕 내친걸음이니."

"남자가 이상한 취밀 다 가지셨소. 내가 미국에 있을 때 이상한 여잘 하나 알고 지냈는데 그 사랑에 굶주린 여자는 여자 친구만 보면 자기에게 사랑한 일들을 모조리 고백하라는 거예요. 순진한 여자는 진땀을 빼다가 그 함정에 빠지곤 하는데, 세상에 그런 어리석고 가엾은 여자가 어디 있을까? 그것도 일종의 병인가 부죠? 어쩌다가 당신 여자가 되셨소, 남자가 되었더라면 신부가 되어 매일매일 고해를 들을 수 있었을 텐데 하고 놀려주곤 했지만 그 버릇은 고쳐지지 않더구먼요."

"별놈의 여자도 다 있다."

"별의별 남자도 다 있죠."

"모르겠어."

술이 올라서 목덜미가 벌게진 문영은 팔베개를 하고 비스듬히 눕는다. 경옥은 혼자서 맥주를 마시며 골똘히 생각에 잠긴다. 어색한 침묵이 흐른다. 멀리서 뻐꾸기가 울고 어디선지 세상을 등진 사람인가 목탁 소리가 아슴푸레 들려온다. 그리고 솔바람 소리가.

문영은 팔베개를 뽑아 슬그머니 경옥의 팔을 잡아끈다. 경

옥은 생각에서 깨어난 듯 갑자기 염오하는 빛을 띠며,

"왜 이러세요?"

"오늘은 애인끼리 아냐?"

엉큼스럽게 웃는다. 산장까지 말없이 따라온 이상 경옥은 경옥대로 계산을 했으리라는 확신이 그에게 있었던 것이다. 그러나 경옥은 그의 손을 홱 뿌리쳐버린다. 쉽게 손아귀 속에 들어올 줄 알고 여유 만만하였던 문영은 심한 노여움을 느끼며 벌떡 일어나 앉는다.

"왜 이러지?"

하며 그는 경옥을 덮쳐 씌우듯 포옹한다. 그러나 경옥은 끝내 그를 밀어내며,

"넋 빠진 짓 그만두어요!"

그러나 문영은 별안간 타오르는 정욕을 이기지 못하는지 다시 덤빈다. 경옥의 손바닥이 문영의 얼굴에 가서 철썩 소리를 내며 달라붙는다.

"싫은 건 싫단 말이야!"

문영은 비로소 정신이 드는지 맞은 뺨을 만지며,

"이거 아메리카식이야?"

풀 죽은 소리로 무안스럽게 웃는다.

"철없는 소녀라면 몰라도, 주책도 이쯤이면 가히 볼만하지."

경옥은 흐트러진 머리칼을 쓸어 넘기며 맥주잔을 들어 쭉 들이켠다.

"……남자와 여자가 만나면 이렇게 되는 게 자연 원리지……."

문영은 퍼질러 앉은 채 빈 잔에 맥주를 따르며 중얼거린다.

"개처럼 말이죠?"

"별로 다를 게 없지. 나는 오늘 경옥이에게 서비스해주는 기분으로 나왔는데, 기압골을 잘 몰랐던 모양이지."

능글맞게 말하며, 깨끗하게 어색한 기분도 털어버린다. 그들은 아무 일 없이, 올 때의 기분으로 돌아가서 산장을 나선다. 미리 본관 웨이터에게 부탁한 택시에 몸을 싣고.

"아직도 기분이 상해 있나?"

"아뇨, 보통이죠."

"거 옛 친구에게 너무 하잖어?"

"너무 하지 않을 때도 있겠죠. 그 대신 하진 씨에 관한 일 저에게 의논해주세요. 요다음에……."

경옥의 마음에는 다른 계획이 섰는지 제법 심각하게 말을 한다.

"그, 그러지. 경옥이만 환영한다면."

택시가 큰길 편으로 나왔을 때,

"저기 장미원 아니에요?"

"그런가 부지."

문영은 사근사근하게 대꾸하며 경옥의 시선을 뒤따른다.

"좀 내렸다 안 가시겠어요? 장미 좀 사가게요."

"그러지."

그들은 택시의 방향을 돌려 장미원 입구로 미끄러져 들어간다.

"우리 나올 동안 기다려요."

문영은 운전수에게 일러놓고 경옥의 팔을 몹시 위하기라도 하듯 친절하게 부축해주고, 경옥은 기사를 동반한 여왕처럼 어엿하게 장미원 안으로 들어간다.

회양목으로 빙 둘러져 있는 화단에는 막 장미가 피기 시작하고 있었다. 많은 일꾼들이 개울의 물을 길어 올리고 또 가지를 자르고 약을 뿌리고 분주하게 움직인다.

"구경해도 되나요?"

경옥의 말에 일꾼 한 사람이,

"네."

하고 대답하면서 일손을 멈추지 않는다.

"짤라서 파나요?"

경옥이 다시 묻는다.

"팔지요."

"딱딱한 봉오리도 필까?"

"꽃잎이 조금이라도 보이는 것은 다 핍니다."

"서울서 장미 사러들 많이 와요?"

"그럼은요. 서울 손님들이 오셔서 다 사가시는걸요. 오늘은 월요일이어서…… 어제는 한참 붐볐습죠."

그들은 넓은 장미밭 안을 두루 돌아다닌다. 경옥은 이것저

것 꽃을 가리키며 모조리 탐을 내었으나, 문영은 도무지 흥미가 없고 다만 경옥의 비위를 맞추기 위해 건성으로,

"고거 예쁘군."

"경옥처럼 화려해."

"아름다운 장미에는 가시가 있다더니."

하는 식으로 적당히 경옥의 말을 맞추어줄 뿐이다. 이때 큰길에 먼지를 일으키며 자가용 한 대가 달려오고 있었다. 경옥은 꽃에 정신이 팔려 그것을 보지 못했고, 문영도 자가용이 장미원 앞에 머물렀을 때 비로소 그 자가용이 바로 자기 차인 것을 깨닫는다. 그는 얼굴빛이 달라지면서 어쩔 줄을 모르다가,

"나 화장실에 좀."

하고 일꾼에게 화장실을 물어보고 급히 장미원의 양옥 건물로 달려간다. 아슬아슬하게 문영이 자리를 피하자 수수하게 위아래 베이지색 한복을 차려입은 현숙이 회사의 사동 아이를 하나 앞세우고 사뿐사뿐 장미원 안으로 걸어 들어온다.

"애들 고모는 어디 갔어?"

현숙이 돌아보며 사동에게 묻는다.

"저 목마르시다고 냉수 잡수러 가셨습니다."

사동이 공손스레 대답한다. 본시 성격이 냉랭한 현숙도 단 한 사람의 손님인 듯한 경옥에게,

"정말 눈부시게 아름답군요."

꽃을 보느라고 모르고 있던 경옥이,

"네?"

하고 돌아본다. 순간 그는 자기를 보고 아름답다 했는지 꽃을 보고 아름답다 했는지 착각을 한 모양이다. 현숙은 그러한 심리를 심술 사납게 속으로 비웃었지만 겉으로는 어디까지나 상냥스러운 미소를 띤다.

"정말 황홀해요. 산장에 놀러 갔다가 돌아오는 길에 우연히 들렀더니만."

착각을 얼른 수습하며, 경옥도 천연스럽게 웃고 부드러운 목소리로 대꾸한다. 사소한 감정의 전달로 서로 마음속으로는 미워하면서, 꾸미고 사교적인 습관에는 서로가 능숙하다. 어쩌면 현숙이 한 수 위였을지도 모른다.

"우리도 백화점에 물건 사러 나갔다가 우연히 장미원에 가자고 말하는 바람에 회사에 가서 이 아이를 담아 싣고 왔죠. 댁은 누가 날라 가세요?"

"심을 장미는 사 갈 수 있겠어요? 좀 짤라달래서,"

"혼자 오셨구먼요."

"아뇨, 같이 온 사람이 있어요."

멋모르고 말을 주고받는데 햇빛이 쨍쨍한 곳을 문희가 부지런히 걸어온다. 문희를 본 경옥은 깜짝 놀란다. 문희 역시 뜻밖의 장소에서 부딪친 경옥을 보고 적잖게 놀라며,

"경옥이가 웬일이냐? 장미 사러 왔니?"

"아냐, 너 오빠하고 산장에,"

자기도 모르는 사이 엉겁결에 하는 말이 미처 끝나기도 전에,

"아, 이분 오라버니하고 같이 오셨군요."

현숙이 태연하게 묻는다.

"네, 저⋯⋯."

경옥이 우물쭈물하자 문희의 얼굴빛이 변한다. 그러나 현숙은 어디까지나 기색을 나타내지 않고,

"산장에 가셨다가 이리로 오셨구먼요. 그런데 지금은 어디로 가셨을까?"

비로소 눈치를 챈 경옥은 문희의 얼굴을 살핀다. 누군지 네가 명확하게 소개를 하라는 뜻으로.

"언니, 이분 친구예요."

문희는 덮어놓고 친구라 하는데, 그리고 친구를 이분이라 하니, 어지간히 서둘렀던 눈치다.

"오빠의 친구란 말인가?"

싸늘한 목소리가 건조한 공기 아래 쨍하니 울린다.

"오빠하고도 아는 처지지만, 내 동창, 저 피아니스트 강경옥 씨."

죄는 문희가 지은 듯 기어드는 소리로 말하고, 다음에는 좀 똑똑하게,

"올케언니야."

아무리 배짱 좋은 경옥도 난처해지지 않을 수 없다. 따지고 든다면 문영의 요구를 거절한 경옥으로서는 아무 잘못이 없

다고 생각한다. 그러나 그러한 변명을 하는 것은 더욱 우스운 일이 아닌가. 배나무 밑에서 관을 고치지 말고 딸기밭에서 신발을 고치지 말라는 무슨 그런 말이 있었던 것을 경옥은 생각하며 쓴웃음 이외 할 말이 더 있을 수 없었다.

"뵙기는 처음이지만 얘기는 많이 들었지요. 유명한 분이라는 것도. 유명세는 대단히 비싸다 하더구먼요."

미워하는 것보다 더 무서운 모멸의 웃음이 현숙의 입가에 번진다. 경옥은 이 지경에서도 흥분하지 않는 현숙을 대단한 여자라고 생각한다.

"글쎄요, 유명세가 비싼지 어쩐지 잘 모르겠습니다만, 아직은 치러본 일이 없구만요."

경옥에게도 문영과 아무 일 없었다는 강점이 있다.

"이제 무시게 될 테니 딱합니다. 그런데 우리 집 양반은 어딜 갔어요?"

경옥의 이마빡에 핏줄이 불끈 서면서,

"아마 화장실에 갔나 보죠."

"이 애, 화장실에 가서 모셔 와!"

남편의 체면이고 뭐고 없다. 김 나지 않는 물이 더 뜨겁다고 무슨 일이 벌어지기는 벌어질 모양이다.

"언니, 그만 가요."

견디다 못해 문희가 달래듯 현숙의 팔을 잡는다.

"누가 뭐랬어요?"

"오빠 입장이 딱해지지 않아요."

나직이 사동이 듣지 못하게 말했으나 현숙은 들으라는 듯 큰소리로,

"언제까지 변소에 쭈그리고 앉아서 더러운 냄새만 맡으란 말이에요?"

현숙의 양 볼 근육이 실룩실룩 움직인다. 경옥에게는 화를 낼 가치조차 없지만 문영에게는 화를 낼 가치가 있다고 생각하는지 노여움에 펄펄 뛸 듯한 기세다.

"빨리 가라니까!"

사동 아이는 엉거주춤하다가 양옥이 있는 곳으로 달려간다.

"경옥이, 그, 그럼 너 먼저 가는 게 어떨까? 옛날 일을 생각해서 언니가 더 흥분을 하는 모양이야."

문희는 경옥의 팔을 잡아끌며 말한다.

"왜 이래? 날 죄인 취급하니? 좋았다면 그쪽이지 난 책임 없다. 시골뜨기처럼 남자 친구가 바람 쐬러 가자는 걸 거절하겠니? 그게 더 불순하다. 뭐 남자 여자 만나기만 하면 연애하는 줄 아는, 아이참 기가 막혀, 치사스럽고 더럽다. 이문영이가 뭐길래 이리 법석이냐? 그런 따위 줏을려면 아마 허리가 아플 게야."

궁지에 몰려, 그 자신 아무 일도 없었다는 생각에서 더욱 분한 마음이 드는지, 얼마 전에 하진과 깊은 관계에 빠진 사실에 대한 손톱만치의 어색함도 없이 경옥은 문희를 향해 야비

한 말을 내뱉는다.

"도둑이 제 발소리에 놀란다더니, 아 그래 유명한 음악가에 대해서 내가 뭐라 하든가요? 내 남편하고 연애하느냐고 물어본 기억은 없는데, 뭐가 더럽고 치사스럽소? 그거 어디 한번 물어봅시다. 뭐가 치사스럽고 더러운지."

현숙이 경옥 앞에 바싹 다가서며 따진다. 일하던 일꾼들이 일손을 멈추고 비웃음을 띠며 구경을 한다.

'밥 잘 처먹고 헐 일 없는 족속들의 심심찮은 치정극 구경이나 하자.'

그런 투의 눈초리다. 옷을 보나, 모양을 보나, 자가용을 보나 점잖아야 할 여자들이 마구 본능적인 언쟁을 벌이는 것이 추하게 보인 탓이다. 물동이 이고 다니는 그네들의 안사람들보다 더 추하다고 생각한 탓이다.

얼굴빛이 해쓱해진 문영이 나타났다.

"당신 웬일이요?"

현숙의 얼굴을 바로 보지도 못하고 문영이 묻는다.

"당신은 여기 웬일이세요?"

입술이 발발 떤다.

"우연히 만나서……."

"하여간 갑시다!"

현숙은 치맛바람을 일으키며 획 돌아선다. 문영은 경옥에게 한마디 말도 못 하고 허겁지겁 현숙의 뒤를 따른다. 경옥

은 정말 무서운 표정으로 문영의 뒷모습을 노려본다. 현숙이
이러고저러고 하는 것보다 문영에게 완전히 무시를 당하였다
는 것에 그의 자존심은 심한 상처를 받은 것이다. 손톱만큼의
관심도 없는 사나이였으나 그랬던 만큼 무시를 당한 도가 더
심했다. 얼굴이 푸르락누르락하며 문영의 뒷모습을 노려보고
있는 경옥의 옆에 문희는 우두커니 서 있었다. 당황하고 난처
해하는 빛은 가셨으나 서글픈 외로움 같은 것이 깃든 얼굴
에 햇빛이 쏟아지고 있었다.

일행과 함께 갔던 사동이 달려오며,

"저 오시라 합니다."

"먼저 가시라고 해. 친구하고 함께 갈 테니까."

사동은 다시 쫓아갔다. 그리고 얼마 후 큰길에 흙먼지를 일
으키며 푸른빛 자가용은 지나가 버렸다. 뿌옇게 일어난 흙먼
지는 그들이 차 안에서 벌이고 있을 열전을 방불케 하였다.

"택시가 기다리고 있더군. 안 가겠어?"

차가 사라지는 것을 본 문희는 먼저 걸음을 옮긴다. 장미원
에서는 덕택에 장미 한 송이 팔아보지 못하고 일꾼들이 하던
일을 다시 계속한다.

"무슨 이런 변이 다 있니? 우울해진다."

경옥은 차창 밖을 바라보며 흥분이 좀 가라앉은 목소리로
말했다.

"일이 공교롭게 됐어."

이미 그들 일로부터 생각이 떠난 듯 문희는 나직이 말했다.

"정말 놀랐다. 너의 올케가 그리 교양 없는 여자인 줄은."

야비하게 뱉은 자기 말은 잊어버린 모양이다.

"화가 나면……."

"너의 오빠는 또 어떻고? 너도 알다시피 나 문영 씨한텐 손톱만치의 감정도 없다! 있었다면 그인 벌써 내 남편이 됐을 사람 아니냐? 그래 여자는 그렇다 치고, 돼먹질 않았어. 요정의 마담을 데리고 놀러 와도 그렇게 실례는 안 할 거야. 우린 산장에 가서 맥줄 마신 것밖에 없다!"

"오빠…… 그런 사람이야. 요정 마담이고 누구고 간에……."

경옥의 투가 불쾌한 듯 문희는 입을 다물었다.

"일종의 풍토병이야. 모두 벽창호거든. 지나치게 의식하기 때문에 더 추한 거야. 같이 있기만 하면 모두 그렇고 그런 걸로…… 그래 가지고선 어찌 마음 놓고 길 가다가 아는 사람을 만나도 알은체나 하겠니? 난 도로 가야 할까 봐. 숨 막혀서 이곳에서는 못 살겠어."

시내에 들어가서 경옥과 헤어진 문희는 곧장 집으로 돌아온다. 집에 돌아오자마자 전화벨이 울렸다.

"여보세요?"

"나예요."

현숙의 목소리다.

"몇 번이나 걸었는데 아직 안 왔다 하더구먼, 그래 그년이 뭐라 합디까!"

문희가 함께 오지 않아서 무척 골이 났던 모양이다. 짠득짠
득한 소리로 묻는다.

"뭐 별소리 없었어요."

어름어름 말을 하는데 먼저 돌아와 있었던지 하진이 서재에
서 나와 안방으로 들어온다.

"그래 그년이 잘했다고 핏대를 세웁디까?"

"잘하고 못하고 있어요? 오빠 잘못이지. 그리고 뭐 별일 없
었을 거예요. 드라이브나 하자는 가벼운 기분으로 나갔을 거
예요."

"애들 고모하곤 친한 사인가 분데 요다음 만나거든 말하시
오. 기자 몇 사람 불러들이면 되니까!"

"사적인 문제를 뭐 기자들이 어쩌겠어요."

문희는 쓴웃음을 띤다.

"아니! 간통죄로 몰면 충분히 뉴스거리가 될 거 아니요! 유
명한 여자니!"

"그건 지나쳐요. 아무 일 없었을 거예요. 그 앤 옛날부터 오
빨 좋아하지 않았어요. 이젠 나이도 들고, 옛날 다 알던 친구
니까."

"모두 작당해서, 그래 고모는 그년을 두둔해야만 되겠소?"

"두둔하기는요. 별로 친한 사이도 아닌데 공평하게 말하는
거죠, 뭐……."

현숙은 뭐라고 한참 열을 올리다 문희의 말이 없자 화난 소리로 전화를 끊어버린다.

"뭐요?"

하진이 묻는다.

"글쎄, 장미원에서……."

"……?"

"경옥일 만났는데……."

하자 이내 사정을 다 알아차렸는지 하진은 쓴웃음을 띤다. 그리고 다음 말은 들으려 하지도 않고 담배를 붙여 물면서,

"땅을 좀 팔아볼까 싶은데……."

"땅을요?"

"음……."

"뭐 하시게요? 오빠한테 융자하시는 건 아니겠죠?"

"지금 확실한 계획은 없지만 팔고 싶어."

"신문 보고 화나셨어요?"

"화? 그 새끼 말이 맞기는 해."

"……."

"시골에 좀 내려가 있었으면 싶은 생각도 들지만."

"그럼 도련님의 농장에 가보시죠."

"그 생각도 해봤어."

하고는 다음 말이 끊어진다. 말을 잇기도 전에 순이가 저녁상을 들여왔다. 저녁을 끝내고 밥상을 물린 뒤에도 하진은 말없

이 우두커니 앉아 있었다. 그 모습은 아무리 봐도 정상은 아니었다. 눈에 빛이 부딪쳐 그 빛이 튀는 것 같았다. 노여움도 아니고 슬픔도 아픔도 아닌 일종의 광기라고나 할까?

"농장에 내려가셔서 푹 쉬고 오세요."

문희는 그 눈빛을 살피며 조심스럽게 말한다.

"쉬기는 뭘 쉬어? 내가 뭐 대단한 일을 했다고."

자기 생각을 뒤엎듯 화를 내며 엉뚱한 말을 한다.

"경옥이가 당신에게 이겼다는 말은 하지 않습디까?"

웃는 얼굴을 돌리며 하진은 문희를 쏘아본다.

"무슨 뜻이죠?"

문희는 그를 올려다본다.

"난 경옥이하고 동침했어! 다이아몬드 반지도 선사했지!"

"네?"

"당신 올케처럼 질투하겠소?"

문희는 숨을 마신다. 심술이 잔뜩 오른 하진의 눈이 잔인하게 문희의 눈을 주시한다.

"시시한 얘기야. 사랑이 어디 있어? 모두 타인들이면서……."

이번에는 크게 소리 내어 웃으며 하진은 문을 거칠게 열고 나가버린다.

어둡기 전에 하진은 밖으로 나가는 모양이다. 문희는 무릎을 모으고 웅크리고 앉는다. 이상한 일이었다. 질투의 감정은 조금도 없고 모두 타인들이란 하진의 말만이 귓가에 쟁쟁 울리고 방 안은 뿌연 안개 속에 묻히는 것만 같다.

'사람을 죽이는 것이다! 이 안개가 사람을 죽이는 것이다! 나는 언니처럼, 그, 그러지도 못하는 사람하고 한 지붕 밑에서…… 타인, 타인들!'

문희는 일어나서 밖으로 나간다.

"아주머니?"

순이 조르르 나온다.

"낮에 아저씨가 오셨댔어요."

"아저씨……."

"농장의 아저씨 말예요."

"음."

"그냥 들르신 거라구. 뜰에서 고양이하고 장난질 한참 하시다가 돌아가셨어요."

"그래."

문희는 피아노가 놓여 있는 방으로 들어간다. 아슴푸레해진 창밖의 하늘이 아까 방에 가득 찼던 안개처럼 문희 시야에 들어온다. 온통 아슴푸레한 하늘만이.

어떤 사나이

문희가 하진으로부터 경옥과의 깊은 관계를 알게 된 후 그들 부부는 한집 안에서도 좀처럼 만나기 힘들게 되었다. 노여움에 문희가 몸을 사린 것은 아니었다. 하진이 안방에 나타나지 않았고, 다만 대면하기가 두려워 문희가 그의 시중을 순이에게 맡겨버린 때문이다. 지금까지 부부로서, 그것이 형식적인 것이었다 할지라도 서로 오가던 다리마저 끊어지고 만 것이다. 그러나 문희는 하진이 드나드는 바깥 기척에 전보다 더 예민하게 귀를 기울이게 되었다. 그 까닭이 무엇이었는지 스스로도 이상하게 여겨졌다. 벨을 누르다가 문을 흔드는 소리, 뜰을 질러오는 발소리, 그리고 복도에서 한동안 머물렀다가 도어를 밀고 들어가면 그다음 죽음과 같은 정적이 온 집 안을 휩쓴다. 나갈 때 역시 마찬가지였다.

문희는 차츰 그 소리가 지니는 분위기를 방 안에 앉아서 환하게 깨달을 수 있게 되었다. 오늘은 얼마만큼 괴로워하고 있으며 고통을 받고 있는가를 그 소리, 기척으로써 측량하게끔 된 것이다. 물론 그 괴로움이나 고통은 어느 누구를 위해 일어나는 것은 아니며, 하진 자신으로 말미암아 괴롭고 고통스러울 뿐이라는 것을 문희는 알고 있었다. 그렇기 때문에 문희는 옴쭉달싹할 수 없고 손을 뻗칠 수 없는 채 방 안에 앉아 있을 수밖에 없는 것이다.

경옥과의 일에 관한 아픔은 천천히 왔다. 그러나 문희는 그 아픔을 감당해내고 있었다. 하진이 경옥을 결코 사랑하지 않으리라는 확신에서보다 하진에 대한 불안과 슬픔, 의심과 서글픔, 신비스러우면서도 냉랭한 바람, 그런 모든 감정이 나쁜 방향이건 좋은 방향이건 간에 조금도 밝혀지지 않은 채, 그것은 어쩔 수 없는 짙은 안개로서 마음 바닥에 자욱히 깔려 있는 때문이다. 그리고 외관상으로 심한 배신으로밖에 볼 수 없는 그의 행동을 염오하기에는 그 이전에 이미 수수께끼였던 그에 대한, 실감 나는 일은 되지 못하였다.

도덕적으로 그 행위를 비난하고 규탄하기에도 마찬가지 느낌인 것이다. 그런 문제를 간단히 생각해버릴 만큼 문희는 진보적인 여성은 아니었으나, 하진의 인격을 그 일 하나로써 왈가왈부하기에는 그 인간 자체가 너무 먼 곳에 물러나 앉아 있지 않는가. 어떤 베일을 드리운 채. 그러니까 염오의 감정과 마찬가지로 부도덕했다고 비난하는 일 역시 실감 나지 않는 일이었다.

문희는 문득 생각이 난 듯 일어서서 슬랙스로 갈아입고 밖으로 나온다.

"순이야!"

"네."

부엌에서 고양이하고 장난질을 하고 있었던지 웃음기가 섞인 대답을 한다.

"장갑하고 가위 좀 찾아다오."

"장미 짜르시게요?"

"음."

뜰로 나온 문희는 장미를 바라보다가 땅바닥에 주질러 앉는다. 장미원에서 있었던 사건을 생각하며 그는 쓰디쓰게 웃는다.

"아주 많이 시들었네요. 이제 안 피겠어요."

순이는 장갑과 꽃 자르는 가위를 문희에게 주며 말했다.

"진작 짤라주어야 하는 건데…… 내가 잊어버리고 있었어."

문희는 시들어버린 꽃을 자르기 시작한다.

"장미 좀 더 사 오셔서 심으신다더니."

"음…… 차차…….".

문희는 다시 쓰디쓴 웃음을 띤다.

"제가 짜르려다 잘못했다 할까 봐서 안 했어요."

순이는 문희의 깎아놓은 듯 아름다운 옆얼굴을 슬금슬금 살펴보며 말했다.

"꽃만 댕강 짜르면 새순이 나지 않거든."

시들어버린 꽃으로부터 마디 세 개 아래의 가지를 탁 탁 자르며 얼마 동안 그 작업에 열중하는 듯하더니 문희는 중얼거렸다.

"필 때는 그렇게 예쁘더니만 늙으면……."

순이는 잘라버린 가지들을 모아서 쓰레기통에 담으며 어른 같은 말을 한다.

하늘은 맑게 개서 간혹 뜰을 스쳐가는 바람은 메마르기만 하다. 오랫동안 가뭄이 계속되어 순이는 꽃밭에 물을 주느라고 어지간히 애를 썼건만 언제나 하늘에서 비를 주실는지 구름 한 송이 눈에 띄지 않는다.

"한여름이 지나면 또 꽃이 필 거야."

문희는 달이 덜 차서 낳은 아이같이 빈약하게, 밤늦게 맺은 봉오리마저 쌍둥 자르며 말했다.

"에게게 그건 봉오린데?"

"피어도 시원찮을 거야. 영양만 먹구."

"거름을 또 하세요?"

"봄에 많이 했으니까."

"참 아주머니."

"……."

"어제 아주머니 나가신 뒤 큰아저씨하고 작은아저씨하고 함께 들어오셨어요."

"……."

"큰아저씨 방에 두 분이 들어가시더니 막 언성을 높이고…… 다투시나 봐요."

"……."

"작은아저씨 목소리가 더 컸어요."

"……."

"하지만 큰아저씨는…… 무서워요. 언제나 화를 내고 계신 것만 같아서."

"시끄러! 넌 잠자코 있는 거야."

순이는 입을 다물어버린다. 그러나 문희에게 애틋한 눈길을 보내고 있었다.

'이 계집애가 날 동정하고 있구나. 고맙게 받아두지. 아마도 너의 동정이란 우월감이 없는 순수한 것일 테니. 하긴 날 동정해주는 사람조차 너 말고는 있을 성싶지도 않고……'

문희의 눈에 눈물이 글썽 돈다.

"아주머니."

"왜?"

"아주머니는 고양이 귀엽지 않으세요?"

"싫어."

그렇게 고양이가 싫었던 것은 아니었는데 문희는 몸까지 흔들며 싫은 시늉을 한다.

"어머."

순이는 풀이 죽는다.

"그, 그럼 남 줄까요?"

"아니야, 내 옆에만 오지 못하게 하면 돼."

문희는 순이 얼굴을 보며 웃는다. 이때 밖에서 벨 누르는 소리가 들려왔다. 순이 발딱 일어서며 문을 향해 쫓아간다.

"어머! 아저씨세요? 일찍 오시누만요."

지껄이며 문을 열어주자 하진이 쑥 들어섰다. 손에는 아무것도 들고 있지 않았다. 그는 장미밭에 앉은 문희를 힐끗 쳐다보았다. 문희는 몹시 당황하며 그에게 등을 돌린다. 하진은 집 안으로 들어가 버렸다.

그 일이 있은 후 두 번인가? 세 번이었을지도 모른다. 어려운 대면이었다. 문희는 그를 만나는 것을 두려워하여 그가 돌아올 무렵이면 결코 밖에 나와 있지를 않았다.

"웬일로 일찍 오셨을까?"

순이가 집 안으로 쫓아 들어간다. 쫓아가는 순이의 뒷모습을 쳐다보는데 문희는 하진이 그의 서재 창가에 서서 이쪽을 바라보고 있는 것을 느낀다. 그는 황급히 얼굴을 돌리고 일어섰다. 그리고 장갑을 빼기 위해 얼굴을 숙이고 빠른 걸음으로 현관을 지나 목욕탕 문을 열고 손을 씻은 뒤 방으로 돌아간다.

직접 마주치지는 않았건만 창가에 서서 바라보던 하진의 눈이 어떤 빛을 발하고 있었는지 문희는 똑똑히 느낄 수 있었다. 방에 들어간 뒤에도 그 짙고 강한 눈이 이마 위에 박혀 있는 듯하여 문희는 괴로움을 느꼈다. 강하고 짙은 그 눈이 무엇을 의미하고 있는지 문희는 알고 있었다. 물론 여자를 원하고 있는 눈은 아니다. 문희에게 노여움을 갖는 눈은 더욱 아니다. 내부에서 뒤틀리고 있는 무서운 고독과 고통의 눈임에 틀림이 없다. 차라리 미워하고 노여워하는 눈이었다면 문희 이마에 박힌 듯한 그 눈동자의 느낌이 그렇게 괴롭지 않았을는지 모른다.

"비나 한줄기 퍼부었으면……."

문희는 창가에 앉아서 밖을 내다보며 중얼거린다. 흐드러진 장미 위에 굵은 빗줄기가 내리쏟아지고 그 연한 꽃잎에 온통 멍이 들어버렸으면 속이 시원할 것 같았다.

"비가 오시면 영화나 보러 갈 텐데……."

맹숭맹숭한 하늘을 보며 영화관에 들어가는 것은 너무 청승스러울 것 같았다.

'어디로 가지? 음, 경옥을 한번 만나볼까?'

그러지도 못할 것이면서 문희는 생각해본다.

'아니야, 오빠를 한번 만나볼까?'

역시 그러지도 못할 것이면서 문희는 생각해본다.

"아주머니?"

"왜?"

돌아보지도 않고 말한다.

"저 아저씨가 오시래요, 잠깐."

"……."

"하실 말씀이 계시다구요."

"안 가겠다!"

순이는 딱한 듯 우두커니 서 있다가 문을 닫고 나간다. 복도를 밟는 소리가 조용한 집 안에서 별안간 크게 울리는 것만 같다.

방문을 여는 소리, 한참 만에 닫는 소리, 그리고 순이의 발소리는 부엌 쪽으로 사라졌다. 하진의 방에서는 아무 소리도 나지 않았다. 문희는 슬랙스를 입은 채 자리에 눕는다. 몸이 피곤하기보다 신경이 피곤하여 그는 곧 잠이 들고 말았다. 옛날에는 괴로움이 심하면 잠이 오질 않았는데 요즘에는 신경을 몹시 쓴다거나 충격을 받으면 으레 눈까풀이 무거워져 이내 잠이 들고 마는 이상한 현상을 잠들면서도 생각하고, 그 생각이 차츰 엷어지면서 그는 꿈속으로 옮겨지고 있었다. 하진이 바지 주머니 속에 두 손을 찌르고 그 강한 눈초리로 문희에게 다가온다. 그런가 하면 연기 속에 가려져 멀찌감치 물러나고, 손을 바지 주머니 속에 찔렀기 때문에 그의 동작은 하나도 없었고 눈도 박아놓은 그대로인 양 움직이질 않았다.

"당신이 내 남편이요? 정말 당신이 내 남편이냐 말예요!"

문희는 두 주먹을 불끈 쥐고 소리 내어 외쳐봤으나 아무런 반응이 없다.

"여보! 제발 그 주머니 속의 손을 뽑아보구려. 전쟁에 가서 손이 잘렸다고 하셔요? 그 손을 보면 정이 떨어질 거라구요? 안 보는 게 좋을 거라구요? 하지만 언제까지 가리고 살 순 없지 않아요?"

연기 속에 가려져 하진의 모습은 멀어진다. 이번에는 호주머니 속에 찌른 두 손을 뽑고 활갯짓을 하며 하진이 다가온다.

"어머! 아무렇지도 않은걸, 손이 말짱하잖아요? 음 음? 뭐가 그리 우스우세요? 아니 당신은! 당신은 염 선생님!"

문희는 소스라쳐 놀라며 눈을 떴다. 꿈속에서처럼 하진이 양복바지 주머니 속에 두 손을 찌르고 문희를 내려다보고 서

있었다. 문희는 벌떡 일어나 앉으며,

"왜 그러고 계세요!"

"염 선생님이 누구야?"

하진이 묻는다.

"왜요?"

"염 선생님이라 부르지 않았어!"

"알아서 뭐 하시겠어요?"

문희는 성난 얼굴로 대꾸한다.

"음, 알아서 소용이야 없지."

하진은 방바닥에 펄썩 주저앉는다. 그리고 담배를 꺼내 붙여 문다. 담배 연기를 한 모금 뿜어내면서,

"땅 천 평을 뜯어 팔았어."

하진이 푸듯이 뇐다. 경옥이와의 사건도, 방금 염 선생이 누구냐고 묻던 그 일도 말끔히 잊어버린 듯 문희의 눈을 서슴없이 바라본다. 문희는 염오하는 빛을 띠며 외면한다.

"오늘 돈 받기로 했는데 같이 나가주어야겠어."

명령하는 투다.

"제가 왜 나가요?"

"안 나갈 이유는 또 뭐 있어?"

"팔았으면 돈 받으실 수도 있잖아요? 뭐 가짜 돈 줄까 봐서요?"

"난 사무적인 것 귀찮아서 그래."

그럴 때는 사뭇 소년같이 어리게 보인다.

"제가 뭐 하진 씨 비선가요?"

"하진 씨……."

입속으로 문희가 한 말을 뇌어보다가 하진은 쓰게 웃는다.

"하여간 시간 다 됐으니 나가야 해, 어서."

하진은 문희의 팔을 잡아끈다.

"싫어요!"

문희가 그의 팔을 홱 뿌리친다.

"유치하게!"

하진이 내뱉는다. 문희는 그 얼굴을 노려본다.

"하지만 문희는 질투를 하고 있는 것도 아니잖아? 허 참, 그
것도 유치한 이야기다. 자, 일어나. 시간 다 돼간다니까."

문희는 끝까지 뻗치지 못하는 자기 자신에 심한 분노를 느
끼며 일어선다.

간단한 차림으로 거리에 나섰을 때, 메마른 바람이 문희 얼
굴을 치고 지나간다. 문희는 눈에 눈물이 글썽 도는 것을 참
으며 바로 옆에 나란히 걷고 있는 하진의 팔에 눈을 준다.

'완전히 실패한 결혼이었다! 나는 이 사람의 짝이 아니야!'

누군가를 향해 소리를 지르고 싶은 충동을 누른다. 너무나
오랫동안 생각해본 일조차 없는 염기섭을 꿈에 보았기 때문인
지도 모를 일이다.

'문희는 질투를 하고 있는 것도 아니잖아?'

하진이 아까 한 말도 아울러 겹쳐진다.

'그래요. 난 질투를 하고 있는 것도 아니에요. 언제 질투를 할 만치 우리가 가까웠던가요?'

하진이 잡아서 문을 열어주는 택시에 오르면서 문희는 마음속으로 중얼거린다. 문희에 뒤따라 차에 오른 하진은 문을 부서지라고 세차게 닫는다. 운전수가 불만스럽게 돌아본다.

"명동!"

하고 하진은 앞을 똑바로 바라본다.

"어디서 만나는 거죠?"

"다방."

그러고는 목적지까지 갈 동안 서로 한마디의 말도 주고받지 않았다. 명동 입구에서 내린 하진은 차 옆에 서서 문희가 내리기를 기다려준다. 문희가 내릴 때 스커트 자락이 차에 걸린 것을 보고 하진은 잠자코 그것을 뽑아주고 나서 성큼성큼 앞서 걸어간다. 그리고 약속한 다방으로 먼저 들어간 하진은 만날 사람을 찾았는지 곧장 구석을 향해 걸어간다. 그곳에는 하진의 연배와 비슷한 신사가 앉아 있었다. 하진을 보고 가만히 앉아 고개만 끄덕이던 그 신사는 하진을 뒤따라오는 문희를 보자 여성에 대한 예의로 그러는지 엉거주춤 몸을 일으킨다.

"아닙니다."

하진은 간단히 문희만을 소개하고, 상대방의 성함은 문희에게 말하지 않았다. 서로 고개를 숙이고 인사를 나눈 뒤, 그

리고 얼굴을 마주 보았을 때 문희 입에서 경악의 소리가 낮게 쏟아졌다. 상대방도 주춤하며,

"아, 아니 문희 아니……."

"서, 선생님은 웬일이세요!"

"하, 하여간 앉아요."

신사는 말을 어떻게 해야 할지 난처해하더니,

"이거 하 선생께 죄송합니다. 옛날 제자여서 그만 깜박 잊고 말이 함부로 나온 것 같구먼요."

하고 껄껄 웃는다.

"당신 꿈이 맞구려. 그런 걸 예지몽이라 하는가?"

하진이 문희를 넌지시 바라보며 말한다.

"무슨 꿈을 꾸었기에?"

신사는 약간 낯빛이 달라지며 묻는다.

"조금 전에 집사람은 아마 염 선생님 꿈을 꾸었나 봅니다."

"호오? 그거 참 신통하게 들어맞혔구먼요."

하는데 염기섭의 눈에 이상한 빛이 지나간다.

"정말 오래간만이에요. 멀리 가셨다는 말을 들었는데……."

태연자약한 하진에 대하여 가슴이 미어지는 듯한 미움을 느끼며 문희는 염기섭에게 묻는다.

"작년에 돌아와서 쭉 쉬었지."

하다가,

"너무 많이 달라져서 남의 나라에 온 기분이 들기도 해……

그래 애기는 몇이나 됩니까?"

이번에는 경어를 쓴다.

"없어요."

"결혼을 늦게 하셨습니까?"

염기섭은 문희로부터 시선을 하진에게로 옮기며 물었다.

"십 년이 다 되려고 합니다."

"아, 그러세요?"

잘못된 질문인 것을 깨닫고 염기섭은 얼른 화제를 옮긴다.

"사변 전에 떠났기 때문에……."

"어디 가 계셨던가요?"

하진의 말에,

"일본 가 있었습니다. 그런데 의외로 이렇게 만났으니, 저녁이나 하시지 않겠습니까?"

염기섭은 담배부터 호주머니 속에 밀어 넣는다.

"그러지요."

하진은 사양 없이 응한다. 다방 문을 나설 때 문희는 말할 수 없는 굴욕감을 느꼈으나 하진의 표정을 살피지 않을 수 없었다. 좀 복잡하게 보였다. 그러나 다소의 변화는 그 자신 내부에서 뒤틀리고 꾸무럭거리는 고통을 위해 도리어 환영하듯. 그것은 문희의 지나친 생각이었는지도 모를 일이었지마는. 문희로서는 염기섭의 출현이나, 정말 신비스러울 만큼 맞아떨어지는 꿈으로 하여 하진에게 죄의식을 가질 만한 아무것도 없었다. 대학 시절의 염기섭은 젊은 강사로서 문희에게 끈덕진 사랑을 표시해왔으나 문희로선 그 사랑에 응한 일은 없었다.

'차라리 사랑했던 사람이었더라면.'

그랬더라면 하진에게 얼마간의 보복이 되었을는지도 모른다.

서울흥신소 간판 옆을 지나갈 때 문희는 약간 눈살을 찌푸렸다. 호텔 안의 식당으로 들어갔을 때 저녁 식사 시간이 너무 이른 탓이었는지 사람들이 별로 없어 식당 안은 텅 비어 있었다.

"맥주부터 하죠. 그리고 뭘 하시겠습니까?"

염기섭은 조심스럽게 문희를 바라본다.

"전 양주 조금만…… 저 샴페인으로 하겠어요."

염기섭은 뻣뻣한 자세로 서 있는 웨이터에게 마실 것을 주문하고 새삼스럽게 문희를 건너다본다. 그 시선을 가로채듯,

"한국이 많이 변했습니까?"

하고 하진이 말을 건다.

"많이 변했죠."

염기섭은 침착하게 대답한다.

"어떻습니까? 사람은 변하지 않았습니까? 가령 옛날 제자였던 우리 집사람의 경우는?"

이유 없이 트집을 잡는 투다. 그러나 그것에 열중해 있는 것도 아닌 성싶다.

"······많이 변했지요. 우선 학생이 부인으로 변하고, 하지만 더 아름다워졌습니다. 하 선생은 복 많은 분 같군요."

염기섭은 슬쩍 받아넘긴다.

문희는 웨이터가 날라다 주는 술을 마시면서 열에 뜬 것처럼, 그리고 늘 표현이 부족하여 안타까워하는 듯 얼굴을 곧잘 찌푸리던 염기섭의 옛날 얼굴을 생각하며 세월의 의미를 생각해본다. 중년 신사, 침착하게 가라앉아서 감정을 마음대로 조종할 수 있는 듯한 능숙하고 세련된 언동, 거기에 비하면 하진은 아직 어린 듯 보인다. 하기는 때에 따라서 염기섭보다 훨씬 늙은 사람처럼 보이기도 하지만.

"실례지만 사업을 하십니까?"

하진은 염기섭의 빈 잔에 맥주를 부어주며 묻는다.

"사업이라고도 할 수 있겠지요."

염기섭은 실죽히 웃는다.

"자녀는?"

"둘 있습니다."

할 때 염기섭의 눈은 재빨리 문희 얼굴을 스쳐갔다.

"무척 귀엽겠군요. 나는 원래 아이를 좋아하지 않는 데다가 실지로 가져보지도 못했으니 아버지의 기분이 어떤 건지 통 모르지요."

하진은 평범하게 분위기를 끌고 간다. 염기섭도 조용히 화제를 끌고 가며 이따금 문희를 화제 속에 끌어넣기도 한다.

식사를 끝내고 사무적인 일도 다 끝내고, 다음 기회 있을 때 다시 만나자는 인사를 나눈 뒤 그들은 호텔 앞에서 헤어졌다. 그때 호텔에서 쫓아 나오던 어떤 사나이가,

"하군!"

하며 하진에게 달려가 그의 팔을 덥석 잡는다.

"누구시오?"

하진이 사나이의 얼굴을 멍하니 바라본다.

"날 모르겠어?"

신사임에는 틀림이 없으나 모습이 피곤해 보이고 의복도 낡은 것 같았다.

"모르겠는데요."

"하 참, 그때 지리산 전투에서,"

미처 말이 끝나기도 전에 하진의 얼굴이 파아랗게 질린다.

출판기념회

'갈까, 말까, 갈까? 말까…… 갈까…… 말까.'

눈을 감은 채 미용사에게 머리를 내맡기고 문희는 손가락을 폈다 오므렸다 하며 마음속으로 중얼거린다.

'갈까? 따분하겠지. 하지만 구경하는 셈 치고…… 너무 오랫동안 아는 얼굴들을 외면한 채 살아왔어. 갈까? 말까?'

출판기념회 초청장이 지금 문희 핸드백 속에 들어 있었다. 그것 때문에 어쩔까 싶어서 집을 나섰고 미장원까지 오기는 왔으나, 가고 싶은 흥미도 일지 않았고 안 가겠다는 결단도 내려지지 않는다. 하잘것없는 음악 감상이라는 소책자를 낸 작곡가 K씨 출판기념회에 꼭 가지 않으면 안 될 의리가 있는 것도 아니다. 오랫동안 문희는 악단과 떨어져 살아왔기 때문에 더욱 그러했다. 반겨줄 사람이 더러 있기는 하겠지만.

생각을 결정짓지 못한 채 머리를 다 빗은 문희는 거리로 나왔다. 시간이 거진 다 되어가는 모양으로 빌딩 뒤편 하늘이 새빨갛다. 인파에 떠밀려가는데 별안간 누가 뒤에서 문희의 어깨를 탁 친다.

"문희 아냐?"

놀라며 돌아보았을 때 시뿌득한 경옥이 문희를 지그시 바라보고 서 있었다.

"어쩌면 너하고 나 사이엔 이렇게 우연이 잦니?"

장미원의 사건이 생각나는 모양으로 경옥은 눈살을 살짝 찌푸린다. 문희는 오싹하니 몸을 사리면서도 경옥의 손을 유심히 쳐다본다. 그는 파아란 비취 반지를 끼고 있었다. 착잡한 감정인 채 문희는 입을 떼지 못하고 서 있는데,

"K씨 출판기념회에 가는 길이지?"

미처 대답도 하기 전에 경옥은 시계를 보면서,

"시간이 다 돼가는군. 같이 가자."

하고 아무 일도 없었던 양 다정스럽게 문희의 등을 민다. 문희는 그 등에 닿은 손에서 빠져나가려는 듯 허겁지겁 발길을 옮기면서도 거기 가지 않는다는 말은 하지 못한다. 아니 하지 못할 뿐만 아니라 그와 함께 가리라 마음먹은 것이다. 결코 질투하지 않는다고 믿었으면서도 막상 본인을 대했을 때 문희는 그 감정을 털어버릴 수 없었고, 그들 두 사람의 감정이 어떤 것이었는지 알고 싶은 마음이 강하게 발동했던 것이다.

"그 못난 올케언니는 안녕하셔?"

경옥은 그까짓 가소로울 뿐이라는 자기 마음을 그런 투로 표시해보고 싶은 모양이다.

"왜 그분이 못났니? 못나긴 내가 못났지."

문희의 목소리는 탁하게 울렸다.

"그건 또 무슨 소릴까?"

경옥은 설마 문희가 하진과의 관계를 알랴 싶은지 태연하게 되물었다. 아니 내심으로는 문희가 좀 알아주었으면 싶었는지도 모른다. 문희는 할 말을 참는다.

"어림도 없는 소리다. 우리 문희 부인께서 그럴 리가 있어. 교양 있고 총명하고 예술가의 맑은 정신."

마치 노래라도 부르듯, 그리고 다소의 야유가 섞인 투다.

"그만두어. 그런 것 모조리 너에게 준다. 너나 가지려무나."

문희는 멸시를 노골적으로 나타낸다. 경옥은 어깨를 추켰다가 내리며,

"내 것은 내 것, 문희 것은 문희의 것, 그런 건 거래가 안 되지."

"그래?"

문희는 걸음을 멈추고 빤히 경옥을 바라본다. 경옥은 눈을 깜박인다, 몇 번인가.

"불행하게도 너에겐 그것이 없으니까 한 말이야."

이보다 더한 모욕이 또 어디 있겠는가. 경옥의 얼굴빛이 확 변한다. 그와 동시에 문희가 하진과의 관계를 알고 있다는 생각이 번개같이 지나간다.

'그렇다면 문제는 다르다!'

변한 경옥의 얼굴 위에 웃음이 지나간다.

"내게 없는 걸 주겠다니 참 고마운 이야기구나. 하지만 그건 생색밖에 낼 수 없는 일이 아니니? 준대도 받아질 수 없는 거니까 말이야. 그보다 사람을 내게 주지 않겠니?"

"사람을……."

"공짜로 준다는 생각일랑 말고, 옛날 임자에게 돌려주는 거야."

"그래서? 더 할 말은?"

"이혼하는 거다!"

"잘 알겠다. 하진 씨하고 함께 오면 그때는 서슴지 않고 이혼해주마."

마침 회장인 S그릴 앞에까지 와 있었다. 얼굴에 경련을 일으키는 경옥을 남겨두고 문희는 먼저 회장으로 들어가 버린다.

"오래간만이구나, 문희."

피아니스트 윤 여사가 문희의 손목을 덥석 잡는다.

"아아, 선생님!"

문희는 윤 여사 팔에 쓰러질 듯.

"왜 이래? 얼굴이 창백하구나. 자, 올라가자."

윤 여사는 뒤따라 들어오는 경옥은 알은체하지 않고 문희를 이끌다시피 하며 층계를 올라간다.

옛날 문희는 그의 애제자였었다. 물론 경옥도 그의 제자였었다. 그러나 경옥은 미국서 돌아온 후 윤 여사를 찾아가지 않았고, 이제 대성한 내가 구차스럽게 늙은 사람을 찾아갈 것은 뭣인가 하는 투의 오만한 태도를 공석에서 번번이 본 윤 여사는 문희를 반기는 대신 경옥을 외면했던 것이다.

"선생님, 죄송해요. 너무 오랫동안……."

문희는 미소하며 말했으나, 그의 목소리는 흐느끼듯 했다.

"오랫동안 못 만난 거야 서로 사정이 있었으니까 그렇겠지만…… 난 너에게 제일 희망을 걸었었는데 왜 그리 자신을 잃었니?"

"모르겠어요."

회장 안에는 식순을 간단하게 끝마쳤는지 벌써 칵테일파티가 시작되고 있었다.

"자, 여기 앉을까? 몹시 얼굴이 창백하구나."

구석에 놓인 빈 의자에 문희를 앉히고 윤 여사는 회장 안을 둘러본다. 모두 담소하면서 술을 마시고 있었다. 오늘의 주인공 K씨는 가슴에 붉은 장미를 꽂고 사람들의 물결을 헤치고 기분 좋은 얼굴로 왔다 갔다 하고 있었다.

　"나 인사하고……."

　윤 여사는 사람 속으로 묻혀들어 가버린다. 경련을 일으키던 얼굴에, 지금은 화려하기 그지없는 웃음을 띠고 경옥은 그녀의 추종자들에게 둘러싸여 맥주 글라스를 높이 치켜들고 있었다.

　문희는 정말 구경 온 사람같이 뒷자리에 앉아서 그 창백해진 얼굴을 들고 남의 세계처럼 바라보고 있었다. 이따금 그의 앞을 지나가는 알 만한 얼굴들이 눈인사를 보내곤 했다.

　"먹지도 않고 구석에 왜 이러고 있지?"

　그 사람은 일주일 전에 하진과 함께 만난 염기섭이었다.

　"안녕하셨어요?"

　문희는 감동 없는 목소리로 인사를 했다.

　"가만있어요. 마실 것 갖다줄 테니."

　염기섭은 코카콜라 한 잔을 들고 와서 문희에게 내밀었다.

　"고맙습니다."

　"하 선생께서는 안녕하시고."

　"네."

　"아는 얼굴이나 좀 찾아볼까 싶어 나왔더니만……."

K씨하고 염기섭은 옛날의 동료다. 그 시절 음대에서 교양 국어를 강의한 염기섭은 음악가는 아니었지만 악단에 친구들이 많았다. 그러나 지금은 그를 기억하는 사람이 몇이나 될는지. 그는 문희를 만날지도 모른다는 희망에서 나온 것이나 아닐까.

"애기가 몇이세요, 선생님."

"그때 둘이라 한 것 같은데?"

"아 참, 그랬었죠. 참 귀엽겠어요."

"때때로 보고 싶은 생각이 나지."

"어머 그럼?"

"일본에 있어."

"부인도요?"

염기섭은 픽 웃으며 그 말 대꾸는 하지 않는다.

"사람이 굉장히 모였군. 옛날보다 확실히 화려해."

염기섭은 새삼스럽게 회장 안을 둘러보며 뇐다.

"모두 외로워서 나왔을 거예요."

"문희도 외로워서 나왔나?"

눈에 잠시 광채가 스친다.

"다 넘어선 걸요."

"그건 너무 지독한 말이군."

"선생님은 안 그러셨군요."

"내가 그랬으니까 지독한 것을 아는 거지."

"그럼 다 새삼스런 이야기군요."

문희는 지친 듯 웃는다. 경옥을 만나지 않았어도 문희는 염기섭에게 그런 말을 하지는 않았을 것이다. 경옥과 치열한 —점잖게 감추어진 대화였을지는 모르지만— 언쟁을 하지 않았던들 문희는 염기섭에게 결코 그런 말을 하지 않았을 것이다.

염기섭은 비스듬히 문희를 내려다본다. 옛날보다 훨씬 짜여진 체구며 자신 있게 벌어진 두 어깨며 눈언저리의 주름 모두가 이제 자리를 잡은, 그래서 감정이나 행동이 그의 지적인 지시로써 흩어짐이 없이 움직인다는 것을 나타내고 있었으나 그의 눈에는 보다 깊은 슬픔이 가라앉아 있는 것같이 느껴진다. 그것은 반드시 문희를 원인해 그런 것은 아니겠지만 적어도 어느 한 부분에는 그 상처가 아직 남아 있는 듯.

문희는 그것을 조금은 느낄 수 있었다. 그것을 느끼는 순간 그의 마음에는 하진에 대한 노여움의 불길이 오르는 것을 깨닫는다.

"선생님."

문희는 손에 들고 있던 코카콜라의 잔을 내밀며,

"저 이거 안 마시겠어요. 맥주나 아니면 다른 술을."

"그러지."

염기섭은 성큼성큼 걸어가더니 맥주를 문희에게 갖다주었다. 문희는 단숨에 그것을 들이켜고 손수건으로 얼굴을 누

르며,

"상당히 덥네요."

하는데 염기섭은,

"문희에게 전화해도 될까?"

조심스럽게 묻는다.

"네."

"상당히 까다로운 사람이라더구먼."

"누가요?"

"하 선생이."

"누가 그래요?"

"함께 있는 사람이."

"……?"

"학교에 같이 있는 내 친구가, 사실 그 친구 소개로 땅을 사게 됐지만, 문희의…… 통 몰랐지……."

남편이니 허즈니 하는 말은 쑥 빼버린다.

"사람을 잘 사귀지 못하는 성격인가 봐요."

문희는 그 화제에서 피하듯 대꾸한다.

"그래도 부인한테는 잘한다는 이야기더구먼."

"그렇지 않아요. 제가 사랑하고 있을 뿐예요."

문희의 눈에는 눈물이 글썽 돈다. 그 자신도 모르게 해버린 말이다.

"영원한 평행선이군."

염기섭의 얼굴에 쓴웃음이 지나간다. 옛날에 기섭은 문희가
그의 애정을 받지 않았을 때 그런 말을 한 적이 있었다.

"친구도 버리고 어떤 숙녀이기에."

하며 문희도 안면이 다소 있는 화가 한 사람이 다가오다가 문
희의 얼굴을 보자 좀 당황한다.

"이거 실례했습니다. 하 선생 사모님이시군요."

문희는 앉은 채,

"안녕하세요?"

하고 인사한다.

"참, 이 친구의 옛날 제자 되신다구요? 전 전혀 몰랐습니다.
진작 알았더라면 땅 문제는 부인을 통하는 게 더 나았을 텐데."

"마찬가지예요."

"그런데……"

화가 P의 얼굴이 갑자기 흐려진다.

"저, 자네 자리 좀 비켜주게."

무슨 일이 있는지 P는 염기섭에게 그런 부탁을 한다. 염기
섭이 떠나자 문희는 의아한 눈으로 P를 쳐다본다. P는 문희
옆에 있는 의자에 앉아 담배를 꺼내어 붙여 문다. 말을 해야겠
는데 퍽 말하기가 거북한 눈치다.

"저……."

"무슨 말씀이신지."

"요즘 하 선생이 좀 이상하지 않습니까?"

"……."

"원래 성격이야 그렇지만……."

"무슨 일이 있었어요?"

"마침 부인을 만났으니까…… 웬만하면 이런 말 안 하려 했는데, 어젯밤에는 일찍 들어가셨던가요?"

문희는 입술을 깨문다.

"언제나 마찬가지인 시간에 돌아왔어요."

P는 우두커니 담배 연기를 바라보다가,

"작품도 못 하고 초조해서 이상해진 것 아닌가 싶기는 합니다만……."

"이상해지다니요?"

문희의 얼굴이 질린다.

"남다른 성질은 누구보다 제가 잘 이해하고 있다고 생각합니다. 그런데 요 며칠 동안…… 남하고 시비하는 성질은 아니었는데…… 어제도, 오늘도 시비가 있었습니다. 도저히 납득이 안 갈 만큼 신경질을 부리고, 오늘은 교수실의 의자가 날아갔을 정도니까……."

"그, 그래서요?"

"상대방이 도망을 치고 말았지요. 싸움 안 하려고. 그래서 별일 없이 끝장이 났는데, 하 선생은 이상한 강박관념에 사로잡혀 있는 것 같더군요. 그게 점점 심해져서 그런 식으로 폭발이 된 것 같습니다. 정말 걷잡을 수 없이…… 친구들은 그의 고민에다가, 미술평론가 있지 않습니까? 강이라고, 그 작자가 불을 지른 거라 하지만 저는 그렇게 생각하지 않습니다."

"그, 그럼요. 그런 정도의 신문 나부랭이를……."

"하기야 예술하는 사람들의 감정이란 유치하게 예민하고 약하니까 그렇지 않다고도 할 수 없는 일이지만, 사실 그림을 못 그리는 화가의 고통이 얼마나 비참한가, 그것은 당사자들이 되어보지 못하는 한 모릅니다. 그러나 왜 하 선생이 그림을 못 그리는가 그것에 원인이 있을 것입니다."

"……."

"그림을 그릴 수 없는 원인…… 게다가 그리지 못하는 고통, 두 가지가 겹쳐서…… 거의 발광 상태니까요. 오늘 같은 경우, 하 선생은 언제나 교수실을 들어올 때는 적군들 속에 들어오는 그런 눈초리를 합니다. 그런데 며칠 전부터는 아무도 그에게 도전하지 않는데도 역습하려는 그런 태도로 바뀌어졌단 말입니다. 그의 뒤통수에 총이 겨누어진 듯 홱 돌아서며 그 자신도 총을 뽑으려는, 마치 그런 자세란 말입니다. 부인께서는 요즘 하 선생에게서 이상한 점을 발견하지 못하셨습니까?"

"지, 지금은 생각이 나지 않는군요. 언제나 우울해한 것 같지만. 어, 언젠가 학굘 그만두고…… 어디 시골에 내려가겠다는 말을 한 것 같아요."

"그렇습니까……."

P는 생각에 잠긴다. 한참 만에,

"웬만하면 그렇게 하시는 게 좋을 성싶군요. 조용한 곳에 가서 정양을 해보는 게……."

P는 꺼진 담배에 다시 불을 붙이고 나서 일어섰다.

여창旅窓

가랑비가 희부옇게 내리고 있는데, 그러나 새벽안개는 차츰 걷혀가고 있었다. 봄부터 줄곧 계속되어오던 가뭄에 시달린 산비탈의 나무들은 이제 푸르게, 싱싱하게 되살아나서 무척 가까운 거리를 느끼게 한다. 귀하고 반가운 비, 그러나 낡고 바스라지듯한 사양斜陽의 고목들을 적셔주는 빗소리는 슬픔보다도 침울하고 절망적인 음색音色이 더 짙은 것만 같다.

열 칸 남짓한 한옥, 이제는 칠한 흔적조차 찾아볼 수 없게 된 기둥과 툇마루와 문살, 벌레 먹은 듯 부슬부슬한데 간밤에 쉴 새 없이 내린 비에 눅눅히 젖어, 목재 썩는 냄새가 좁은 집 안에 물씬 풍기고 있는 것만 같은 환각을 일으킨다. 무질서하게, 아무렇게나 흩어서 늘어놓은 장독대 위의 항아리들은 빗물에 씻겨 반들반들하지만 깨어진 뚝배기에 시들다 살아난 듯한 옥잠화 심은 분하며, 의욕의 상실, 생활의 고달픔을 그대로 반영하고 있었다.

미혜의 계모 윤씨는 연탄을 갈아 넣는 모양이다. 달그락거리는 소리가 부엌에서 들려오고, 아이들이 깊이 잠든 안방은 고요하다.

미혜는 수돗가에서 세수를 끝내고 얼굴을 닦으며 마루로 올라가려다 말고 부엌을 기웃이 들여다본다. 파마기 없는 머리를 을씨년스럽게 말아 올린 계모 뒤통수에 연탄재가 뿌옇게 앉아 있었다.

"오늘 어디 좀 갈 거예요."

사무 보고처럼 아무 감정 없는 목소리다. 오랜 습관인지 윤 씨는 돌아보지도 않고 대꾸도 하지 않는다. 미혜는 수건을 남 자처럼 어깨에 걸치며,

"며칠 동안 집엔 못 올지도 몰라요."

비로소 윤씨는 미혜 쪽으로 슬그머니 얼굴을 돌린다.

"그래?"

하며 싱싱한 젊음에 그늘이 지려는 듯 화장이 벗겨진 미혜의 밋밋한 얼굴을 윤씨는 쳐다본다. 못마땅해하는 빛은 없다. 도 리어 미혜의 의사를 존중하는 것은 예나 지금이나 무슨 변화 가 있겠는가, 하는 체념이 찌든 얼굴에 감돈다. 그도 그럴 것 이 파산과 더불어 남편과도 사별한 윤씨로서는 비록 전실 딸 이기는 하지만 집안에서 분별 있을 만큼 나이 든 사람은 그 혼자였으며, 한편 영락한 양반의 딸이었다는 것 이외 내세울 만한 주변머리나 용모도 갖지 못한, 벌어다 주는 돈으로 살림 밖에 살 줄 모르는 윤씨는 자식 네 명을 거느리고 미혜의 도

움 없이 살아간다는 것은 어림도 없는 일이었다. 뚜렷한 직장이 있는 것도 아니요, 어디서 무슨 짓을 하는지 대학을 나온 후—대학 삼 학년 때 미혜의 부친은 돌아가셨다—미혜는 자기 분수에 넘는 사치를 하면서도 이따금 넉넉지는 못했으나 윤씨에게 생활비를 내놓곤 했었다.

"애들도 어디 간다 하더구면."

윤씨의 느릿느릿한 말을 귓가에 흘려버리고,

"식모는 어떻게 됐어요?"

"가겟집에서 기별했다 하더니 아직 소식이 없구면."

미혜는 방으로 들어와서 간단히 화장을 하고, 그러나 아이라인만은 공을 들여서 그린다.

'누구든 하나, 그렇지 누구든지, 미스터 차? 미스터 민? 거머잡고 미국으로 뛰어버리는 게 현명한 짓 아닐까? 그곳에 가서 타락을 하겠음 아주 철저하게, 아니면 무엇이 되는 거다. 디자이너? 다시 영문학? 공부? 천만의 말씀이다. 공부를 하다니!'

미혜는 머리를 절절 흔들고 일어서서 벽에 걸린 오렌지빛 무무를 걸치고 그 위에 베이지빛 레인코트를 걸치고 챙겨놓은 슈트케이스를 든다. 대문간에서,

"갔다 오겠어요!"

안을 향해 고함치듯 말했으나 윤씨의 대답하는 소리는 들리지 않았다.

"정말 지긋지긋해."

혀를 두들기며 우산을 펴 든다. 처마 끝에서 떨어지는 물방울이 우산 위에서 기총소사처럼 뚜르르 소리를 낸다.

"많이만 쏟아지지 않는다면 비 오시는 날의 여행이 더 근사한 법이지. 단 하루라도 집구석에 있으면 곰팡이가 슬 거야. 윤 여사 얼굴을 보기만 해도 말이지."

혼자 중얼거리며 미혜는 또각또각 구두 소리를 내며 걸어간다. 넌덜머리가 난 듯한 독백과는 달리 미혜 마음속에는 나이 어린 이복형제들과 주변머리 없는 계모에 대한 연민의 정이 있었다. 방향을 잡지 못하는 자기 생활을 타고난 부르주아 근성 때문이라는 것으로 낙찰을 시키고, 한편으로는 의미를 찾으려 하고 앞날의 방향을 찾으려 한들 인생이란 다 그렇고 그런 게 아니냐, 고지식하게 날뛰어 봤던들 남편의 양말짝 깁는 청승밖에 더 떨겠느냐, 그렇다고 미칠 듯이 좋아질 사람이 있는 것도 아니고, 그런 투의 기분으로 정착 없는, 계절마다 바뀌어지는 감정의 유희를 간단히 합리화시켰으나, 지배적 원인이라 할 수는 없지만 미혜 그가 환경의 급변, 그 큰 거리에서 자기 자신을 급히 회전시켜 현실에 적응할 수 없었던 일도 한부분의 이유는 될 수 있었던 것이다. 게다가 인생이 별것 아니라 하면서도 하영에 대한 미련과 모호하게 끌고 가는 그 힘을 잘라버릴 수 없는 모순 때문에 그의 무질서한 생활은 차츰 더 거칠어져 가는 것이었다.

미혜가 택시를 잡기 위해 가로수 밑에 멈추어 섰을 때 안개처럼 부드럽게 내리던 빗줄기는 갑자기 굵어졌다. 하늘이 바로 머리 위에 내려앉는 것만 같았다. 소나기처럼, 바람까지 휘몰고 온 비는 아스팔트 길을 두들기기 시작했다.

미혜는 슈트케이스를 든 데다가 한 손은 우산을 받쳐 들었으므로 종아리를 훑치며, 레인코트 자락을 말아 올리며 사납게 쏟아지는 빗줄기를 피할 도리가 없다. 그는 가로수를 방패 삼으려고 뒤로 물러선다. 비 오시는 이른 아침 거리에는 지나는 사람 하나 없다. 맞은편 상점, 찻길이 비에 가려 보이지 않는다.

'에이, 무슨 날씨가 이렇담?'

합승이 멎었다 지나갈 뿐 택시는 좀처럼 나타나지 않는다.

'그냥 가지 말까 부다. 눈이 빠지게 기다리다가…… 흐흠, 화가 나서 티켓을 찢어버리고, 그 자신도 그런 처지를 한번 당해봐야 할 게야. 한 번쯤 바람을 맞힐 필요가 있어.'

미혜의 얼굴에는 갑자기 노여운 빛이 떠오른다.

'흠, 뭐 나오란다고 내가 고분고분 나갈 이유가 뭐야? 그날도 내가 약속한 건 아니잖아? 언제나 그랬어. 항상, 자기 마음대로 혼자 말해버리면 그것으로 약속된 줄 알거든. 독선자! 건방지고 자신에 가득 차서 안하무인이란 말이야.'

미움에 차서 마음속으로 중얼거렸으나 미혜는 발길을 돌리지는 않는다.

'차라리 미스터 차한테 전활 걸어서 워커힐에나 갈까? 신나게 돈을 써주는 거다. 하지만 그 눈깔이 싫어. 웃음소리도 싫어! 그것만 참으면…… 적당히 해서 날아버리면 될 거 아냐? 멀리 날아버리면 말이지? 대가는 충분하다.'

했으나 미혜는 지나가려는 택시를 보자 몹시 당황해서 손을 번쩍 든다. 멎어준 택시에 오른 미혜는 조금 전의 망설임 같은 건 헌신짝처럼 버렸는지 자기 매무새를 매만지고 거울을 꺼내어 열심히 얼굴을 고친다. 고치면서,

"서울역으로, 빨리 가셔야 해요."

운전수에게 이른다.

서울역에 도착한 미혜는 이등 대합실에 천천히 들어섰다. 그리고 드문드문 서 있는 사람들을 이리저리 살폈으나 하영의 모습은 보이지 않았다. 아까 가로수 옆에서 택시를 기다릴 때는 하영에 대한 생각은 넌지시 뒤로 젖혀지는 기분이었던 그였다. 그러나 하영이 와 있지 않다는 것을 알자 도리어 그의 기분은 앞으로 확 쏠리는 듯, 만일 하영이 나와주지 않는다면 어쩌랴 싶은 근심이 그의 얼굴 근육을 구기게 한다. 그리고 자기의 좌절된 기분을 모든 사람들이 조롱의 눈으로 바라보고 있기라도 한 듯 몹시 어줍은 동작으로 미혜는 팔을 들어 시계를 들여다본다.

'십오 분 전이다!'

미혜는 자리에 앉을 생각도 않고 뻗치고 선 채 문 쪽으로 막연하고 기운 빠진 시선을 쏟는다. 하영은 언제나 그런 식이

었다.

'일방적으로…… 자기 자신이, 혼자 한 약속을 까먹다니.'

약속을 까먹는 것도 예사였지만 약속 시간보다 늦게 나오는 것도 흔한 일이었다. 기차를 타고 떠나야 할 이런 경우 시간을 지키지 않는다는 것은 이번 여행을 포기하는 일이겠지만. 평상시에 그러했으니 하영의 신상에 무슨 일이 생겼을지도 모른다는 걱정을 새삼스럽게 할 필요는 없었다. 그리고 그런 유의 걱정을 할 만큼 다소곳한 성질의 애정은 피차간의 생리가 용납 못 하는 일이기도 하다.

미혜는 또다시 하영의 자연발생적인 감정 때문에 농락을 당했다고 생각하며, 그를 기다리는 것은, 보고 싶어 그러는 게 아니며 노여움 때문이라고 자기 자신의 자세를 잡아보는 것이었으나 빗나간 마음의 갈피는 좀처럼 잡히지 않았고, 더더군다나 발길을 돌려 미스터 차에게 전화를 걸어 방향을 바꿀 생각은 하지도 못하고 있는 것이다.

발차 칠 분 전, 그러니까 팔 분 동안을 뻗치고 서 있었던 셈인데 미혜는 오랜 시간이 지나간 것 같은 느낌이 드는 것이었다. 텁수룩한 머리에 레인코트만 걸치고 우산도 가방도 없이 하영이 나타났다. 미혜는 성난 얼굴을 돌린다.

"언제 왔어?"

하영이 씽긋 웃는다.

"아까부터 왔댔나?"

"아뇨."

짤막하게 대꾸한다.

"화가 났군."

"무슨 건덕지가 있어 화가 나요? 떠나고 싶은 마음이 반, 안 가고 싶은 마음이 반, 그래서 좀 희미해 있었던 거예요."

"흥? 믿을 만하군."

하영이 시계를 본다.

"재주도 좋으시네요."

"뭐?"

"우산도 없이 용케 비 한 방울 안 맞았군요."

"비 오시기 전에 왔거든."

"……?"

"한 시간 전에 왔었지."

"하지만 그때도 가랑비는 내렸어요."

"뭐 가랑비쯤이야, 택시에서 내려 얼마나 걷는다구, 만날 사람이 있어서."

"오오라, 누군가하고 함께 나왔군요. 우산은 돌려보내구."

그 말 대답은 없이,

"자, 시간 없어. 어서 홈으로 들어가는 거야."

아무 기복이 없는 목소리다. 미혜는 고개를 돌려 하영의 얼굴을 빤히 쳐다본다.

"한 시간 전에…… 그럼 그동안 어디 있었죠?"

"이 위에."

하영은 천장을 손가락질한다.

"차 마시며 구슬픈 기적 소리를 듣고 있었지."

"어여쁜 연인하고 잠시 동안의 이별을 슬퍼하면서."

미혜는 억지웃음을 띤다.

"비는 내리고."

하영의 시선이 멀리 간다.

"유행가 가락처럼."

"다방에 앉아 영시를 읽는 풍경보단 정직한 거지."

하영은 미혜 손에서 슈트케이스를 받아 들고 개찰구로 앞서 나간다. 뒤따라 나간 미혜는 홈에 이르는 층계를 밟으며,

"콤플렉스지 뭐야."

다른 구실을 잡아 깐죽거린다.

"내가?"

몹시 충격적으로 걸음까지 멈춘 하영은 미혜 가까이 자기 얼굴을 쑥 디민다.

"극과 극이죠."

"흠."

"심한 열등감과 심한 자만심, 얼마나 괴로우시겠수."

미혜는 급히 층계를 밟고 내려간다.

"친한 사람에 대한 정신분석은 하는 것 아냐."

뒤따르며 말하는 하영의 음성은 의외로 부드러웠다.

비가 내리는 때문일까 피서객들을 실어갈 준급행이 출발을 기다리고 있는데 플랫폼 안에는 사람들이 별로 많지 않고, 왔다 갔다 하는 철도국원들의 모습만이 유난히 눈에 띈다. 그리고 철길도 언덕의 집들도 모두 비를 맞고 있어 사방은 쓸쓸하고 조용하기만 하다. 이등 객차 속의 좌석도 거의 빈 상태다. 아이들이 주렁주렁 달린 가족 일행과 남녀 몇 쌍이 제각기 마음 내키는 대로 좌석을 점령하고 있었다.

얼마 후 기차는 플랫폼을 빠져나와 빗속을 달리기 시작했다.

"미스터 하."

"오늘은 쌈하지 말기로 하지."

하영은 창밖 풍경에서 눈을 거두지 않고 말했다.

"그렇게 부르면 선전포고가 되는 셈인가요?"

하영이 피식 웃으며 얼굴을 돌린다.

"그보다 오늘은 쌈해서는 안 될 무슨 기념되는 날인가요?"

아이라인이 짙은 눈을 흘긴다.

"텅텅 비어서…… 멋진 러브신을 벌여도 무방하겠구먼."

하영은 슬그머니 미혜의 손을 어루만진다.

"딴전 피우네."

"뭐가 무서워서?"

"무서운 게 아니구 치밀한 계획을 해서, 그렇죠?"

순간 미혜의 눈이 날카롭게 빛난다.

"뭐 내가 살인 계획이라도 세우고 있나?"

천연스레 웃는다.

"일급이야."

미혜는 내뱉는다. 조그마한 소리로.

"나도 그렇게 생각하고 있어."

"능숙하기 이를 데 없어. 보통, 지능지수가 높은 사람이라도 일급이 뭐냐고 시치미를 뗄 텐데…… 안 그래요? 눈 하나 깜짝이지 않고서. 미스터 하, 당신은 정말 지독하고 무서운 사람이에요."

"남자가 안 무서우면 어디 매력이 있나? 물론 죽이 돼서야 미혜인들 날 따라다니겠어?"

"흥, 벌레 한 마리 못 죽일 것 같은 순한 얼굴을 하고서, 권태에 지친 듯 보이면서도 무한한 욕망 그것을 향해 어떤 짓이라도 할 수 있을 거예요."

하영의 눈이 가늘게 좁혀진다. 그러나 웃음은 사라지지 않고,

"뭐래더라? 여자들한테 잘 비유되는, 음 보살 같은 얼굴에 야차 같은 마음, 본시부터 벌레 한 마리 죽이지 못하는 위인이 실은 엉뚱한 짓을 잘한단 말이야."

"청산유수예요."

"변설이야 미혜의 영토지."

"청산유수 같은 위장偽裝이야말로 미스터 하의 영토 아니에요?"

"비유가 서툴렀군. 적절한 말이 따로 있음직한데?"

"위장에는 위선보다 위악이 더 효과적이라는 것을 잘 알고 있고요."

"내가 여자 정보원하고 동석하고 있는 게 아닐까? 그래서야 어디 마음 놓고 키스 한번 하겠나."

하영은 미혜가 무슨 소리를 하건 시원스러운 얼굴이다. 아이들이 주렁주렁 매달린 그 좌석 쪽에서는 유쾌한 웃음소리, 응석 피우는 소리가 끊임없이 들려온다. 빗발은 좀 누그러져서, 그러나 달리는 열차의 유리창을 여전히 적셔주고 있었다.

두 사람 사이에는 잠시 말이 끊어졌다. 언덕 위의 아카시아 숲이 바람에 너울거리는 것을 보고 있는 하영의 얼굴에 급한 속도의 미묘한 변화가 일고 있었다.

"목이 말라요. 커피 마시러 안 가시겠어요?"

미혜 말에 하영은 급회전하듯 일던 미묘한 얼굴의 변화를 정지하고,

"그러지."

먼저 일어서는 것이었다. 식당차를 향해 걸어갔을 때 하영은 뜻밖의 사람들을 발견했다. 그러나 그는 보지 않은 척 그들 앞을 스쳐 가버린다. 나란히 식당차 쪽을 향해 앉아 있던 사람들은 다름 아닌 경옥과 문영이었다. 경옥은 창밖에 눈을 팔고 있었으므로 하영을 못 보았으나 문영은 재빠르게 하영을 보았다. 그러나 그는 하영이 그들을 발견하지 못하고 지나간 것으로 알고 있었다. 하영의 모습이 사라지자 문영은,

"이거 따분하게 됐군."

"뭐가요?"

경옥이 얼굴을 돌린다.

"하진의 동생이 지나갔어."

"지나갔음 어때요?"

경옥은 장난스럽게 웃는다.

"문희보고 이러쿵저러쿵할 것 아니냐 말이야."

"딴은 그렇군요."

경옥은 문희 말이 나오자, 현숙에게 말썽이 가서 보복을 해 준다는 쾌감보다 문희를 통해 하진에게 말이 전달될 것을 생각하니 유쾌해질 수 없었다. 그가 문영과의 여행을 생각한 것은 현숙에 대한 미움 때문이었으며, 비겁한 문영을 궁지에 몰아넣고 싶은 은근한 속셈도 있었던 것이다. 그렇다고 해서 그 자신 뭐 대단한 집념이나 열중은 아니었고, 여가에 이는 감정의 장난에 지나지 않는 일이었지만.

"그럼 어떡해요?"

"우릴 보지는 않았으니까, 서로 떨어져 앉아 있으면 되겠지."

"떨리는 모양이죠?"

"무사주의가 좋지. 낭비거든."

문영은 문 쪽을 힐끔힐끔 쳐다본다.

"사업가다운 이야기예요. 만사는 오직 낭비 없는 축적의 길로. 참 한배 속에서 나온 남매가 어쩌면 그렇게 다를까요? 접

때 문희를 만났더니 예술가의 맑은 정신을 내게 물려주겠다 하잖아요? 고마운 이야기지 뭡니까? 그 고귀한 정신을 고고하게 간직한 누이동생에 비해 오빠는 물질만을, 오로지 물질만을 위해 분투하시니 하나님이 만드실 적에 각별한 실험을 의도하시지나 않았는지 궁금하기 짝이 없군요."

경옥은 빈정거리는데 문영은 문 쪽에만 신경을 쓴다.

"나 저쪽 자리에 가서 앉아 있겠어. 내릴 때도 따로따로 내리면 되는 거야."

경옥은 일어서려는 문영의 옷자락을 꽉 거머잡는다.

"앉으세요. 아직 멀었단 말예요. 차를 마시더라도 시간이 걸릴 것 아니에요."

"하지만."

"잠자코 계세요. 그러지 않으면 그이 동생 앞에서 내가 시위를 할 테니까, 얌전히 계세요."

"왜 이래? 이러지 말어. 말썽 나면 귀찮단 말이야. 피차 마찬가지 아니야? 경옥의 체면도 있고."

"세상이 그리 무서워서 어떻게 살아요? 좀 자연스럽게 처신하세요. 항상 죄진 사람처럼 남의 눈을 의식하고…… 하기는 돈더미 위에 앉으려면 오죽이나 불법이 많겠어요?"

"농담도 도가 지나면 악담이 되는 거야. 고양이처럼 굴지 말어!"

다른 때 같으면 능청스럽게 웃으며 받아넘길 것을 하마 하영이 나타나지 않을까 조마조마하고 있으니, 그는 신경질을 부린다.

"어머, 그럼 거기는 쥐로 떨어졌어요? 하긴 부인 앞에선 고양이 앞의 쥐 같더구먼요. 이제 그 정도로 하시고 가시죠."

경옥은 심술궂게 웃는다. 문영은 급히 경옥과 반대편의, 그것도 몇 칸 뒤, 앉아서 경옥이 보이지 않는 곳에 가서 자리를 잡고, 하영이 나타날 때까지 그럴 심산인지 창문 쪽으로 머리를 바싹 돌리며 앉는다.

"바보, 등신 같은 위인 같으니라구."

경옥은 트랜지스터를 꺼내어 시계를 보며 라디오의 다이얼을 돌린다. 그저께 방송국에 가서 녹음한 자기의 피아노 독주를 듣기 위해.

한참 만에 하영은 미혜를 앞세우고 식당차에서 이등칸으로 왔다. 나갈 때는 그들의 등을 지나쳤으나 들어올 때는 별수 없이 경옥의 얼굴과 마주치게 되었다.

"헬로! 미스터 하!"

경옥 쪽에서 먼저 말을 걸어왔다. 창밖을 바라보고 있던 문영이 경옥의 목소리를 듣고 몸을 꿈틀한다. 무슨 수작을 할 것인가 근심하며 귀를 기울인다.

"오래간만입니다."

하영의 젊은이답지 않은 침착한 목소리가 울려왔다.

"모두들 안녕하세요? 형수님을 위시해서."

"그건 잘 모르겠군요. 집 번지수가 다르니까."

경멸하는 듯, 그러면서도 유머러스한 투다.

"어딜 가세요, 친구분하고?"

"글쎄 지금 생각 중입니다."

"비가 오셔서 바다는 추울 거예요."

"체온으로 녹이죠."

"호호호! 무척이나 정열적이구먼요."

웃음이 연방 꼬리를 문다. 미혜는 자기 자리에 돌아가 앉아 있었다.

"젊은 사람의 밑천 아닙니까?"

"물론."

"선생님은 어디로 가시죠?"

선생님이라는 호칭이 다분히 아이로니컬하다.

"글쎄…… 부딪치면 곤란할 거예요. 따뜻한 물에 잠기고 싶은 기분이지만."

"부딪쳐도 저희들은 상관없습니다. 뭣하면 셋이서 합동할까요?"

"날 늙은이 취급하기에요? 누가 청승맞게 혼자 여행을 한답디까?"

문영이 눈살을 찌푸린다.

"이거 실례가 많았습니다."

"좀 앉으세요. 동행이 화내실까?"

"그런 법은 없죠."

하영은 자리에 털썩 주저앉는다.

"한국은 따분하고 시시하지 않습니까? 자가용을 몰고 갈 때도 길에 먼지가 푹석푹석 나지 않습니까."

다시 놀려주는 투다.

"오늘은 비가 오시는데요? 자가용만 내주었으면 신날 뻔했지요. 이런 곳에서 하진 씨 동생도 안 만났을 테고."

"환영 못 받을 인물이어서 매우 섭섭하게 됐군요. 그러니 이곳이 따분해질 수밖에요."

경옥은 하영이 비꼬는 것을 충분히 알면서도,

"천만의 말씀입니다. 미스터 하나 그분 동생 같은 타입의 남성이 계시니까 충분히 매력 있는 곳이에요."

"감사합니다. 형님 덕을 이럴 때 보는군요. 그런데 동행하신 분은?"

"호호홋…… 아마 화장실에 가서 향기로운 냄샐 맡고 있나 봐요."

장미원에서 있었던 사건을 연상하며 경옥은 문영이 들으라는 듯 크게 소리 내어 웃는다. 문영은 쓴 것을 머금은 듯 얼굴을 찌푸린다.

"그럼 나는 물러가야겠군요."

하영이 일어서자,

"자신이 없으신 모양이죠?"

"늙은이를 대접해드리는 겁니다."

하영은 천연스럽게 말하고 자기 좌석으로 돌아갔다.

기차가 온양온천에 도착했을 때, 하영은 올려놓은 미혜의 가방을 끌어 내린다.

"아니 여기서 내리는 거예요?"

"……."

"농장에 가는 것 아니에요?"

"온천에서 하루 묵고……."

미혜는 애초 계획과 달라진 것은 경옥의 탓이 아닌가 생각한다. 그러나 그 자신에게도 경옥에 대한 호기심이 있었고, 상대의 남성이 누구인지 알지는 못했으나 나갈 때와 들어왔을 때 달라진 상황을 짐작했으므로 일단은 구경꾼 심리가 되어 더 이상 군말 없이 하영을 따라 내린다. 아닌 게 아니라 경옥과 문영은 먼저 내려서 개찰구로 나가고 있었다. 하영이 싱긋이 웃으며 미혜를 돌아본다.

"저 남자 누군지 알아?"

"애인이겠죠?"

"형수의 오빠야. 형편없는 속물이지."

"그럼 사돈이구먼요? 상당히 짓궂게 구네요."

그러는데 문영은 불안스러운지 힐끗힐끗 뒤돌아보곤 했다.

"틀림없이 무슨 속셈이 있을 거야."

푸듯이 뇌는데 미혜는,

"무슨 속셈인데요?"

"그건 몰라도 되는 일."

그들이 개찰구로 하여 밖으로 나갔을 때 그들은 관광호텔에서 마중 나온 자동차에 몸을 싣고 막 떠나려 하고 있었다. 경옥이 하영을 향해 손짓을 하고 문영은 낭패한 얼굴로, 급히 하영과 반대 방향으로 고개를 돌리는 것이었다.

비는 멎고 아슴푸레한 광선이 구름 사이에서 비쳐 나온다. 숲을 느낄 수 없는 평평한 작은 시가는 닦이지 않은 시골의 면모를 그대로 지니고 있었다. 저만큼 가는 검은빛 호텔의 고급 승용차만이 이상한 비조화를 이루고 있었다.

다시 호텔의 자가용이 나타나고 하영과 미혜는 차에 올랐다. 호텔의 로비에 들어섰을 때 문영과 경옥은 이미 수속을 끝내었는지 모습이 보이지 않았다. 종업원의 안내를 받아 이 층 양실에 들어간 하영은 침대에 걸터앉아 담배를 꺼내어 붙여 문다.

"불편한 점이 있으면 전화로 말씀해주십쇼."

하고 종업원이 나가려 하자,

"아 이봐요."

하영이 불러 세운다. 그리고 호주머니 속에서 돈을 꺼내며,

"나 파자마 하나 사다 주시요."

종업원이 나가자 하영은 침대에 뻐드러지듯 눕고 미혜는 옷을 벗어 던지고 목욕탕으로 들어가 버렸다. 물소리가 요란스

럽게 들려왔다. 보이가 틀어놓고 간 에어컨디셔너의 시끄러운
소리와 목욕탕 속에서 울려오는 물소리가 합하여 하영은 이
상한 착각 속으로 빠져들어 갔다.

'내가 미혜를 뭐 때문에 농장으로 데리고 갈까. 고놈의 계집
애, 치밀하게 짠 계획에 의해서, 그런 말을 했었지. 치밀하게
짠 계획!'

그는 비참한 얼굴이 되며 재떨이에 담배를 눌러 끄고 엎드
린다. 그리고 소리와 소리의 계곡으로 빠져들어 가듯 그는 눈
을 감는 것이었다.

농장

온양온천에서 하룻밤을 묵고 이튿날 해거름에 하영과 미혜
는 관광호텔을 떠났다. 서울서 떠나올 때 억수같이 쏟아지던
비는 마치 꿈속에서나 있었던 일처럼 하늘은 높이 개고 살찐
소가 풀을 뜯고 있는 언덕과 밀짚모자 쓴 농부가 김을 매는
들판에는 강한 햇볕이 내리쬐고 있었다.

두 사람은 시골길을 가는 버스 속에서 흔들리며 피곤한 시
선을 창밖에 던지고 있었다.

도착하는 날과 출발하는 날, 이틀 동안 그들은 온양 호텔
에서 두 번, 경옥과 문영을 만났다. 한 번은 식당에서 마주치

고 한 번은 풀에서 어색한 대면을 가졌었다. 경옥은 그 풍만한 육체를 과시하며 뚱뚱보 외국인과 지껄이고 있다가 하영을 보고 눈인사를 했고, 이제는 체념을 했는지 문영도 찌푸린 얼굴이기는 했으나 알은체하였다. 그는 어색하게 담배에 성냥불을 붙이며,

"요즘은 어떻게 지내시오."

하고 물었다.

"여전히 룸펜이죠."

경옥은 물속으로 뛰어들어 가고 미혜는 베이비 골프장으로 돌아가 버렸다.

"농장은 어떡허구?"

"그냥 내버려두었습니다. 황폐해가는 대로."

"아까운 이야기 아니요?"

"적자가 나니까요."

"잘 운영하면."

"그냥 내버려두었다가 자연미로나 한몫 보죠. 그럼 거기다 장원이라는 이름을 붙이고, 선생과 같은 분께 별장지로 팔아먹을 작정입니다."

선생과 같은 분이라고 했을 때 문영은 쓴웃음을 띠었다.

"형님 집에는 더러 갑니까?"

"발길이 그리로 돌아갈 때."

"많지도 않은 형젠데……."

궁한 나머지 늙은이 같은 훈계조의 말이 되다가 그 자신도 쑥스러웠던지 말끝을 맺지 않았다.

"미스터 하!"

버스가 한 마을 앞에 멎었을 때 미혜가 불렀다.

"내려서 한참 걸어가요?"

"버스로 가면 그렇지도 않아."

미혜는 무슨 생각을 하는지 심각해지며 다시 입을 떼지 않았다.

어느 마을 앞에서 버스를 내린 하영은 곧장 그 마을길을 질러갔다.

"미스터 하."

타박타박 뒤따라 걸어오며 미혜가 다시 불렀다.

"말해봐."

미혜는 하영의 팔에 자기 팔을 살짝 건다. 전망이 툭 트인 들판이 나타나고 시원한 바람이 불어온다. 포플러 잎이 소용돌이친다.

"우리는 뭐예요?"

미혜는 전에 없이 풀이 죽은 소리로 말했다.

"새삼스럽군."

"애인이에요?"

하영은 그 말 대답을 하지 않았다.

"내연의 부부예요?"

"정부지."

하영이 우울하게 말했다.

"정부하고 애인하고 그 차이는?"

"정부는 육에 치중한 상태일 게고 애인은 영에 치중한 상태겠지."

생도의 질문에 응하는 선생과 같이 덤덤하게 하영은 말했다.

"누가 그걸 몰라서 묻는 거예요?"

"알면 그만이지 묻기는 왜 물어. 여자의 경우도 마찬가지 아니야? 미혜 자신도 나를 정부라 생각하지 애인이라 생각지는 않을 거야."

미혜 입에서 나올 말을 미리부터 봉쇄해버리려는 의도인지 하영은 고압적으로 말했다. 그러나 미혜는 전과 같이 비꼬이지 않은, 여전히 풀이 죽은 목소리로,

"그 사람들 보니까 허무하데요."

"누구?"

"하영 씨의 사돈."

"보는 축이 허무하지, 그들 자신은 허무하다 생각지 않어. 충분히 향락하고, 그럼 그만이지."

"우리도?"

"……."

"오래 살고 싶지는 않아요. 누구의 양말짝 기우며 살고 싶지도 않아요."

"왜 그리 자신이 없어졌어?"

"언젠 자신이 있었던가요?"

"그럼 미혜도 위장의 명수구먼. 나는 미혜의 향락주의에는 충분한 철학이 있는 줄 알았는데."

"비꼬지 마세요. 삑삑 우는 시늉은 질색이지만 그래도 나 지금 심각한 거예요."

미혜는 피시시 웃는다.

"다 왔어."

미혜가 시선을 들었을 때, 정말 하영의 말대로 황폐한 과수원이 눈에 띄었고, 그 뒤편 우묵한 숲에 둘러싸인 분지 같은 곳에 하얀 건물이 보였다.

농장 안으로 들어섰다. 하영이 또래의 젊은 남자가 쫓아오더니 인사도 없이 하영이 든 슈트케이스를 받아 든다. 그리고 여자 손님인 미혜에게는 별반 관심도 없는 듯 앞서 가버린다.

"누구예요?"

"내 부하."

"여긴 갱의 소굴도 아닐 텐데?"

"그럼 참모야."

"흥, 무슨 군단을 가졌었나요?"

"여기 마음에 들어?"

"나 주시겠어요?"

"두고 봐야지."

"희망적이네요. 전에는 줄 사람이 따로 있다고 하더니."

"마음에 들어?"

하영은 다시 물었다.

"퇴폐적이에요."

"미혜에게 어울리게."

제법 아득한 곳에 있는 건물로 가는 동안 미혜는 앞서가는 청년 이외 단 한 사람도 만날 수 없었다.

건물은 제법 컸다. 나무로 지은 반#양옥, 희게 페인트칠을 해놓았으나, 오래되어 그 흰 빛깔마저 묘하게 어둡게 느껴진다. 숲의 그늘이 짙어서 그랬던지. 넓은 리빙룸, 어울리지 않게 푹신한 소파가 하나 있었다. 그러고는 넓다 뿐이지, 쓸모없이 흩어진 가구들로 하여 삭막한 기분만 주었다.

미혜는 소파에 앉아 방 안 분위기에는 흥미도 호기심도 없는 듯 거울을 꺼내어 얼굴에 배어난 땀을 닦는다.

"더우면 목욕해."

창가에 서서 우묵한 숲을 응시하며 생각에 잠겨 있던 하영이 돌아보며 말했다.

"목욕탕 있어요?"

"우물이야. 그리고 물론 냉수지. 더운물로 하겠음 불 지피라 이르지."

"아니 찬물에 할래요. 땀이 끈끈하게 눌어붙은 것 같아 기분이 나빠요."

미혜가 옷을 벗으려다 말고,

"바로 옆이에요?"

하고 묻는다.

"목욕탕? 거기 있는 도어만 밀면."

"물은요?"

"탱크 속에 있으니 틀기만 하면 돼."

미혜는 원피스를 벗고 슈미즈 바람으로 목욕탕으로 들어갔다.

하영은 혼자 밖으로 빠져나와 숲속의 오솔길을 천천히 천천히 걸어갔다.

'닮았어. 그 여자하고 그 여자하고 닮았어. 하진 씨하고 하영이 닮았고, 문영 씨 정부하고 하영의 정부가 닮았어. 따지고 보면 사람이란 몇 개의 유형으로 형성되어 있기 마련이지. 그러나 그따위는 뭐 중요한 것도 아니고, 요는 그 여자의 문제다.'

평행선

여러 날을 하진은 학교에 나가지 않았다. 서재의 문은 굳게 닫혀져서 문희는 그의 얼굴조차 구경할 수 없게 되었다. 하기야 경옥과의 관계를 알게 된 후부터 줄곧 계속되어온 외면이기는 했으나, 그때와 지금의 상황은 약간 달라져 있었다. 문희는 출판기념회에서 만난 화가 P로부터 들은 이야기가 있었으므로 전과 같이 하진과의 대면을 두려워하고 있지는 않았다. 오히려 접근해보려고 은근히 노력하였으나 그것은 모두 허사로 돌아가고 말았다. 그는 완강히 거부하듯 굳게 닫혀진 서재 도어 앞에 몇 번이나 서 있었는지 모른다. 그리고 때때로 문을 두드려보았으나 그는 한 번도 하진의 대답을 들어본 일이 없었다. 그러나 하진은 저녁이 되면 반드시 밖으로 나갔다가 밤 열두 시에 집으로 돌아오는 그 습관만은 변함없이 되풀이하고 있었다.

'대답하든지 말든지 들어가 보겠어. 그리고 물어봐야지. 그럼, 난 물어볼 권리가 있어.'

문희는 마음을 가다듬고 불안한 표정으로 바라보는 순이의 눈을 뒤통수에 의식하면서 서재 도어 앞에 섰다. 한 번, 두 번, 노크했으나 여전히 대답은 들려오지 않았다. 문희는 도어를 획 떼밀었다. 벌겋게 충혈된 두 개의 눈이 똑바로 문희의 얼굴을 쏜다. 머리끝이 하늘로 쭈뼛이 솟는 느낌에 문희는 뒷걸음치며,

"여보……."

약한 목소리로 불러본다.

"여, 여보, 왜 그러시죠? 마, 말씀 좀 해주세요."

"나가!"

입술이 거의 움직이지 않는 듯한 하진의 낮은 목소리였다.

"마, 말씀해주세요. 당신은 왜 그러셨죠? 학교에서 말예요."

"나가!"

하진의 흐트러진 머리가 좌우로 흔들렸다. 그만큼 그의 목소리는 컸었다.

"저, 저도 알 권리는 있어요! 왜, 왜 말씀을 못 하세요? 이, 이러고서 저를 말려 죽일 작정이세요?"

문희는 한 발 안으로 다가서며 언성을 높인다.

"나가라면 나가!"

하진은 거의 미쳐버린 것처럼 먹다 둔 탁자 위의 커피 잔을 접시째 문희를 향해 집어 던졌다.

"앗!"

문희 비명에,

"아주머니!"

순이가 쫓아온다. 다갈색 액체와 더불어 문희 목덜미에서 피가 흘렀다. 하진은 막다른 골목에 쫓겨 들어간 짐승처럼 다시 의자를 집어 들었다.

"아, 아주머니!"

순이는 비명을 지르며 문희의 팔을 잡아끌고 달아난다.

순이에게 이끌려 안방으로 돌아온 문희는 어쩔 줄 모르고

207

순이가 내미는 수건으로 우선 얼굴에 흘러내리는 커피를 닦아
내고 거울 앞에 서서 조용히 목덜미에 흐르는 피를 닦는다. 크
게 난 상처는 아니었으나 피는 꽤 흐른다.

"아, 아저씨가 미, 미쳤나⋯⋯."

무서움에 질려서 순이 중얼거렸다. 무엇을 두드려 부수는지
서재 쪽에서는 아직도 뚱땅거리는 소리가 들려왔다.

"아, 아무래도 미, 미쳤는⋯⋯."

"넌 부엌에 가서 일이나 해."

날카로운 문희 말에 순이는 부시시 나간다. 그가 나가자 문
희는 얼굴을 감싸고 소리를 죽이며 흐느껴 운다. 울면서도 문
희는 자신이 진정 슬퍼서 울고 있는 것인지 알 수가 없었다.
청승스럽게 훌쩍거리고 있다는 생각이 든다. 그러고 보니 운
다는 사실과 문희 자신과는 아무 상관 없는 별개의 상황과 별
개의 존재 같은, 정말 이상한 착각 속에 그 자신이 빠져들어
가는 것을 느낀다. 마치 손발이 저리는 것처럼 마음이 저려서
감각을 잃어가는 것과도 같이.

'아무리 심각해 봐도 쇼 같은 것 아니냐?'

운다는 사실과 문희 자신과는 아무 상관이 없다는 생각은
더욱더 뚜렷하게, 그리고 그 사이를 이루는 거리는 강물의 폭
이 넓어지는 것처럼 자꾸만 넓어져서 마침내 사람과 사람 사
이에 일컬어지던 타인이라는 언어가 실로 자기라는 한 인간
속에서도 엄연히 대좌하고 있는 것을 문희는 소름 끼치게 깨

닫는다.

'온갖 것은 다 거짓이다. 슬픔이나 기쁨이나 행복 같은 것도! 아 아니, 정말 연극이란 말이야!'

문희는 울고 있는 한 타인으로부터 그것을 구경하는 또 하나의 타인이 도망쳐야 한다고 생각하는 것처럼 자리에서 벌떡 일어나 옷을 갈아입는다. 그리고 목덜미 상처에 반창고를 붙인 뒤 그는 핸드백을 들고 천천히 현관으로 나온다.

"아주머니, 어디 가세요?"

순이 걱정스럽게 묻는다.

"걱정 말어."

그가 뜰로 나왔을 때 하진의 이상한 목소리가 크게 울려 나왔다. 어디 가느냐고 묻는 것 같기도 하고 가지 말라 하는 말 같기도 했다. 아무튼 그 목소리에는 공포의 기분이 서려 있는 것만은 확실하였다. 그는 문희가 무슨 충격적인 일을 저지를까 두려워했는지도 모른다. 만일 그랬다면 한 타인으로서 스스로의 세계를 굳게 지키는 그가 왜 그와 같은 약점을 노출하였을까?

문희는 하진의 고함 소리를 듣자 문간으로 달려가서 거리로 뛰어나간다. 울고 있었던 자기의 한 분신과 그리고 하진으로부터 멀리멀리 달아나고 있다는 생각을 했을 때 문희는 말할 수 없는, 아직까지 경험한 일이 없는 쾌감을 느끼는 것이었다. 집념에서 풀려나온 듯, 자기 자신으로부터 자기가 해방된 듯, 모진 병에서 회복이 된 듯.

문희는 망설임 없이 길가 상점으로 들어가,

"전화 좀 빌릴까요?"

상점의 주인은 얼굴을 들지 않고 신문을 보면서 고개만 끄덕였다. 문희는 핸드백 속에서 그날 출판기념회 때 염기섭이 전화번호를 적어준 쪽지를 꺼내어 다이얼을 돌린다. 이때 문희를 찾아 나온 모양으로 순이가 헐레벌떡 가게 앞을 지나가는 것을 볼 수 있었다.

"여보세요."

기섭의 목소리가 울려왔다. 문희는 모르고 지나가는 순이의 뒷모습을 바라보다가,

"염 선생님이세요?"

"네, 그렇습니다."

"저 문희예요."

염기섭은 놀란 모양이었다. 한동안 말을 못 하다가,

"어떻게?"

"저 한번 만나주시겠어요?"

"만나지요."

의외로 염기섭은 엄숙하게 경어로 대꾸하는 것이었다.

"그럼 어디로 나가면 좋겠어요?"

"먼저…… 처음 만난 그 다방이면 안 될까요?"

역시 전과 달리 경어를 쓴다.

"거긴 싫어요."

"그럼 종로에 있는 다방으로 하지요."

염기섭은 시간 약속도 않고 전화를 끊어버린다. 물론 곧 나가겠다는 것이었겠지만.

수화기를 놓고 밖으로 나간 문희는 되돌아올 순이를 피해 다른 방향을 잡아서 걸어 내려간다.

'문희에게 전화해도 될까?'

어디서 들은 성싶은 염기섭의 말이 문뜩 생각이 났다. 그러나 염기섭은 한 번도 문희에게 전화를 건 일이 없었다. 문희는 그 일에 신경을 쓴 것은 아니었다. 그가 전과 달리 깍듯이 경어를 쓰는 일에도 의아심을 갖진 않았다. 다만 언제나 목적 없이 거리를 방황하던 그에게 있어서 지금은 그 목적지가 있다는 것만으로 그의 마음이 다소간의 안정을 이룰 수 있었고 또한 하진으로부터 달아나는 상태에 있다는 것에 쾌감을 느낄 수 있었던 것이다.

M다방에 그가 들어섰을 때, 염기섭은 먼저 와 있었다.

"앉아요."

전화를 통하여 듣던 목소리보다 한결 부드러웠다. 그리고 다방까지 나오는 동안 그는 그 자신이 취할 바를 생각했음인지 분별 있어 보이는 태도로 중년이 가질 수 있는 가장 적합한 교양을 풍겨주고 있었다.

"죄송합니다, 나오시라 해서."

문희는 그와 마주 앉으며 엷은 웃음을 머금는다. 옛날 자기를 갈망하던 남자 앞에 앉는다는 의식도 없이. 아니 이성이라는 생각조차 없었는지도 모른다. 지금은 아까 집에서 일어난 일에 대하여 흥분해 있지는 않았으나 문희는 자기에 관한, 즉 집에서의 일을 그에게 이야기하고 싶은 기분에 젖으며 조용한 염기섭의 눈을 바라본다.

"무슨 일이 있었나?"

말투는 완전히 옛날로 돌아가 있었다. 그는 문희가 그의 제자라는 의식에서 벗어나지 않으려고 노력하고 있는 것 같았다.

"항상 있었던 일이지만……."

순간 문희는 아픔이 모조리 복받쳐 오르는 것을 느낀다.

"목의 상처는?"

하고 염기섭이 물었다. 문희는 대꾸하지 않았다. 한참 만에,

"저 선생님께 저녁 대접하고 싶은데 바쁘시지 않으세요?"

"바쁘진 않지만 아직 저녁은 멀었는데……."

"점심은 지났으니까 저녁인 셈 치고."

문희는 약간 미소를 머금는다.

"그럼 지금 바로?"

"네, 여긴 시끄럽군요."

두 사람은 밖으로 나왔다. 조용한 왜식점으로 찾아들어 문희는,

"조용한 방."

하고 부탁한다. 저녁도 점심도 어중간하게 된 시간이어서 홀에도 손님은 없었다. 문희가 조용한 방이라 했을 때 염기섭은 잠시 놀라는 기색을 보였으나 너무 무심한 문희 태도에 압도된 듯 그러나 불안한 얼굴로 종업원이 안내하는 이 층 동편에 창문이 있는 방으로 들어갔다. 얼마 후 물수건을 가지고 온 종업원은 주문을 받기 위해 손님 눈치를 살피며 서 있었다.

"선생님, 맥주 하시겠어요?"

"한 병만……."

염기섭은 묻는 문희의 얼굴을 회피하고 미련스럽게 생긴 종업원 얼굴을 바라본다.

"그럼 안주하고…… 저도 하겠어요. 우선 두 병 갖다주세요."

종업원이 나가자 염기섭은 문희에게 얼굴을 돌린다. 피부 밑에 흥분하는 피가 조금 서리는 것 같았다.

"나는 문희가 행복하리라 생각했는데."

염기섭은 푸듯이 뇐다.

"불행해 보이죠?"

"……."

"저는 남이 어떻게 사는지 모르겠어요. 다 그렇게 살아가야 한다면 왜 사는지……."

"그렇게 살다니?"

"타인 말예요."

"타인……."

"선생님은 부인을 타인이라 생각하세요?"

염기섭은 잠시 머쓱해진다.

"제가 말씀드리는 것은 사랑하고 안 하고 그런 문제가 아니에요. 모순된 말인지는 몰라도…… 타인이라는 사실은 정말 엄연한 사실일까요? 물론 사실일 거예요. 하지만 따로따로 존재하고 있다는 것만을 믿는다면 도시 인간은 무엇일까요. 그렇다면 이 세상에는 절망 외에 무엇이 있을까요?"

문희의 말은 무척 서툴렀다. 그가 하고자 하는 말은 충분히 표현되지 않았으나 안타까워하는 빛은 없고 깊은 생각 속으로 빠져들어 가고 있는 것 같았다.

"나는 타인이라는 것을 생각해본 일이 별로 없었어. 하지만 사랑하고 사랑하지 못하겠다는 생각은 했었지."

잠시 두 사람 사이에 침묵이 흘렀다. 마침 맥주를 날라 왔다. 그득히 잔에 술을 부어 기쁨도 슬픔도 없는 표정으로 말없이 그들은 들이켠다.

"제가 여기 왜 와 있는지 좀 이상스럽네요."

컵을 놓으며 문희는 새삼스럽게 조용한 방 안을 둘러본다. 염기섭이 일본에서 돌아온 후 오늘로 세 번 대면한 셈이다. 두 번 만났을 때 염기섭이 말을 이끌고 문희는 듣는 편이었다. 그러나 오늘은 반대다. 염기섭의 다문 입은 무겁게만 보였다.

"선생님!"

염기섭은 물끄러미 문희를 바라본다.

"선생님 이야기도 들려주세요."

"어째서 내 이야기를 들어야 할까?"

그의 목소리는 잠긴 듯 낮았다.

"여태 저의 이야기를 남에게 해본 적이 없어요. 성격 탓이겠죠. 하지만 뭐라 말할 수가 없었어요. 어쩌면 저의 성격 탓이기보다 남편의 성격 탓이었는지도 모르겠어요. 그렇지만 지금은 이야기했어요. 그리고 남의 경우도 알고 싶어졌어요."

"남의 경우도……."

염기섭은 괴로운 미소를 띠며 담배를 붙여 문다.

"네, 남의 경우도."

문희는 여전히 되풀이하며 염기섭의 표정 같은 것은 살피려 하지도 않았다.

"그럼 내 신상 보고를 해야겠구먼."

염기섭은 농담조로 이야기하며 껄껄 웃는다.

"어머, 제가 실례를 했나 봐요."

문희는 갑자기 자기 한 일이 상식을 벗어났음을 깨닫는다. 남에게 다물었던 입과 마음이 급격하게 열려짐으로 하여 그것이 미처 정리가 못 되어 그 자신도 모르게 상식을 넘어선 결과가 되었을까.

"아니야, 뜻은 좀 다르겠지만 나 역시 문희의 경우를 알고 싶어 했으니까 실례될 건 없지. 하여간 내 신상 보고를 한다면 내 아내는 일본 여자라는 것을 먼저 말하지 않을 수 없겠고, 그와 나 사이에 아이가 둘 있다는 점도 중요한 일이겠지. 직업은 장사꾼이고……."

문희는 염기섭의 부인이 일본 여자라는 데는 좀 충격을 받은 모양이다.

"그러세요."

공연히 저도 모르게 고개를 끄덕인다.

"문희가 알고자 한 문제는 아마 부부간에 있어서의 타인적인 감정인가 분데 곰곰이 생각해보니 그것은 남자에게나 혹은 여자에게나 비밀을 지니고 있을 적에 나타나는 것이 아닐까 생각해."

비밀이라는 말에 문희의 낯빛이 변한다.

"하 선생의 경우를 내가 추측한다는 것은 주제넘은 일이고, 나의 경우를 말할 것 같으면 마음속에 한 여자가 들앉아 있는 비밀 때문에 아내를 깊이 사랑할 수 없었다, 하여간 그런 이야기지."

염기섭은 담담하게 말했다. 그러나 그의 마음마저 담담했다고 볼 수는 없는 일이다.

"오랜 옛날에 지, 지나가 버린 일 아니에요?"

"그야, 옛날같이 젊지도 않고 분별없는 어리석은 시절도 아니니까."

한참 만에,

"저는 이혼을 하려고 생각해요."

느닷없는 말에 염기섭은 놀란다. 그러나 문희 자신이 자기가 한 말에 더 놀라는 것이었다.

"이혼을 하면?"

염기섭의 목소리는 목에 걸린 듯 쉬어서 나왔다. 그리고 그의 눈은 빛났다.

"이혼한 후의 일은 모르겠어요. 하지만 그일 잊지는 못할 거예요."

"그렇다면 이혼은 하지 말어!"

염기섭의 목소리는 강했다. 그 말 대꾸는 없이 문희는,

"이 세상엔 아무도 없어요. 저의 말을 들어줄 사람 말예요. 오빠가 계시지만 누이의 처지보다 몇만 평의 땅에 더 큰 야심을 갖고 있어요. 아마 그분도 여자를 사랑한 일이라곤 없는 외로운 사람일 거예요. 하지만 그분들 내외는 돈을 번다는 절실한 목적을 함께 가지고 있긴 해요."

문희 눈에 눈물이 괸다.

"저어, 식사는 뭘로 하시겠습니까?"

너무 오랫동안 소식이 없어 궁금하였던지 종업원이 얼굴을 내밀며 물었다.

"아 참, 맥주를 더 가지고 올까?"

염기섭이 말했다. 그는 처음의 결심과는 달리 술에 취하고 싶은 눈치다. 염기섭은 맥주 서너 병을 비웠다. 술이 오르는

모양이다.

"이 세상에 제일 못난 짓이 사람을 사랑하는 거구, 병신스러운 유치한, 남이 볼 땐 말이지. 그러나 늙고 젊고 간에 여전히 그것은 갈망하는 이상한 것이거든. 잊을 수 없고 사랑하면서도 헤어져야 하는 이유는 또 무엇일까?"

"잊을 수 없는 것하고 사랑하는 것하고 다르다고 생각해요. 전 그분을 정말 사랑하고 있을까요? 아마 사랑했다면 그분의 알 수 없는 면이 너무 많았던 탓이었을 거구, 잊을 수 없다는 것도 아마 그 점 때문일 거예요. 어떻게 생각해보면 그분 역시 무의식적인 헌신을 바라지나 않았을까요? 저라는 여자는 너무 자아의식이 강한 편이었으니까, 그분의 비밀도 고통도 함께, 모조리 감싸서 그 속에 자기를 잃어버리는 그런 여자는 될 수 없었던 거예요. 그분의 비밀은 무엇이었는지, 그분의 고통은 어디서 오는 것인지, 그 신비스러움에 이끌리면서도 그것은 저에게 견딜 수 없는 고문이었어요. 이젠 그 고문에 이겨볼 수 없는 지경까지 왔어요."

문희는 두서없는 말을 마구 지껄였다. 그리고 다시 날라 온 맥주를 들이켜는 것이었다. 저녁 식사는 하지 못한 채 그들은 거리로 나왔다. 얼마 동안 그곳에서 그들은 이야기를 했던지 거리에는 황혼이 깔려 있었다.

"어쩌자구 서로 그렇게 말들을 많이 했을까? 밤새껏 해도 평행선임에는 변함이 없을 텐데."

염기섭은 황혼이 깔린 거리에서 크게 소리 내어 웃는다. 문희도 그 웃음소리에 따라 크게 웃어젖힌다. 문희는 술기 탓이었다. 염기섭은 허망한 탓이었다. 아무도 없는 방에 사랑하던 여자와 마주 앉아 몇 시간이고 지껄였어도 그 여자에게 손가락 하나 닿을 수 없었던 허망함, 다른 여자의 경우라면 돈으로, 혹은 폭력으로도 정복할 수 있을 만큼 세월의 때가 묻은 염기섭이었다. 설령 여자의 마음이 털끝만큼도 그에게 오지 않았다손 치더라도 육욕으로만 만족하면 그만인 염기섭이기도 했다. 그러나 문희의 경우만은 달랐다. 그 여자는 조금의 경계심도 나타내지 않았다. 경계심을 나타내지 않는 곳에 그 여자의 강한 거부와 범할 수 없는 위협을 염기섭은 느끼는 것이었다. 문희는 하진의 그 신비성 때문에 그를 잊지 못하리라 했다. 염기섭도 천연 그대로인 문희였건만 범할 수 없는 그 신비성 때문에 문희를 잊지 못하는 것이었는지도 모른다.

밤길

집으로 돌아간 문희는 생소한 대문 앞에, 마치 남의 집의 대문 앞에 선 것처럼 우두커니 있다가,

'내가 여기를 왜 돌아왔을까?'

돌아왔다는 그 사실이 분하여 그는 발길을 돌린다. 그길로

그는 돈암동의 문영의 집을 찾아간다.

"웬일이요?"

올케 현숙은 아주 냉담하게 그를 대하였다.

"언니, 저 오늘 밤 여기 재워주세요."

"잘 방이야 없겠수? 하지만 전화가 여러 번 온걸. 시누님은 또 왜 그리되셨소?"

말에 가시가 돋쳐 있다. 문희는 현숙이 그러거나 말거나 자리에 앉는다.

"부부 싸움은 우리 특허인 줄 알았는데 시누님도 별수 없구면."

별나게 시누님, 시누님 하고 이죽거린다.

"순이한테서 전화 왔었어요?"

"순이한테서도 오고 하진한테서도 두 번이나 왔었어요."

문희는 그 말을 듣자 얼굴이 벌게진다. 그 말이 듣고 싶어 물었던 자기 자신, 그리고 기쁨을 느끼는 자기 자신이 처량하다고 그는 생각한다.

"그래 그거는 그거고, 우리 말 좀 해요."

현숙은 문희 앞에 무릎을 바싹 가까이했다. 얼굴은 보기 싫게 일그러져 있었다.

"고모는 그년하고 같이 온양온천에 간 일 알고 있죠?"

"경옥이 말이에요?"

의아하게 올케를 본다.

"그년 말구 누가 또 있수?"

"경옥이하고 온양 간 일이 없는데요."

"누가 고모하고 갔다 했수?"

현숙의 표정이 조금 누그러진다. 문희의 표정에서 이 일에 문희는 아무 관련이 없는 것을 알았기 때문에.

"그럼 무슨 말이에요?"

"오빠하고 갔다 그 말이에요."

"오빠하구요?"

"똑똑히 보고 온 사람이 있어요."

현숙은 씨근덕거린다.

"내가 그냥 둘 줄 알아요? 다시는 행세하지 못하게 매장을 시켜버릴 테요. 남의 평화스런 가정을 파괴하고 남의 남편을 빼앗은 그 음란한 년을 가만두면 이 세상은 아주 썩어버린단 말이에요. 종삼의 창부만도 못한 년이 그래 음악가라고? 사람을 웃겨도 유분수지. 어림도 없어! 어림도."

입술에 거품을 물며 그답지도 않게 세상이 썩어버린다는 사회 정의감마저 동원시켜 일장의 연설이다. 그러나 문희는 그의 말이 한마디도 귀에 들어오지 않았다. 그는 낮에 느낀 그 해방감 위에 검은 장막이 드리워지고 마술에 걸린 사람처럼 전화벨이 울려오지 않나 하고 귀를 기울이고 있는 것이었다.

"고모, 내 말 들어요?"

혼자 떠들어대다가 그는 답답한 나머지 문희의 무릎을 와락 흔들었다.

"전한 사람이 잘못 본 건 아닐까요?"

"천만에 잘못 보긴, 내 친군데 그래요? 호텔에서 똑똑히 봤다는데도 그래요?"

"우연히 그곳에서 만났는지 누가 알아요? 그 여자가 좋아하는 남자는 따로 있어요."

"난 곧이듣지 않아요. 내 친구가 함께 방으로 들어가는 것을 확인했다는데도 그러오?"

문희는 피곤한 몸을 벽에 기대며 쉴 새 없이 경옥에게 퍼부어지는 현숙의 저주 속에 있었다. 그러나 열한 시가 지나가도 전화벨은 울려오지 않았다. 참으로 괴롭고 긴 시간이었다. 문희는 눈을 감았다. 긴장과 생각에 지쳐서 그는 잠으로 빠져들어 갔다. 원망과 저주를 하는 현숙의 목소리가 꿈결에서처럼 들려오다가는 끊어진다.

얼마 동안을 망각의 장소를 헤매었는가.

"고모!"

어깨를 흔드는 바람에 문희는 눈을 떴다.

"어지간하군. 그래 잠이 오우?"

현숙의 어이없어하는 얼굴이 눈앞에서 흔들렸다.

"하진 씨가 왔어요."

"네?"

"데리러 왔나 봐요."

"그이가······."

"얼른 나가 봐요."

"들어오면 될 텐데······."

"안 들어오겠대요."

문희는 일어섰다. 찾아오다니, 하진의 성격으로는 상상할 수 없는 일이 아니겠는가. 그런데 문희는 목이 메는 것 같은 견딜 수 없는 슬픔이 짙게 짙게 자기 자신을 감싸오는 것을 느낀다.

문간으로 나갔을 때 하진은 거기 있지 않았다. 외등의 밝은 불빛을 피하여 저만큼 떨어진 전주 뒤에 우두커니 서 있었다. 나오는 문희를 보자 그는 뒤따라 나오는 현숙의 눈길을 피하듯 급히 몸을 돌리며 걷기 시작했다. 문희는 그의 뒤를 따른다. 골목을 돌아 나왔을 때 하진은 문희를 기다리기 위해 돌아선 채 걸음을 멈추었다. 두 사람은 말없이 보조를 맞추어 걸어간다. 문희 뺨에는 눈물이 쉴 새 없이 흐르고 있었다.

"미안했소."

하진이 처음으로 입을 떼었다.

"심하게 다치지는 않았소?"

"······."

사람 없는, 밤 깊은 거리에 마지막 이별을 안타까워하며 젊은 남녀가 서로의 허리를 껴안고 지나간다.

"문희."

223

"네."

코 먹은 대답이다. 하진은 한숨을 푹 쉬었을 뿐 다음 말을 잇지 못한다.

집으로 돌아왔을 때,

"문희!"

하고 하진이 괴로운 듯 다시 불렀다.

"네."

하자 하진은 문을 열어주고 엉거주춤 서 있는 순이에게 손짓으로 들어가라는 시늉을 한다. 순이는 문희가 돌아온 것만으로도 대견하게 여기며 안으로 사라졌다. 하진은 문을 잠그고 나서 어둠 속의 문희를 물끄러미 바라보다가,

"우리 뜰에서 이야기 좀 하지."

그는 잔디밭을 지나 뜰에 놓인 벤치에 가서 앉는다. 문희도 그와 같이 벤치에 앉았다. 달도 없는 밤인데 옆집 뜰에 있는 수은등 불빛이 새어 나와 담에서 이편을 넘어다보는 백일홍 붉은 꽃이 보랏빛으로 되어 아름답기보다 이상한 절망감을 자아낸다. 멀리 나방들이 수은등 주변을 어지럽게 선회하고 있는 광경에는 무슨 위기를 느끼게 한다.

"나 학교에 사표를 냈소."

"……."

"나는 당신을 놓아주는 게 옳을 게요."

하진의 목소리는 무거웠다.

"애당초부터 나는 결혼할 자격도 없고 여자를 사랑할 처지도 아닌 인간이었소. 그런 뜻에서 나는 문희에게 죄를 지은 사람이오. 나는 가장 근본적인, 부부로서 가장 근본적인 희생을 당신에게 강요해온 셈이지. 누구, 다른 여자를 사랑했던…… 때문에 그런 것은 물론 아니오. 나는 이미 나 자신을 포함하여 여자 남자 할 것 없이 인간은 모두 동물에 지나지 않는다고 생각하고 있소. 내가 작품을 못 하는 이유는 거기 있는 거요."

하진은 말을 끊고 담배를 붙여 무는데 그의 손은 심히 떨리고 있었다. 그리고 어둠 속에 뚜렷한 선을 나타내고 있는 이마에 땀이 솟고 있었다. 그는 다시 어떤 무서운 환상 속으로 빠져들어 가고 있는 듯 보였다.

"그러나 문제는 동물이라는 결정을 내렸으면서도 내 양심이 항상 편치 못하다는 거요. 그뿐이겠소? 산산이 부서진 나를 주워 모으기 위해 나는 과거 무척 애를 썼단 말이요. 그러기 위해 나는 당신하고 결혼을 했을 거요. 그러나 헛된 일이었소. 잊어야만 했는데 잊을 수가 없었소. 내가 짐승이 되든 사람이 되든 아무튼 잊어야만 했는데 잊을 수가 없었소. 세월이 갈수록 그것은 더욱더 짙게 내 눈앞에 나타나는 거요. 전쟁이요. 전쟁 탓이었소."

하진은 다시 담배를 빨아 당겼다. 여위고 긴 손은 여전히 떨리고 있었다. 문희는 조금씩 조금씩 열리기 시작하는 하진의 마음을 필사적인 눈으로 들여다보고 있었다.

"전쟁, 전쟁 속에서 무슨 일이 일어났어요?"

"전쟁!"

하진은 다시 발작이 난 듯 벌떡 일어서며 외치다가 힘없이 주저앉는다.

"나는 며칠 전에 공범자를 만났소."

하진은 몸을 부르르 떨었다.

"십여 년 세월에 그 더러운 생명이 나와 같이 붙어 있어서, 사람이 하는 인사를 내게 하지 않았겠소."

"그, 그때 식사하고 나오면서……."

"당신이 결혼했더라면 행복해졌을 그 친구와 만난 그날."

"오해하고 계시는군요."

"오해를 하고 안 하고 그건 아무 뜻도 없소. 다만 그런 남자하고 문희가 결혼을 했더라면 행복해졌으리라 생각한 거지. 나는 그 공범자를 만난 후 학교에서도 미치고 집에서도 미쳤소."

"말씀해주세요, 당신의 죄가 무엇인가를. 저는 당신의 애정을 바라지는 않겠어요. 다만 당신을 알려주세요."

문희는 하진의 소맷자락을 와락 움켜잡는다.

"나는 짐승이었고 지금의 나는 마약중독자야."

"네!"

벤치에서 일어난 것은 거의 동시였다.

하진은 문희를 뜰에 혼자 남겨놓고 자기만 뚜벅뚜벅 걸어서 서재로 들어가고 말았다.

수은등 빛으로 보라색이 된 백일홍 꽃이 요기를 띠고 바람에 흔들린다. 부나방들은 더욱더 어지럽게 수은등 주변을 선회하고 있었다.

'저, 저이는 자살할지도 모른다!'

말뚝처럼 서 있던 문희 머릿속에 그 무서운 생각이 퍼뜩 떠올랐다. 그는 넘어질 듯 집 안으로 뛰어간다. 서재 문 앞에서,

"여보! 문 열어주세요! 여보!"

미친 듯이 문을 두드렸으나 방 안에서는 아무 소리도 나지 않았다.

"당신이 문 열어주시지 않는다면 전 여기서 죽어버릴 거예요. 제발, 제발 문 열어주세요."

"문희."

바로 도어 옆에서 하진의 부드러운 목소리가 들려왔다.

"네, 문 열어주세요."

"뭐 하려고 그러지?"

"당신이 싫다면 전 방 안에 들어가진 않겠어요. 열쇠만은 잠그지 말아주세요. 여보! 부탁이에요."

문희는 하진을 잃는다는 것이 얼마나 무서운 일인가를 뼈가 사무치게 느끼는 것이다.

하진의 낮은 웃음소리가 들려왔다.

"걱정 말어, 문희. 나는 죽지 않어. 왜 그러냐 하면 나는 마약중독자니까."

하진은 다시 낮은 소리를 내며 웃는다.

"마약 환자라도 좋고, 나병 환자라도 좋아요! 살인자, 강도라도 좋아요! 제발 열쇠만은 잠그지 말아주세요. 제가 방에 들어가서 당신을 괴롭히지는 않겠어요."

한참 만에 열쇠 돌리는 소리가 들려왔다.

"이제는 당신 방에 돌아가요."

문희는 마룻바닥에 눈물을 뚝뚝 흘리며 안방으로 건너왔다.

긴 밤이었다. 괴로운 밤이었다. 그러나 문희에게 있어서 자기가 얼마나 하진을 사랑하고 있었던가 그것을 깊이 확신한 밤이기도 했다. 하진이 자살할지 모른다는 공포는 그의 애정을 한층 더 깊고 강한 곳으로 이끌고 가는 것이었다. 그는 몇 번인가 발소리를 죽여가며 서재 문을 열어봤는지 모른다. 한 번은 견딜 수 없어서 약속을 어기고 방 안으로 들어갔다. 그리고 그의 숨소리를 듣고서야 비로소 마음을 놓으며 자기 방으로 돌아왔던 것이다. 이 벅찬 한 밤, 그리하여 날은 밝아오고 하진이 무슨 죄를 졌는지 그 문제만을 남긴 채 문희는 새날을 맞이했던 것이다. 문희는 햇빛이 방 안에 스며들면서부터 얼마간의 안정을 되찾을 수 있었다. 그리고 그는 하진이 한 말을 되새겨보고 있는 것이다.

'나는 죽지 않어. 왜 그러냐 하면 나는 마약중독자니까.'

마약중독자라는 시꺼멓게 먹칠이 된 바탕에다 죽지 않는다는 말만이 한 줄기 빛처럼 문희의 눈앞에 스쳐갔다.

"아주머니!"

밖에서 순이가 불렀다. 문희는 일어서서 방문을 열고 내다본다.

"손님이 오셨어요."

"손님이?"

시동생 말고는 별로 찾아오는 사람이 없는 집에 아침부터 누가 왔을까? 문희는 생각하며,

"누굴 찾아왔니?"

"아저씨를요."

"아저씨를! 그래 계신다 했니?"

문희는 하진이 공범자라 하던 그 사나이를 생각하며 낯빛이 싹 변한다.

"네, 계신다 했지만……."

문희는 가면처럼 굳어진 얼굴로 나간다. 문밖에는 다 쪼그라진 늙은 할멈이 한 사람 서 있었다. 그때 거리에서 만난 사나이가 아니라는 것을 안 문희는 마음을 놓는다.

"누굴 찾으시죠?"

하진을 찾는 손님이라기에 이상하여 문희는 다시 물었다.

"하 선상님을 만나러 왔습네. 큰일이 나서."

문희의 얼굴은 본시대로 굳어진다. 그 사나이의 심부름꾼인지도 모른다는 의심이 들었던 것이다.

　"하 선생님은 어젯밤에 여행 떠나셨습니다."

하고 잡아떼었으나,

　"아니 방금 이 집 아이가 계신다 합데다. 급한 일이니 좀 만나게 해주시유."

　"아이가 모르고 한 말이지요. 어젯밤에 떠났으니까요."

　"어이구 이 일을 어떡허나? 정애가 죽게 생겼는데, 어이구 이 일을 어떡허누."

　문희의 눈이 크게 벌어진다.

　"정애라뇨?"

하고 되묻자, 노파는 몹시 당황한다.

　"정애란 누구죠?"

　재차 묻는다.

　"아이구, 그만 가봐야갔습네다. 다 죽어가는 판에, 그 그만……."

　노파는 서둘며 돌아선다.

　"할머니!"

　"야?"

　힐끗 돌아본다.

　"하 선생은 집에 계십니다."

　"아이구! 그, 그렇소?"

노파는 숨을 크게 쉬며 급히 문안으로 달려들어 온다.

"댁이 누구신지 몰라서 안 계신다 했지만…… 만나게 해드리죠. 그런데 누가 찾아오셨다고 말씀드릴까요?"

"저, 정애네한테서 왔다고만, 정애가 죽게 생겼다고만……."

문희는 뜰에 노파를 남겨두고 하진의 서재로 들어갔다. 하진은 침대에 누운 채 천장을 물끄러미 바라보고 있었다. 뜰에서 한 말을 이미 들었던 눈치였다.

"저, 정애네 집에서 사람이 찾아왔어요."

하진은 벌떡 일어나 앉으며,

"들어오라 해요."

문희가 예상했던 것과는 달리 하진은 조금도 당황해하는 빛이 없었다. 문희는 노파를 서재까지 안내해주고 자기 방으로 돌아오면서 자기가 모르는 또 하나의 사실, 그 사실이 무엇인지 알 수 없지만 자기 앞에 실마리를 드리워주고 있다는 것을 생각해본다. 얼마 후 노파는 돌아가는 모양이었다.

서재에서는 아무 소리도 들려오지 않았다.

병약한 소녀

흐린 날씨, 그러지 않아도 높은 빌딩에 둘러싸여 항상 어두컴컴한 사무실이었는데 형광등이 희뿌옇게 책상 위 서류를 비

쥐주고 있었다.

서울흥신소의 김주원은 회전의자에 등을 기대고 앉아서 하진의 사진을 물끄러미 들여다보고 있었다. 안경 속의 그의 작은 눈이 의문에 가득 차 있었다.

"이상한 일이야……."

혼자 중얼거린다. 그리고 그는 무의식중에 회전의자를 빙글빙글 돌리다가 사진을 바싹 눈 가까이 가지고 와서 다시 들여다본다.

"이상한 일이야……."

"뭘 그러십니까?"

서류 정리를 하고 있던 주근깨투성이의 청년이 얼굴을 들고 묻는다.

"음?"

김주원은 눈길을 돌렸다.

"자꾸 이상하다 하시는데……."

"아아…… 그때 그 일 말이야?"

"그때 그 일이라뇨?"

"음, 언젠가 아름다운 부인이 찾아왔었잖아?"

"검정 외투에 수박색 머플러 두른 부인 말입니까?"

"기억이 좋군."

"직업상."

하고 청년은 피시시 웃었다.

"하지만 그 일은 흐지부지되지 않았습니까?"

청년은 의아하게 다시 말했다.

"음, 흐지부지되었지."

"그런데요?"

"그 부인은 다시 나타나지 않았으니까 그것으로 끝난 셈이지. 그런데……."

"그런데요?"

"그런데 이상하다는 기분이 사라지지 않는단 말이야."

"흔히 있는 가정불화 아닐까요?"

"나도 처음에는 그렇게 생각했었지. 그러나 그 이상한 집은 확실히 비밀의 단순한 여자관계 이상의 것을, 그런 분위기를 지니고 있었어. 또 사실 그 집에는 여자가 있지도 않았고…… 여자만 있었다면 간단히 풀릴 일 아니겠나?"

김주원은 그의 조수 얼굴을 물끄러미 올려다보았다.

"글쎄요."

청년은 이제 자기네들 책임 밖의 일에 왜 이다지도 열심인가 하는 투의 무관심을 나타내었다. 그것을 알아차린 김주원은,

"얼마 동안은 호기심에서 살펴보았지. 이 사진의 사나이는 화가, 아름다운 그 부인은 이 남자의 아내, 그리고 단 한 사람이 화가 이외 그 집을 드나드는 젊은 남자로 그의 동생, 이 정도로 말이야. 그런데 제일 문제를 가지고 있는 자가 바로 그

동생이란 말이야."

"그 동생? 배후에 무슨 큰일이 있을 것 같습니까?"

"그건 내 육감이지. 사실은 막연해. 그래서 나는 그 일에서 손을 떼었거든. 그랬는데……."

김주원은 안경을 밀어 올린다.

"얼마 전의 일이었어. 그건 우연이었지. 내가 살고 있는 동네에 어떤 소녀가 있었어. 퍽 병약해 보이는 소녀였는데, 하기는 나이를 짐작할 순 없어, 스물네댓 됐을지도, 몸이 가냘프고 언제나 얼굴빛이 창백해서. 그런데 참 특유한 용모야. 뭐랬음 좋을지…… 한 말로 신비스럽다고나 할까?"

무관심했던 청년 얼굴에 차츰 흥미가 보인다.

"그 소녀는 아마 일 년 가까이, 내가 처음 그 소녀를 만난 것은 이맘때쯤이었으니까. 소녀는 비둘기장같이 작은 집에 어떤 노파하고 살고 있는 모양이었어. 소녀를 못 만나는 날에도 나는 매일같이 그 비둘기장 같은 집을 지나쳐서 집에 가고 또 밖에 나오곤 했었지. 그런데 그 소녀에 대한 궁금증이 늘 있었거든."

청년이 슬며시 웃는다.

"오해는 말게. 이 나이에 무슨 그런 호기심은 아니고. 하여간 사연이 있으리라는, 말하자면 내 추리력의 발동에서지. 그랬는데 얼마 전에 그 비둘기장 같은 집에서 그 화가의 동생이 나오더란 말이야."

주근깨투성이의 청년 얼굴에 가벼운 실망이 떠돈다.

"그야 뭐 애인이겠죠."

"분위기가 그렇지 않아. 노파가 따라 나오는데, 소녀는 보이지 않고 분위기가 아주 심각하단 말이야."

"……."

"새삼스럽게 내가 손을 떼어버린 일에 생각이 다시 미쳐서……."

김주원은 서랍 속에 사진을 밀어 넣고 일어섰다.

"나가봐야겠어."

그는 사무실을 나왔다. 안경을 벗어 손수건으로 닦으며 그는 천천히 층계를 내려간다.

오랫동안 소식을 끊었고, 다시는 나타나지 않는 그 부인의 처사를 생각한다면 일단 일은 끝난 것으로 되어 있다. 이제는 누구로부터 의뢰를 받은 것도 아니거니와 누구에게 보수를 받을 사건도 아니다. 그럼에도 불구하고 김주원은 다만 개인적인 관심만으로 일을 시작하려는 것이다. 그렇다고 해서 확실한 사실의 실마리를 잡은 것도 아니었다. 다만 그는 그의 직감 같은 것을 믿고 있을 뿐이다. 그것이 개인에 관한 비밀이건 공적으로 위배되는 비밀이건 간에 그는 이미 그들 속에 오가는 분위기에 머리를 디밀기 시작한 것이다. 그러나 그의 눈앞에 등장한 여러 인물에 대하여 악의가 있었던 것도 아니요, 그 비밀로 하여 그들을 괴롭혀주고 싶은 마음은 조금도 없었다. 도리어 그는 허탈에 빠져 있는 듯한 그 화가, 아름다운 그의 부인, 그리고 비둘기장 같은 집에 살고 있는 허약해 보이던 소녀에게 호감을 가지고 있었다. 어쩌면 그는 그들에게 미칠 불길한 일을 막아주고도 싶은 기분이었을지도 모른다. 어떨까 하고 김주원이 고개를 저어보는 사람은 바로 화가의 동생 그 사람이었다. 잘생기고 소녀처럼 천진스럽게 웃는 그 얼굴에서 뭔지 악마처럼 번뜩이는 것을 본 것 같았고, 그보다 더 중대한 이유는 몇 번인가 그 노파 한 사람이 지키고 있는 집으로 미행해 갔을 때 미행하고 있는 자기를 그 청년이 의식하고 있었다는 사실이다. 그 사실에서 김주원은 보통이 아니라는 것을 느꼈다.

그는 어느 날 밤에 하진을 뒤따라 가본 일이 있었고 언젠가 낮에 그 집 주변을 배회하다가 문희가 외출 차비를 하고 나온 것을 본 일이 있는 그 집을 향해 발을 옮겼다. 그의 생각으로는 어느 모로 보나 그들은 이상적인 부부같이 보였다. 모든 외모에 있어, 그들이 풍겨주는 교양 면에서도 그들처럼 어울리는 부부는 드물 것이라는 생각이 들었던 것이다. 그렇다면 그 아름다운 부인 얼굴에 걸려 있는 어두운 그림자, 전차 속에서 희미한 불빛 아래 마치 돌부처와도 같이 움직이지 않고 앉아 있던 선이 굵은 그 화가의 얼굴, 그들의 불행이란 도시 무엇일까?

'여자 문제만은 아닌 것이 확실해.'

김주원은 혼자 중얼거렸다.

흐린 날씨, 하늘은 점점 내려앉는데 비는 오실 생각을 하지 않았다. 김주원은 전차를 타고, 그리고 전차에서 내려 언덕으로 올라간다. 이 주택가 뒤에는 언덕이 있고 숲도 있었지만 좀처럼 볼 수 없는 까마귀가 웬일인지 나무 꼭대기에 앉아서 불길한 울음을 울고 있었다.

김주원은 그 집에 가까이 가서 보조를 느려뜨렸다. 마침 그때였다. 그 집 대문이 열렸다. 그리고 안에서 하진이 슈트케이스를 들고 나왔다. 남편을 보내기 위해 밖으로 얼굴을 내밀었던 문희, 그 순간 문희와 김주원의 눈이 부딪쳤다. 상당한 거리가 있었는데도 문희의 얼굴은 싹 변하였다. 김주원도 어지간히 당황하여 저도 모르게 몸을 돌리고 오던 길을 되돌아섰다. 그러나 그는 빨리 걸을 수가 없었다. 길모퉁이를 돌았다고 생각했을 때 뒤에서 발소리가 들려왔다. 터벅터벅 걸어오는 남자의 구둣발 소리. 김주원은 돌아보았다. 하진이 가라앉은 표정으로 걸어 내려오고 있었다. 그 표정 속에는 김주원을 눈여겨보는 기색을 찾을 수 없었다.

하진과 김주원이 거의 가까워지고 나란히 되었을 때 까마귀가 울었다. 아까 김주원이 올라갈 때처럼 나무 꼭대기에 앉아서. 하진의 걸음이 딱 멈추어졌다. 반사적으로 김주원의 걸음도 멈추어졌다. 그리고 김주원은 하진을 힐끗 쳐다본다. 하진의 창백한 얼굴에는 경련이 일고 있었다. 그는 다시 터벅터벅 걷기 시작했다. 김주원의 존재 같은 것은 의식하고 있는 것 같지도 않았다. 김주원은 그 뒤를 슬슬 따라 내려간다.

'까마귀가 우는데 이 화가는 왜 걸음을 멈추었을까? 도대체 저 슈트케이스를 들고 어디로 가는 것일까? 무슨 불길한 예감에 떨었을까?'

여러 가지 의문을 마음속으로 되풀이한다. 그 의문에 김주원은 하진이 자기를 앞서 아주 멀리 떨어져 가고 있다는 사실을 잊어버렸다. 그리고 전차 정류장 앞까지 와서,

"아뿔싸!"

하진이 막 전차에 오르자마자 전차는 떠나고 있었다. 김주원은 허둥지둥 전차표를 샀지만 이미 전차는 떠난 뒤였다.

'설마, 역에 갔겠지. 서울역으로 갔겠지.'

그는 다음에 나타난 용산행 전차에 초초한 마음으로 올라탔다.

'과연 서울역으로 갔을까?'

서울역으로 간 김주원은 하진을 발견하지 못했다. 삼등 대합실에서도 이등 대합실 속에서도.

"방금 떠난 열차가 있었습니까?"

김주원은 역 안내원에게 물었다. 안내원은 그렇다고 했다.

"무슨 행?"

"대천행이었소."

김주원은 역 광장으로 나왔다. 날씨가 흐린 때문인지 오가

는 차량이나 사람들은 더 많아 보였고, 숨이 차 보였고, 답답해 보였다.

'저 많은 사람들은 대체 어디로 가는 것일까?'

문득 그런 생각이 떠오른 것은 아마도 하진이 어디로 갔는지 알 수 없어서 그랬는지도 모른다. 슈트케이스를 들고 있었다 해서 반드시 대천행 임시 열차를 타고 갔으리라 단정하기는 어렵다.

다방에 들어간 김주원은 커피 한 잔을 마시고 마치 신문기자나 형사처럼 사건을 찾아 헤매듯 남대문 지하도를 지나 천천히 걸어서 자기 사무실로 돌아왔다.

"선생님!"

조수가 다급하게 말을 걸었다. 얼굴은 긴장이 되어 있었다.

"그 부인이 오셨어요."

나직한 목소리로 속삭였다.

"그 부인?"

"아침에 이야기한……."

김주원은 놀랐으나 또 한편 전혀 예상하지 않았던 일은 아니었던지,

"어디?"

"저 방에 기다리고 계십니다."

김주원은 자기 전용으로 쓰는 방의 문을 열고 들어섰다. 문희는 뒷모습을 보인 채 돌아보지도 않았고 움직이지도 않

았다.

"많이 기다리셨습니까?"

김주원은 태연히 문희와 마주 앉으며 말했다. 문희의 얼굴은 아까 그의 집 앞에서 눈이 마주쳤을 때 그대로의 창백하게 질린 빛이었다.

"그동안에 아무 연락이 없고 해서 제가 어떤 일을 해야 할지 모르고 있었습니다."

문희는 묵묵히 앉아 있었다. 김주원도 더 이상 혼자만 이야기할 수도 없었다.

한참 만에 문희는,

"죄송합니다만 이제 우리 일에서 손을 떼어주세요."

"그야 원하신다면."

"아무 일도 아니었어요. 주인은 그림을 그리러 갔을 뿐이니까요."

"……?"

"제가 경솔하게 생각했었죠."

정체불명인 남자에게 그도 흥신소에서 남의 이면을 살피는 지극히 위험하다면 위험한 인물 앞에서 변명 비슷한 말을 늘어놓는 문희의 마음은 죽고 싶도록 괴로웠다. 그러나 남편이 아편중독자인 것을 안 이상 무슨 수를 써서라도 이런 직업의 남자를 멀리하지 않으면 안 되는 것이다. 문희는 초초하여 다시 입을 열었다.

"주인에게는 아무 일도 없었어요. 다른 여자는 아무도 없었어요."

할 때 문희의 표정은 일그러졌다.

"만일 이 사실을 주인이 안다면 전 마지막이에요."

문희의 표정은 더욱더 처참하게 되어갔다.

"무엇이든지 댁에서…… 그렇습니다, 댁에서 이 일에서 손을 떼어주신다면."

문희는 다만 아편중독자 아편중독자 하는 그 말에 정신이 빠져 참으로 어리석은, 그럴 아무런 처지도 아닌 사람에게 애원을 하는 것이었다. 김주원은 그러한 문희 모습을 냉정히 관찰하고 있었다.

문희는 핸드백 속에서 수표를 꺼내어 그의 앞에 내밀었다. 얼마의 금액이 적혀 있는지 알 수 없는 반으로 접은 수표였다.

"이거……."

했을 때,

"부인!"

문희는 주춤했다.

"저는 그런 사람 아닙니다. 홍신소를 한다고 등치고 간 내먹을 사람으로 오해하시면 안 됩니다."

"아니, 그 그런 뜻으로……."

"넣어두십시오. 사실 나는 착수금 받은 만큼의 일도 하지 못했습니다. 그것은 내 책임은 아니었습니다만."

"그, 그러니까 이제는 필요성이……."

"사건을 의뢰한 분이 마다면 그만 아니겠습니까? 한데 부인 께서는 지나치게 공포심을 가지신 것 같습니다."

문희의 얼굴에는 충격적인 빛이 돌았다. 김주원은 그것을 놓치지 않고 바라보며 그의 의심은 짙어지기만 했다.

'무슨 일이 있나! 단순한 일은 아니다.'

"그분을 위해서……."

하다가 문희는 소스라쳐 놀라며,

"그이는 성미가 고약하답니다."

억지로 문희는 웃었다.

"부인."

김주원의 목소리는 좀 부드러웠다.

"제가 사건, 아니 아무 사건도 아니었는지 모르지만 하여간 부인으로부터 의뢰를 받았습니다. 이것은 저의 추측일까요?"

"……."

"그, 선생님의 동생 되는 분을 경계하시는 게 어떨는지요? 그리고 또 비둘기장 같은 집에 사는 소녀를 알고 계신지요?"

"비둘기장?"

"그 비둘기장 같은 집에 사는 소녀가 단순한 시동생의 애인 같지는 않습니다. 왜 그런 생각이 들었을까요? 그것은 저도 모르겠습니다."

242

"시동생에겐 물론 애인이 있어요. 시동생하고 우리, 이번의 우리 일하곤 아무 상관 없습니다."

문희는 저도 모르게 흥분했다. 그는 김주원이 강미혜 이야기를 하고 있는 줄 알았던 것이다. 그리고 한편 이 정체 모를 남자가 자기에게 위협을 가하고 있다는 착각에 빠져들어 가고 있었다.

"그러나 그 집, 댁의 주인이 밤이면 가는 그 집에 출입할 수 있는 사람은 그 동생 혼자뿐이었습니다. 그 사실을 알고 계신가요?"

"……?"

"그리고 아무리 생각해도 그 병약한 소녀는 그의 애인같이 보이지는 않습디다."

"병약한 소녀?"

문희의 얼굴에는 다시 충격적인 빛이 떠올랐다.

"정말 오해는 마십시오. 저는 제 나름대로 이 직업에 대한 신념을 가지고 있습니다. 허다한 일을 두고 하필이면 이런 일을 시작한 것은, 하여간 그것은 저의 취미로 돌리더라도 결코 무정견으로 일을 맡지는 않습니다. 악에 가담하거나 남의 비밀을 미끼 삼아 사기 행위는 결코 하지 않습니다. 아시겠습니까? 부인께서 이번 일에 손을 떼라면 물론 떼겠습니다. 그러나 어려운 일이 있으면 다시 찾아주십시오."

김주원은 일어섰다. 문희도 일어섰다. 김주원은 문희를 위해 문을 열어주고 그의 책상으로 돌아가는 것이었다.

밖으로 나온 문희는 자기가 큰 잘못을 저질렀다는 것을 깨달았다. 김주원을 오해했다는 그 문제가 아니다. 처음 김주원을 찾아간 일과 오늘 또다시 그를 찾아간 그 일의 잘못을 그는 뼈가 아프게 뉘우치는 것이었다.

'왜 그따위 어리석은 짓을 했을까? 그따위 어리석은 짓을……'

그는 눈앞에 길이 보이지 않았다.

'그이가 좀 더 일찍이…… 좀 더 일찍이 내게 말해주었던들 나는 이런 어리석은 짓을 하지는 않았을 거다. 그렇지만 도련님은? 왜 도련님 이야기를 할까? 그만이 그 집에 드나든다구. 그리고 그 병약한 소녀는?'

문희는 길 위에 우뚝 멈추어 섰다.

'어이구, 이 일을 어떡허나? 정애가 죽게 생겼는데. 어이구 이 일을 어떡허누?'

노파, 아침에 찾아온 노파가 하던 말이 귓가에 윙 하고 스쳐가는 듯하였다. 그리고 그 노파가 다녀간 후 오랫동안 서재에서 말이 없던 하진이 부랴부랴 하영의 농장이 있는 시골로 간다고 떠나지 않는가.

'정애라고 했지? 정애…… 그럼 흥신소 사람이 말한 병약한 소녀란 그 정애라는……? 강미혜는 아니다. 강미혜는……'

문희는 깊이 모를 속으로 자기 자신이 무한정 빠져들어 가고 있다는 생각을 했다.

대면

황량할 대로 내버려둔 농장에는 사람의 그림자 하나 찾아볼 수 없었다. 사방은 어둑어둑 황혼도 가고 밤의 장막이 드리워지려 했다.

하진은 가벼운 슈트케이스를 들고 걸어 들어간다. 숲에 싸여 있는 흰 페인트칠을 한 집이 저만치 아슴푸레 보이기 시작했으나 그 집 창문에서 불빛은 새어 나오지 않았다. 그는 곧장 걸어갔다. 그리고 그 집 앞에까지 간 하진은 아무 기척도 없이 문을 밀었다. 순간,

"누구야!"

하영의 성난 소리가 들려왔다.

"왜 마음대로 들어오는 거야!"

다시 노성이 뒤이었다. 아슴푸레한 어둠 속에 방 안은 사방의 숲이 짙어 더 어둡게 보였다. 그 방 안 한구석 소파에 무엇이 꿈틀거리고 있는 것을 의식할 수 있었다.

"나야."

하진은 꿈틀거리고 있는 것이 무엇인지도 모르고 나직이 동생의 노성에 대한 답을 하였다.

"억!"

하영이 놀라며 벌떡 일어났다. 아무것도 걸치지 않은 나체, 그리고 소파에는 또 하나의 나체가 있었다. 비로소 깨달은 하진은 별로 놀라는 기색도 없이 들어선 문을 열고 밖으로 나갔다. 얼마 후 창문에서는 불빛이 새어 나왔다. 그리고 움직이는 사람의 모습이 창문에 어른거렸다. 그리고 또 한참 후 문이 열렸다. 곧,

"들어오세요."

하영의 시뿌득한 목소리가 울렸다. 머리 뒤에서 비친 불빛이 그의 귀 가장자리를 조금 밝게 해주었을 뿐 그가 어떤 표정을 하고 있는지 알 수 없었다.

방으로 들어갔을 때 소파 위에는 아무도 없었고 방 안에도 하영 이외엔 아무도 없었다. 침실 속으로 여자는 숨어버린 모양이었다.

"별안간 웬일입니까?"

하영은 소파에 앉아 담배를 붙여 물며 물었다.

"정애가……."

"정애가요?"

"약을 먹은 모양이야."

"네?"

하영은 뛰듯이 자리에서 일어났다.

"일찍이 발견해서 생명에는 별 관계가 없는 모양이야."

하진의 목소리는 담담하였다.

"그래 그 일 땜에 내려오셨어요?"

하영은 마음을 놓은 듯 소파에 도로 주저앉았다.

"그 일 때문에 온 것은 아냐. 그동안 여기 오려고 마음먹었
던 참에 그 일이 생기고 해서. 어때, 너 올라가 보겠나?"

"올라가야죠, 내일 아침에."

하영은 입술을 굳게 다물었다. 그것은 감정을 죽이기 위한
행동인 것 같았다.

"왜 그 애가 그랬을까?"

하진이 혼잣말처럼 뇌었다. 하영은 형의 얼굴을 힐끗 쳐다
본다. 그 순간 눈길에는 살의에 가까운 증오가 있었다. 그러
나 그것은 눈을 내리깖으로써 감추어졌다.

"형님은 그 이유를 모르세요?"

"모르니까……."

하영은 희미하게 웃었다.

"형님은 여기 쭉 계시겠어요?"

"마음 내키는 동안……."

그들 사이의 램프 빛이 조금 흔들렸다. 침묵이 오래 계속되
었다. 하진은 아까 함께 있었던 여자 손님에 대해서는 한마디
말도 물어보지 않았다.

"지금 몇 시나 됐을까?"

하영이 팔을 들어 시계를 본다.

"고장이군요. 저녁은 어떻게 하시겠어요?"

"생각 없어. 그럼 나 바깥바람 좀 쏘이고 오겠어."

하진은 일어섰다. 그리고 그는 밖으로 나왔다.

흐렸던 하늘은 그 많은 구름을 어디로 몰고 갔는지 달이 하늘 한가운데 댕그렇게 떠 있었다. 그리고 초저녁인데도 한밤중처럼 사방은 괴괴하고 들려오느니 숲을 타고 오는 바람 소리뿐이었다.

그는 천천히 숲 쪽을 향하였다. 그리고 숲 사이에 흐르고 있는 도랑까지 왔을 때 하진은 이쪽을 보고 서 있는 여자를 발견하였다. 주춤하다가 그는 그 여자를 피해 걸음을 옮겼다. 하진은 아까 소파 위에 있던 바로 그 주인공임을 짐작한다. 달빛을 받고 있던 얼굴이 요염하다고 하진은 쓴웃음을 짓는다.

'아마 날이 밝아오면 그 여자는 사라지겠지…….'

이튿날 새벽 하영은 형이 묵고 있는 별관, 별관이라야 널찍한 방 한 칸이 있는 오두막이었지만, 그 별관으로 찾아왔다. 이미 떠날 차비를 차린 모습이었다.

"가나?"

"네."

"언제쯤 오겠어?"

"뭐, 올 필요 있습니까? 다 준비해 오시지 않았습니까?"

"……."

"그런데 여자는 두고 갑니다."

"여자는?"

"과히 심심찮은 여자죠. 뭐 형님이 여기서 수도하시겠어요?"

싱긋이 웃는다.

"일없어."

"하여간 마음대로 하십시오. 눈에 거슬리면 올려 보내구요. 적어도 말 상대는 되어줄 겁니다."

하진은 어젯밤에 본 어지러운 광경을 생각하며 쓴웃음을 띤다.

'이놈아 너도 몹시 허무했구나!'

"형수를 만나보는 게 좋을까요?"

"그럴 필요 없어."

하영은 강미혜를 어떻게 삶았는지 그의 말대로 혼자 서울로 떠났다. 하진은 온종일 그 여자를 보지 못했다. 자기 방에서 밖으로 나가지 않았기 때문이다. 조반과 점심은 농장지기 사나이가 날라다 주어서 먹었다.

저녁때,

"저, 선생님……."

하고 농장지기 사나이가 문밖에서 불렀다.

"저녁 준비 했는데요?"

"이리로 가져오지."

"아니, 저쪽에…… 손님이 기다리고 계신데요."

"그래?"

어젯밤의 어지러운 광경이 다시 눈앞에 떠올랐다. 하진은 누구보다 하영의 사생활을 잘 알고 있었다. 본능적이면서도, 그는 언제나 본능에 사로잡혀 있는 인간이면서도 그것을 자유로이 조정할 능력을 갖고 있었다고 하진은 생각했다. 그리고 그는 결코 가책감을 갖는 일이 없었다고 그는 생각했다. 그런 뜻에서 하영은 언제나 자기보다 강자였었다고.

"그럼 가지."

하진은 문밖에 기다리고 서 있는 농장지기 사나이에게 말하고 일어섰다. 그 소파 옆에 있는 탁자에 저녁이 차려져 있었다. 어제저녁보다 바깥 날은 밝았는데도 천장에서 내려진 램프에는 불이 켜져 있었다. 그 밑에, 불빛 밑에 강미혜가 눈을 내리깔고 있었다. 짙은 자줏빛 무무를 입은 그의 모습은 밤에 달빛을 지고 서 있을 때보다 훨씬 더 요염하게 보였다. 흰 목덜미와 팔은 매끄럽게 빛났다.

"실례합니다."

하진이 인사하자 얼굴을 든 강미혜는 하얀 이빨을 드러내고 웃었다. 조금도 무안해하거나 어젯밤의 일을 창피스럽게 여기는 기색이 없었다.

"저 강미혜라 합니다. 하영 씨의 친구예요."

거침없이 자기 스스로 소개를 했다.

"아 그러세요?"

하진은 식탁 앞에 앉았다. 식사를 시작하려 했을 때,

"참 많이 닮으셨어요."

"……?"

"하영 씨를 말예요."

"동생이니까 그렇겠죠."

"더 깊어요."

"……."

"하영 씨는 형님 말씀을 통 안 하셨어요."

하진은 미혜가 담아주는 밥공기를 들며,

"자랑스러운 형이 못 되니까 그랬겠지."

"아마 그 반대였을 거예요."

"……."

"하영 씨는 형님에게 질투를 느꼈을 거예요. 그인 그런 성질
이거던요. 열등감에 가득 찬 사람이에요. 남 보기엔 자신만만
하지만, 그걸 전 알고 있어요."

하진은 아무 대꾸도 하지 않았다. 그러나 미혜는 대답 없는
데는 개의치도 않고 다시 대담하게 뇌까렸다.

"하영은 연애 감정을 느낄 줄 모르는 남자예요. 하지만 선
생님은 몹시 병적이지만 맑아 보여요."

하진은 씁쓸하게 웃는다.

"이런 곳 심심하지 않습니까?"

하진은 화제를 돌린다.

"심심치 않은 곳이 어딨어요? 나이트클럽에서 춤출 때도 심심한걸요."

하진은 힐끗 미혜를 쳐다본다.

"하영 씨도 심심한 사람이고 선생님은 더 그러실 것 같아요. 안 그러세요?"

미혜는 김치를 와삭와삭 씹으며 말했다. 대단히 솔직하게 미혜는 이야기하는 것 같았다. 그러나 그 여자는 간밤에 벌어진 일에 대하여 스스러움을 감추기 위해 그러는 것 같기도 했다. 대담하고 솔직하게 어쩌면 노는 여자와도 같은 개방적인 언동을 취함으로써 여러 가지 갈등과 피곤에서 놓여나고 싶었는지 모른다.

하진은 여자의 풍만한 가슴을 쳐다보았다. 경옥을 대할 때보다 훨씬 편하고 자유로운 성性을 그는 의식하였다. 동떨어지고 황량한 농장이었기 때문에 그랬었는지도 모른다.

"서로 다 심심한 사람들이 모이면 어떻게 될까."

하진이 중얼거렸다.

"심심풀이가 있겠군. 하영 씨와 저의 경우와 마찬가지로."

"무방한가요?"

미혜는 돌연 깔깔거리며 웃었다.

"어렵게 생각하시는군요. 선생님은 벌거숭이 나라에 가시고 싶지 않으세요? 그런 곳에 매력을 느끼시지는 않으세요?"

"매력……."

하진은 그 말에서 다시 무거운 권태로 돌아가는 자신을 발견한다. 미혜는 그 미끈하고 보드라운 팔을 뻗어 비워버린 하진의 국그릇을 들었다. 그리고 그 그릇에 국을 떠 넣어 다시 하진 앞에 놓았다.

미혜는 하진으로부터 깊은 우수를 느꼈다. 하영과 꼭 같은 성질과 모습과, 그런데 하영에게서 찾기 어려웠던 우수를 느낀다. 그는 하영으로 의식한다. 하영으로 의식하며 더 끌려가고 더 솔직해지는 마음을 느낀다.

식사는 끝이 났다.

"저 커피 맛있게 끓여드리겠어요. 여기 와서 전 줄곧 커피를 끓였거던요."

농장지기 사나이가 저녁상을 치우고 하진은 소파로 자리를 옮겼다. 미혜는 자줏빛 무무 밑의 눈부시게 흰 종아리를 움직이며 방 한구석에 있는 곳으로 가서 프로판가스에 성냥을 그어댄다. 파아란 불꽃이 이상한 요기를 띠고 인다. 미혜는 이미 준비된 커피포트를 얹어놓는다.

"우스워요."

미혜는 하진 쪽을 돌아다보며 웃었다.

"여긴 정말 뭐가 뭔지 모르겠어요. 전기도 수도도 없는 산골에 이런 것이 들앉아 있으니 말예요. 절름발이 같기도 하고 추상화 같기도 해요."

"추상화?"

"넓은 땅에 뭐가 있어요? 황폐할 대로 내버려진 상태 말예요. 의미를 찾기가 힘들지 않아요. 하긴 숫제 찾으려 하지 않고 있는 대로 바라만 보면 되겠지만."

하진은 싱긋이 웃으며 미혜의 목덜미를 바라본다. 아름답다는 감정은 조금도 일지 않는데 다만 조금도 피곤하지 않고 생각할 필요도 없이 그는 여자의 그 분위기만을 즐길 수 있었다. 얼굴이 예쁘고 밉고 그것은 아무런 뜻도 없었다. 움직이고 있는 것은 오직 여자일 뿐이었으니까.

커피가 끓기 시작했다. 냄새가 기분 좋게 코끝에 스쳤다.

"선생님."

"……."

"부인 굉장한 미인이데요."

"미인이고 천사요."

하진은 저도 모르게 말대꾸를 했다. 경옥 앞에서는 그렇게 수월하게 말할 수는 없었다. 경옥이 미웠기 때문이며 문희를 아꼈기 때문이었는지. 경옥을 한 여자로서 남자의 욕망을 지니고 향락을 하는 도중에도, 그것은 문희를 아끼는 기분과는 아주 별개의 것인 성싶었다. 그런데 하진은 미혜에게 왜 그런지 진실된 어조로 그 말을 했던 것이다.

"사랑하시는군요."

"믿고 있죠."

"그래도 저 질투하지 않아요. 하영 씨 같으면 질투했을 거예요. 지금은 하영 씨보다 선생님이 더 좋아지는데 왜 그럴까요?"

정말 이상한 일이기는 했다. 그들은 점점 이상하게 가까워지는 분위기 속에 있으면서 아주 소탈하게 현실에서 도망쳐 나온 것을 느낀다. 갈등이나 고민이나 죄의식이나 외면치레나 그 밖의 일체의 군더더기 같은 감정에서 놓여나고 있는 이상한 해방감.

"저는 꽤 나쁜 여자예요. 하영 씨 말고도 더러 남자친구가 있어요. 그 남자친구들은 저의 용돈 주머니였었죠. 하지만 하영 씨는 그렇지 않았어요. 수없이 모욕을 당하고 괴로워하고 질투하고, 사실 이번에만 해도 얼마나 모욕이에요? 형님하고 친해 보라 하고 갔거던요. 그러마고 했어요. 그럴 수가 있느냐고 대들기에는 너무 피곤하고 아무 소용이 없는 것을 알고 있었거던요. 하지만 그이한테 초월하고 싶어서 지금 이러는 건 아니에요."

"상당히 복잡하군."

하진은 미혜의 긴 말에 잠시 하품을 깨문다. 미혜는 자기 한 말의 끝도 맺지 않고 향기가 그득한 커피 잔을 하진이 앞에 날라 왔다. 그리고 맞은편 의자에 앉지 않고 하진이 앉은 소파에 나란히 앉았다.

여자의 짙은 체취가, 커피의 향기보다 짙은 게 하진의 코를 자극하였다.

"얼마 동안 계시겠어요?"

미혜는 커피를 마시며 물었다.

"글쎄, 마음 내키는 동안."

"그림은 안 그리시고요?"

"언제 내가 화가였던가요? 그런 얘기는 그만두는 게 좋겠소."

처음으로 그의 목소리는 거칠었다.

"저 여기 오래 있으면 안 될까요?"

"눈에 거슬리면 가시라 하죠."

미혜는 빙긋이 웃는다.

램프의 기름이 모자라는지 가물가물 불꽃이 작아질수록 하진에게는 여자의 짙은 체취가 자꾸만 풍겨온다. 자제할 필요를 그는 느끼지 않았다. 그러나 그는 이상한 내기를 마음속에 하고 있었다. 램프의 불이 꺼지지 않는다면 여자를 그냥 두자고. 만일 램프의 불이 꺼진다면 여자를 범하리라고. 그것은 완전히 보장된 것 같은 자유에서 행할 수 있는 선택에 불과한 것으로서 동생과 동침한 여자라는 의식도 문희에 대한 남편으로서의 가책도 없는 것이었다.

미혜는 불을 힐끗 올려다본다.

"기름이 다 됐나 보죠? 기름 부어달라 할까요?"

"아니 그만둡시다."

"꺼지면요?"

"하나의 우연이 되는 거지."

"안 꺼지면?"

"아무 일도 없을 거구."

미혜는 그 말이 재미난 듯 깔깔대며 웃었다. 경옥이 가진 그 웃음과는 사뭇 다른 어쩌면 바보와도 같은 웃음소리였다. 그 웃음소리가 공기를 진동시키기라도 한 듯 램프의 불이 몹시 깜박거리다가 꺼져버렸다.

하진은 여자를 와락 잡아당겼다. 여자는 웃음을 거두었다. 어둠 속에서 하진은 여자의 몸을 더듬었다.

오랜 시간이 흐른 뒤 하진은 여자를 소파 위에 남겨둔 채 서늘한 바깥 공기를 마시며 자기 거처로 돌아가는 것이었다.

그들의 애인과 아내들

점點이 은하銀河처럼 섬세하게 박혀 있는 하얀 모시 치마저고리를 입은 문희는 구슬 백과 양산을 들고 뜰로 나왔다.

"아주머니, 밖에서 기다리시게요?"

마루에 걸레질을 하고 있던 순이가 내다보며 물었다.

"음."

대답하고 문희는 빽빽하게 우거진 등나무 밑 벤치에 가서 앉는다.

고양이도 담장 위에 우두커니 앉아 있었다. 문희의 소복과 마찬가지로 고양이의 가슴털은 눈이 부시게 희었다. 순이가 얼마나 알뜰히 챙겨 먹였는지 살이 포동포동 올라서 벌써 중 고양이다. 좋아하지 않는 것을 알고 있는지 고양이는 문희가 가만히 바라보고 있는데도 아무런 반응도, 기색도 나타내지 않았다.

담장 이쪽저쪽에는 모두 키 큰 정원수가 가지를 뻗고 있어 그늘이 짙었다. 그 그늘 탓인지 고양이의 얼룩진 얼굴이 창백한 것 같고 맑은 녹색의 눈빛은 흔들리고 있는 것 같았다. 등나무 그늘 밑에 앉은 문희의 얼굴도 옷빛 탓인지 그늘 탓인지 창백하게 보였다. 너무 조용한 한낮이요 너무 조용한 풍경이다. 참새 몇 마리가 와서 나뭇잎을 건드려주는 이외.

문희는 처음으로 고양이의 눈이 참 아름답다고 생각했다. 그리고 고양이는 몸으로 수천 가지 표정을 나타낸다고 생각했다. 그렇게 사람의 표정은 다양할 수는 없다. 수천 가지 표정을 고양이는 몸으로 나타내건만 문희는 고양이의 그 표정의 뜻 하나도 알아낼 수 없는 것이 이상했다. 그런 실없는 생각에서 그의 생각은 비약했다. 어느새 알 수 없다는 것은 하진에게로 연결되어가고 있었다. 그는 고양이같이 교활해 보이지도 않았고 사자나 표범같이 사나워 보이지도 않았다. 차라리 깊은 상처를 입은 한 마리의 새는 아니었었는지. 그런 생각을 하는데 고양이의 교활이나 사자의 사나움 이상의 것을 문희는 느끼고 있었다. 그것 역시 도시 알 수 없는 안타까운 망상이었었는지. 갑자기 담장 위에 앉은 고양이가 아주 가냘픈 아기의 울음 같은 소리를 내고 울었다. 그러자마자 옆집의 무서운 셰퍼드가 그 울음을 듣고 쫓아왔는지 담장이 흔들릴 것만 같은 소리를 내며 짖어댔다. 놀란 고양이는 씩! 씩! 하며 이상한 소리를 내더니 엉겁결에 담장으로부터 뛰어내려 문희 쪽을 향해 달려왔다. 고양이는 문희 무릎 위에 팔딱 뛰어올랐다.

"아이 싫어!"

했으나 개 짖는 소리가 너무 기승스러웠고 무릎에 앉은 고양이의 심장이 뛰고 있는 것 같아서 문희는 밀어내질 못한다.

"순아! 순아아!"

소리쳐 불렀다. 개는 여전히 기를 쓰며 담을 뛰어넘을 듯 짖어대고 있었다. 문희가 부르는 소리보다 개 짖는 소리에 달려 나오던 순이는 무릎 위의 고양이를 냉큼 안아 올리며,

"빌어먹을 놈의 개새끼! 우리 고양이만 얼씬하면 저 지랄을 하고 야단한다니까."

"지랄이 뭐야?"

나무란다.

"정말 미워 죽겠어요. 저러다가 우리 고양이를 물어 죽이지 않겠어요?"

"고양이가 더 빠를걸."

"아직 어린걸요. 물기만 해봐라, 때려 죽여버릴 거다!"

순이는 담을 노려보며 중얼거린다.

"그렇게 귀여우냐?"

"그럼요."

순이는 흥분이 되어 벌게진 얼굴에 미소를 띤다.

"조금만 있으면 쥐도 잡을 거예요."

행여 주인 아주머니가 고양이를 쫓아내지 않을까 걱정이 되어 머지않아 고양이는 제 밥값을 할 것이라는 뜻을 순이는 문희에게 전하고 싶어 그런 말을 하는 것 같았다.

이때 자동차 클랙슨이 문밖에서 요란하게 울려왔다.

"오셨나 봐요……."

순이는 고양이를 안고 뛰어간다. 문희도 벤치에서 몸을 일으켜 순이 뒤를 따랐다. 자가용 안에서 얼굴을 내민 현숙은,

"아주머니 준비 다 하셨니? 빨리 나오시라 해."

순이를 보고 말했다.

"나오세요."

대답하는 순이 뒤에서 문희가 나타났다.

"어서 와요."

현숙이 말했으나 문희는 순이를 돌아다보며,

"문 잠그고, 조심해야 해. 누가 찾아와도 집 안에 들이면 안된다."

전에는 그러지 않던 문희가 요즈음에 와서 나갈 때마다 순이에게 당부하는 말을 잊지 않았다.

자동차에 오른 문희는,

"무슨 좋은 일 있어요, 언니?"

했으나 현숙은 왠지 긴장된 듯 얼굴이 굳어졌고 아무 대답도 하지 않았다.

"그런데 어디로 가시는 거예요?"

문희가 다시 물었을 때,

"잠자코 나만 따라가면 되지."

한마디 하고 더 이상 말이 길어지는 것을 피하듯 그는 달리기 시작한 차창 밖으로 얼굴을 돌려버린다.

문희는 아침에 전화에서 현숙이 한 말을 생각하며 다소 묘한 기분이 든다.

'좋은 일이 있으니까 오늘 나하고 함께 나가야 해요. 차 가지고 데리러 갈 테니 열한 시까지 준비하고 기다려요.'

하며 그는 신신부탁을 했는데 지금의 분위기를 봐서는 좋은 일이 있을 것 같지 않았다.

'그새 무슨 기분 나쁜 일이라도 있었는가? 오빠하고 쌈을 했을까?'

마음속으로 중얼거렸으나 문희는 어느새 그 궁금증은 잊어버리고 농장으로 내려간 하진을 생각한다.

'곧 올라오겠어.'

하고 떠났지만 문희는 하진이 곧 올라오리라 생각지는 않았다. 곧 올라오겠다는 말을, 문희더러 농장에 내려와서는 안 된다는 강한 암시로 받아들였던 것이다. 문희의 생각은 다시 뛰었다.

'정애? 소녀…… 소녀…… 흥신소의 그 사람이 소녀라 했었지? 소녀, 도대체 어떤 소녀일까?'

문희는 어차피 시동생을 한번 만나봐야겠다고 마음먹는다. 그러나 문희는 시동생이 지금 어디 있는지 모른다.

'그가 와주지 않는 이상…….'

문희는 하영을 만난다면 정애라는 소녀의 이야기뿐만 아니라 하진이 이야기하려다 만 다른 하나의 비밀도 알 수 있으리라 생각했다.

'나는 과연 그 문제를 도련님에게 물어볼 수 있을까? 그런 용기가 있을까? 자칫 잘못하면 흥신소로 찾아간 그따위 졸렬한 짓을 되풀이하는 결과밖에 되지 않을지도 모른다. 아니 그보다도 흥신소의 그 사람은 묘한 말을 했지. 경계할 인물은 도련님이라고…… 도련님? 그는 형의 비밀을 알고 있을까? 그렇다면…… 왜 경계하라 했을까? 그보다 도련님은 내가 흥신소를 찾아간 일을 어떻게 알았을까? 이상한 일…… 그는 그 소녀하고…… 미혜는 아니다…….'

의혹은 의혹을 낳았다. 뭉게구름이 자꾸만 피어나듯, 정체를 잡을 수 없으면서 그는 시동생에 대한 불신이 묘하게 적중되어가는 듯한 느낌을 갖는다. 그러자 그는 당황한다.

'그가 집에 찾아와도 아무 말 하지 말아야지. 하지 말아야지…….'

자동차는 뜻밖에도 창경원 앞에서 멎었다.

"고모, 내려와."

"⋯⋯?"

"내리라니까."

"여기 창경원 아니에요?"

"왜 아니래요?"

차에서 내린 문희는 어리둥절하여 사방을 둘레둘레 살핀다.

"오래간만 아니에요? 오늘은 동물원 구경이나 합시다."

양산을 펴며 현숙은 우스개 비슷한 말을 했으나 그의 얼굴은 아까 자동차 속에서보다 한층 더 긴장돼가는 듯 보였다. 마치 맞선이라도 보러 온 듯 날아가듯 차려입은 옷은 그의 얼굴 표정과는 동떨어지는 것이었고 공을 들여 화장을 하고 루즈도 핑크빛으로 곱게 발랐으나 그 빛깔 밑의 입술은 그가 화났을 때 파아래지는 그 빛을 띠고 있었다.

문희는 혼자 고개를 갸웃거린다. 매표구에서 표 두 장을 산 현숙은 고갯짓을 했다, 들어가자고. 그들은 나란히 안으로 들어갔다.

"언니."

불렀으나 대답이 없다.

"정말 동물 구경하러 오신 거예요?"

별안간 현숙은 걸음을 딱 멈추었다. 그리고 쏘듯 강한 눈초리로 문희를 바라본다.

"겁을 내는 거요?"

"아니⋯⋯."

"동물원 구경 온 건 아니에요."

"그러믄요?"

"하지만 분명히 오늘은 동물 구경을 하러 온 거요."

그는 차갑게 내뱉었다.

"무슨 말인지⋯⋯."

"가면 알게 될 거 아니요?"

"좋은 일은 아닌가 부죠?"

"시누님한테야 나쁠 것도 없죠. 구경하는 셈 치면 흥미진진
할지도 모르는 일⋯⋯ 하여간 내가 장소를 잘 택했지. 얼굴을
쳐들고 하늘을 바라볼 수 있는가 없는가 어디 두고 봅시다."

"언니, 그 말 저보고 하는 거예요?"

나중의 말이 문희 비위를 뒤집어놓고 말았다. 도대체 자기
가 무슨 잘못을 저질렀기에 하늘을 보고 어쩌고 하는가. 하
기는 무슨 오해를 하고 그러는 모양이지만 우선 불쾌한 말이
었다.

"왜 시누님보고 그러겠수? 시누님이야 명경알같이 맑은 사
람인데."

고모 대신 시누님 할 때는 기분이 언짢은 표시이며 명경알
같다는 말도 비양 치는 것으로 들렸다.

"언니, 뭘 오해하고 계시는 것 아니에요?"

"아아니, 천만에."

문희는 입을 다물고 현숙을 따라간다. 봄가을과 달라서 창경원 안에는 별로 사람이 없어 조용했다. 바람은 없었지만 그리 무덥지는 않았고 우리 속에 갇힌 동물들도 기동을 하고 있었다.

"어머! 저기."

하다가 문희는 현숙을 힐끗 쳐다본다. 현숙도 그곳을 똑바로 바라보고 걷고 있었다. 원숭이 우리 옆에 파란 원피스를 입은 경옥이 서 있었던 것이다.

"언니."

"……."

"경옥일 만나러 오는 거예요?"

"왜, 나빠요?"

말이 떨어지기도 전에 현숙은 반문했다. 날카로운 목소리였다.

"진작 말씀할 일이지."

"고모의 성질을 내가 아니까, 미리 말했음 따라왔겠어요? 고모는 형제간의 우애를 모르는 사람이야. 자기 앞만 가리면 그만인 줄 안단 말예요."

시누님이 고모로 변한 것은 은근히 달래는 투로 볼 수 있었고 비난하는 투는 한 패거리가 되어 왜 경옥을 혼내주지 않느냐는 불평이었을 것이다. 그의 눈길은 다시 경옥에게 갔다. 그

265

의 얼굴 근육은 실룩실룩 경련을 일으켰다.

그들이 가까이 갔을 때 경옥은,

"문희도 내게 할 말이 있니?"

하며 처음부터 경옥은 현숙을 안중에 두지 않는 듯 문희만을 쳐다보며 태연자약하게 물었다.

"만인이 다 오는 곳인데 나라고 여기 못 오겠니?"

가시 돋친 말 같았으나 문희 마음에는 조금도 가시가 돋쳐 있지 않았다, 이상할 만큼. 남편의 그날 밤 고백엔 경옥에 대한 이야기가 있었던 것은 아니었지만 그런 문제는 자질구레한 것으로 밀어놓게 했다. 그들이 어떤 관계에 빠졌든 하진에게 있어서는 지극히 외곽적인 일에 불과했었고 문희에게 있어서도 그것은 하진과 마찬가지로 하찮은 일이 되어버렸던 것이다.

"안 나올 줄 알았는데 용하게도 나왔구먼요."

현숙이 첫 번째 화살을 경옥에게 던졌다.

"무슨 죄 졌다고 못 나오겠어요? 나는 만나자는 사람이면 남녀를 불문코 누구든지 만난답니다."

미리 준비해 온 대답처럼 척척 말했다.

"물론 그럴 줄은 믿고 있었지만 나는 여자가 돼서 어쩔는지 하고 생각했었죠."

현숙 역시 준비해 온 대사를 뇌듯 말했다.

"그럼 용건을 말씀해주실까요?"

현숙 얼굴에 증오가 가득 차올랐다. 그러나 그는 미리 꾸며 온 전략에 따르기로 결심한 듯 참는다.

"그늘 아래로 갑시다. 말뚝처럼 서서 이야기가 되겠어요?"

현숙은 앞장서서 저만큼 있는 나무 그늘 밑을 향해 걸어간 다. 그 근처를 지나치는 사람은 별로 없었다.

문희는 경옥의 모습이 피곤해 보이는 것을 생각한다. 의상 은 여전히 화려하고 멋이 있었다. 걸음걸이도 전과 다름없이 자신에 넘쳐 있는 것처럼 보였다. 그러나 밝은 햇빛 아래 드러 난 그의 얼굴만은 무질서하고 방종한 그의 생활이 반영된 듯 탄력을 잃고 있었다. 피부 밑바닥에 침전된 색소는 분으로도 가려질 수 있는 것이 아니었다. 눈언저리에 모인 잔주름도 젊 음과 아름다움을 소망하는 그를 거역하고 더 깊어진 것만 같 았다. 결코 그 얼굴은 예술로서 다듬어진 예술가의 얼굴은 아 니었다.

화려한 귀국 독주회의 소용돌이는 너무나 빠르게 그의 주 변에서 사라지고 말았다. 왜 그랬을까? 다소 무질서하긴 했지 만 수련을 게을리하지 않던 미국서의 상태가 귀국과 더불어 이완된 탓이었을까? 하기는 경옥의 예술적 소양에는 애당초 부터 한계가 있었던 것이지만.

그는 선풍적인 인기까지 생각하지는 않았으나 악단에 바 람을 일으킬 것만은 의심치 않았다. 그는 적어도 자신이 한국 에 오면 대가 대우를 받을 것을 믿었다. 그러나 그것은 엄청난 오해였던 것이다. 바깥세상에서 몇 류가 되면 한국 땅에서는 당당한 일류가 될 수 있다는 그 생각이. 그가 품은 다른 오해 중의 하나는 예술가의 생활은 사회적인 책임을 지지 않아도 된다는 그것이다. 경옥이 숭배하는 여자는 프랑스의 여류 작가 조르주 상드인데 사실 그는 상드의 작품은 읽어본 일이 없었다. 설령 읽었다 하더라도 그의 감정이 어느 만큼 상드의 예술을 받아들였을지 의심스러운 일이었지만 하여간 그는 영화를 보고 상드에 관한 이야기 등 귀동냥으로 얻어들은 지식에 의해 그 여자를 평가하고 존경하기에 이르렀던 것이다. 경옥은 어리석기 짝이 없는 자신의 망상을 결코 깨닫지 못하였다. 이 밖에 화려한 로맨스와 더불어 빛나는 음악가들에게도 경옥은 상드에 대한 그런 분별로서 대하였는데 그들이 필연적으로 겪고 그의 예술에 승화된 사실을 그는 알려고 하지 않았다. 설령 그들의 로맨스가 경옥이 생각하는 식이었다손 치더라도 그들이 천재였었다는 점을 경옥은 어느 만치 납득을 하였을까. 그의 소질이 애당초 허영으로 출발하지 않았더라면 음악 교사가 적격이었을 것이고 기왕의 호화스러운 허영을 버릴 수 없었더라면 외인 상대의 거창한 호텔 경영에 능력을 발휘했으면 틀림없이 성공했으리라.

하여간 그가 좀 더 현명했더라면 미국에서의 생활 태도를 한국에까지 연장하지 않았을 게고 종이처럼 감고 온 그쪽의 어설픈 의식을 찢어버렸을 것이다. 그랬더라면, 어쩌면 그는 그의 실력 이상의 대접을 받았을지도 모를 일이다.

"그까짓 미국으로 돌아가면 될 것 아냐? 예술의 진가를 모르는 이 땅에 뭐가 안타까워서 눌어붙겠느냐 말이다."

앉아서 초빙받을 줄 알았는데 사실은 그러지 못했다. 결국 자신 있게 이쪽에서 교섭을 한 어느 음악대학 강사 자리를 매우 부드러운 거절로서 얻지 못하게 되었을 때 뇌까린 그의 말이었다. 그러나 그것은 큰 충격이었다. 경옥은 자신의 평가에는 맹목적인 여자였다. 그는 자신의 성공을 모든 사람들이 질투하기 때문에 경원하게 되었다는 결론을 얻었다. 그런 결론 이외 그의 마음을 편하게 해줄 다른 방도가 없었기 때문이다. 초조하고 울적한 나날, 귀국 후 하진과 한번 가진 경험은 또 얼마나 허망하고 실감 없는 일이었던가. 그리고 이제는 확실히 문희에게 한 번도 이겨본 일이 없다는 자각은 그의 마음을 무엇보다 비참하게 하였다.

그들은 그늘 밑에 자리를 잡고 앉았다. 세 사람 사이에 오가는 마음이 어떤 빛깔이든 가장 거북한 처지가 문희였다. 현숙보다 할 말은 문희 쪽에 있었을는지도 모른다. 그러나 문희는 하진에게 있어 얼마간의 차이는 있을지라도 자기나 경옥은 다 같이 타인에 지나지 않는다는 생각을 하고 있었다.

"우리 애아버지하고 온양온천엔 무엇 하러 내려갔죠?"

현숙이 선전을 포고했다.

"놀러 갔죠."

경옥은 현숙을 빤히 쳐다보며 대꾸했다.

"처자 있는 남자인 걸 모르고 그랬어?"

"왜 몰라?"

현숙의 투처럼 경옥도 반말지거리다.

"그래, 알면서 콩밥 먹을 각오를 하고 갔댔나?"

"맙소사! 그 너절한 남자 땜에 내가 콩밥을 먹어요?"

경옥은 깔깔 웃었다.

"여봐요 부인, 당신 하는 꼴이 미워서 좀 약을 올려주려고 가기는 함께 갔죠. 하지만 하도 매력이 없어서 그만두었소. 어때요, 이만하면 속 시원한 대답 아니요? 앞으론 조심하세요. 아프지도 않는 배 만져주는 격으로 지나치게 질투를 하면 갖고 싶지도 않는 것 갖고 싶어지는 심리 변화를 일으키는 법이니 그런 점을 헤아려 현명하게 처신하세요. 더군다나 여자이면 사족을 못 쓰는 머저리 같은 남편을 둔 여자는 말이요. 자기 남편이 잘났다는 생각부터 고쳐야지. 돈 땜에 여자가 따를지는 몰라도 안심인 점은 당신 남편이 돈에는 무섭다는 그 점이요."

"뭐 어쩌고 어째? 그래 이년아! 넌 돈을 못 받아서 그 짓 못 했단 말이냐? 이 창부 같은 년이 누굴 보고 훈계를 해? 응, 너 말을 믿어보자. 따라갈 때는 두둑이 돈이 나올 줄 알았다가 가보니 실속이 없어 그만두었다 그 말이지?"

"이 무식한 게? 그 남편에 그 계집이군."

싸움이 붙었다. 문희는 무슨 지옥의 광경을 보는 것 같았

다. 손찌검까지 벌어지려 했을 때,

"언니! 내 말 좀 들어요."

문희는 현숙의 팔을 낚아챘다.

"언닌 오해하고 계세요."

눈이 시뻘게진 현숙은,

"그래, 그, 그래 고모는 이년 편이란 말이지! 오빠를 발가락 만큼도 생각지 않는 저년을!"

"언니, 내 말을 들어요. 경옥이는 미스터 하를 사랑하고 있어요."

"뭐?"

"우리 집 그이를 사랑하고 있단 말예요. 옛날부터 오빠하곤 아무 관계 없어요. 난 그걸 누구보다 잘 알고 있어요."

경옥은 침묵하고 있었다.

"흥! 그럼 그렇지, 니년이 그래도 창부 아니란 말이냐? 처남 매부를 한꺼번에."

현숙은 더욱 기세당당하게 나왔다.

"맞았어, 처남 매부를…… 그 이유를 말하지. 너의 남편인가 뭔가 하는 작자가 왜 날 만나려고 했는지 알어? 그 철면피 같은 녀석은 매부를 나에게 끌어당겨 주었단 말이야. 누이동생이야 불행해지건 말건. 가슴에 손을 얹어보라고 왜 그랬는지."

순간 현숙은 정신이 번쩍 드는 모양이다. 문영의 말을 전적으로 믿지 않았던 그는 피뜩 생각난 일이 있었다.

"하진 씨를 삶아서 땅을 뺏자는 거지. 이 정도로 말해도 못 알아듣겠어? 이 어리석은 여자야."

큰 실수를 했다고 생각했는지 현숙의 낯빛이 달라진다. 경옥은 일어섰다.

"과연 고급품이야. 문희, 나는 저 어리석고 무식한 여자의 욕설보다 문희 너의 자신에 난 질렸어. 다음 또 만날 수 있음 만나자."

경옥은 휘청휘청 걸어갔다. 그 등에 햇빛이 환하게 쏟아지고 있었다.

비둘기의 집

역에서 내린 하영은 택시를 잡을 염도 내지 않고 곧장 걸어 올라간다. 남대문을 지나 번잡한 사람들의 무리를 헤치며 필동까지 걸어간 그는 조용한 이 층 양옥 앞에 머물렀다. 그는 꼭 닫혀져 있는 이 층의 창문을 올려다보며 한 손으로 초인종을 누른다. 중년 부인이 나타났다.

"난 누구라구?"

중년 부인은 문을 열어주며 만들어 붙인 듯한 미소를 띠었다.

"김 있어요?"

"나갔는데."

"곧 돌아옵니까?"

"내일쯤."

그들은 안으로 들어갔다.

"이번에는 얼마나 된답디까?"

"글쎄, 가져와 봐야지."

"그건 그렇고 나 편지지하고 만년필 좀 빌립시다."

"신사가 만년필도 안 가지고 다니나?"

"놈팽이가 그런 것 가지고 다니면 뭣 하겠소."

"어엿한 학산데 놈팽이라니."

하영은 쓰디쓴 웃음을 띠었다.

"옛날 옛적 말이겠죠. 그런 시절도 있었던가 싶기도 하지만."

중년 부인은 편지지와 만년필을 찾아 주었다.

하영은,

> 돈 오만 원만 구변해주셨음 합니다. 형님은 농장에 내려오셨습니다. 나중에 가 뵙겠습니다.　　　　　　　　　　—하영

갈겨쓰더니,

"봉투 있으면 그것도 한 장 빌립시다."

"온 빌릴 것도 많다."

하영은 봉투를 받아 편지를 접어 넣고,

"풀이나 밥풀 있으면 주실까요?"

부인은 웃으며 부엌에 가서 밥풀 하나를 손가락에 붙여 왔다. 집 안에 다른 사람은 없는 듯 괴괴하고 찬바람이 부는 것 같았다. 편지를 봉한 하영은 호주머니 속에 그것을 넣고 일어섰다.

"가겠나?"

"네."

"어째 기분이 나쁜 것 같은데? 무슨 일이라도."

"사랑하는 소녀가 병들었어요."

"잘못하다간 곧이듣겠구먼."

"누가 거짓말하는 줄 아세요."

"거짓말이 아니라면 더욱 좋지 않은가? 국수는 못 먹더라도 찰떡은 먹을 수 있을 테니……."

"병들어 죽게 됐는데두요?"

하영은 현관에 걸터앉아 구두를 신으며 뇐다.

"도무지 못 믿겠더군. 어디까지 참말이고 거짓말인지."

"글쎄, 나도 모르긴 모르겠소."

하영은 풀쑥 일어나 현관문을 열고 그리고 다시 대문을 열고 밖으로 나왔다.

'빌어먹을! 사랑하는 소녀?'

그는 달음박질치듯 내리막길을 뛰어 내려온다. 택시를 잡아

타고 그는 형의 집을 향하였다.

"순이야!"

집 앞에서 내린 하영은 문을 흔들며 불렀다.

"네에."

뜰에서 고양이하고 장난을 치고 있던 순이가 쫓아 나왔다.

"어머나! 아저씨세요?"

급히 문을 열어준다.

"아주머니 계시냐?"

"아주머니도 아저씨도 안 계세요. 아저씨는 어제 여행 떠나시고 아주머니는 돈암동에서 오셔서 자가용 타고 나가셨습니다."

"그래? 곧 돌아 안 오시겠구나."

"아마 그럴 거예요."

"그러면…… 순이야 나 커피 한잔 끓여줄래?"

"네, 곧 끓일게요."

하영은 등나무 밑에 있는 벤치에 가서 앉으며,

"여기 갖다다오."

"네에."

순이가 길게 대답을 늘이며 부엌으로 쫓아갔다.

"불쌍한 남자 불쌍한 여자도 많은 세상이야. 모두 미쳤지. 둥주리 속에 들앉아서 지랄들을 하고 있단 말이야. 양심? 자존심? 인내? 교양? 예술? 하하핫…… 그게 뭔데? 교활한 사기술이지 하느님이 계실까 봐 겁이 나서…… 하하핫……."

웃음소리는 불길한 여음으로 남았다. 그의 눈은 지금껏 아무도 볼 수 없었던 잔인한 빛을 띠고 있었다. 그의 입술은 계획을 수행하는 냉혈한과 같은 의지를 나타내고 있었다. 그의 두 주먹은 무릎 위에서 부들부들 떨리고 있었다.

한참 후 순이는 커피를 끓여 가지고 왔다.

"왜 그새 안 오셨어요?"

"바빠서."

하영의 얼굴은 본시로 돌아가 있었다.

커피를 마시는 것을 바라보고 서 있던 순이는,

"아저씨?"

"음."

"이런 말 하면 안 될까요?"

"뭘?"

"이 댁 아저씬 참 나빠요."

"왜?"

"착하고 순한 아주머니를 때렸거던요."

"아주머니가 착하냐?"

그 말에 순이는 의아한 듯 하영을 바라본다.

"그, 그럼요? 얼마나 착하고 예뻐요? 그런데 아저씨는 신경질만……."

"착한 게 병이지. 그거는 그렇고 순이는 언제 시집갈래?"

276

"아이, 몰라요!"

"나 같은 신랑감을 얻어라."

"아이참."

"왜 싫으냐?"

"누가 데려간대요?"

"하하핫…… 그럼 가볼까?"

하영은 일어섰다. 다음 하영이 간 곳은 언덕 위에 있는 성냥갑처럼 작은 집 앞이었다. 비둘기가 살고 있는 듯 그 집은 예뻤다. 하얀 칠을 한 벽과 빨간 지붕 블록담에는 줄장미 덩굴이 소담스럽게 걸려 있었다.

그 앞에 선 하영의 얼굴에는 괴로운 빛이 돌았고 그것은 이내 노여움으로 변해갔다. 그는 그 노여움을 씹어 문드리듯 히죽이 웃으며,

'오늘은 남의 집 문전에 서는 일수인가? 흥!'

하영은 문을 두드렸다. 내다보던 노파는 눈에 띄게 당황해하며 문을 열어주었다.

"어, 어서 와요. 웬일루?"

반가워하지 않는 것은 아니었지만 어딘지 모르게 두려움이 깃든 노파의 얼굴이었다.

"죽었구먼요."

하영의 말에 노파는 깜작 놀란다. 그러나 하영의 눈길을 따라간 노파의 눈은 좀 가라앉았다. 지난봄에 농장에서 옮겨다

심은 상나무가 웬일인지 누우렇게 떠 있었던 것이다.

"물을 자꾸 주었는데 그만……."

노파 말을 듣는 둥 마는 둥, 응접실도 아니고 복도 비슷하게 된 마루에 가서 하영은 걸터앉았다. 그리고 담배를 붙여 물고 생각에 잠긴다. 하영이 그러고 있는 동안 노파는 안절부절 못하며 좁은 뜰 안을 왔다 갔다 했다.

"정애가 약 먹은 이야길 왜 나보고 하지 않죠?"

노파는 몸을 움찔하며, 걸음을 멈추고 하영을 돌아다보았다. 주름진 얼굴에 애원 비슷한 것이 있었다.

"그래 지금은 좀 어때요?"

목소리는 감정을 조정하듯 낮았고 그의 험악한 표정과는 달리 매우 부드러웠다.

"어, 어떻게 아셨수?"

"형님한테 들었죠."

"……."

"농장으로 내려왔더구먼요."

"아, 그래?"

"정애는 지금 어디 있어요? 방에 있죠?"

"잠이 들었는데, 막 의사가 다녀가고 나서……."

하는데 하영은 다잡듯,

"왜 약을 먹었죠?"

"낸들 어떻게 그걸 알우?"

노파 눈에 눈물이 글썽 돈다.

"물어볼라치면 울기만 하는걸."

반쯤 타들어간 담배를 버리고 하영은 새것을 꺼내어 다시 불을 붙인다.

"형님이 다녀갔습니까?"

"아니, 안 오는 지가 일 년이 넘었는데."

"왜 안 올까요?"

"그걸 내가 어떻게? 바빠서 그런 거지 뭐."

"정애는 깊이 잠들었어요?"

"의사 선상님이 주사 놓고 가면서 깨우지 말라고 그러고, 마음 거슬리지 말라고 당부하더만."

노파는 치맛자락을 끌어당겨 눈물을 씻는다.

"에미 애비도 없이…… 그 몹쓸 것이 왜 그런 짓을 했는지 늙은 할미만 남겨두고 갈라 했던가……."

"숫제 정애를 시골로 데려가면 어떨까요?"

하영이 푸듯이 뇌었다.

"내가 이러라 저러라 어쩌겠수?"

"뭘 좀 먹었어요?"

"죽 한 모금 마시기는 했는데."

"할머니."

"……?"

"형님 집에 가셨다죠?"

"어떻게 연락이 되어야지. 형수님한테 죄송하고…… 안 가려고 했었지만 워낙이 급해서 그만 엉겁결에…… 형수님은, 그 곱게 생긴 분이."

노파는 뭐라 할 수 없는 착잡한 표정을 지었다.

"한 번 더 갔다 오시겠어요?"

"거길?"

"네, 형님 집에 말입니다."

"아, 아아니 내사 싫구먼. 무슨 낯으로 또 거길."

노파는 뒷걸음질을 했다.

"형님의 편지를 형수에게 전하려구요. 나는 갈 형편이 못 돼 있어서 그리고 돈 부탁도 했으니까."

하영은 다가서듯 억압적으로 말했다.

"그, 그렇지만."

"걱정 말고 가세요."

명령적으로 편지를 내밀었다.

"그, 그렇지만 정애가."

"내가 있잖아요. 어서 다녀오세요."

"그, 그럼 그럴까."

할 수 없었던지 힘없이 말하고 노파는 방 안으로 들어가 옷을 갈아입고 나왔다. 문간에서 나가려다 말고 노파는 말려 올라간 모시 적삼의 섶을 쓸어내리더니,

"정애가 깨더라도 마음 거슬리는 말 마슈."

하며 돌아보았다. 하영이 고개를 끄덕였다. 노파가 나간 뒤 대문을 잠그고 돌아온 하영은 다시 마루에 걸터앉으며 초조하게 담배를 붙여 문다.

'비, 빌어먹을! 도시 어떻게 된 판이야?'

깨끗이 물을 뿌려놓은 마당 한구석에 소녀와 같이 귀여운 반지꽃 몇 개가 피어 있었다.

한참 후 그는 정애가 잠들어 있는 방 문을 열고 방 안으로 들어갔다. 잠든 정애의 얼굴은 그림 같았다. 깨끗하고 슬기로운 모습이다. 그 잠든 얼굴에는 괴로움이나 슬픔이나 오욕을 찾아볼 수 없었다. 버티고 선 채 정애의 얼굴을 내려다보고 있던 하영이 방바닥에 퍼질러 앉는다. 그 기에 눈시울이 한번 움직인 것 같았다. 그러고는 다시 죽은 듯 고요했다. 하영은 불안한 듯 정애의 코 밑에 손을 가져가 본다. 따뜻한 숨결이 손바닥에 접하여졌다.

'아저씨! 아저씨! 어디 갔다 이제 오시는 거예요? 정애가 얼마나 기다렸는지 아세요? 아이 정말 심심해서 혼났다.'

단발머리 계집아이가 하영에게 매달려오며 조잘거렸다. 그러던 정애는 언제 이렇게 여인이 되고 그리고 자기를 기다리지 않게 되었는가, 하영은 생각하며 눈을 들어 천장을 올려다본다.

'방법은 하나다! 정애를 아주 잃어버리느냐 아니면 아주 가져버리느냐! 결과는 더 있어?'

숨이 가빠지면서 다시 정애를 내려다본다.

'정애는 다시 자살을 기도할까?'

하영의 얼굴빛은 푸르게 질렸다.

'제발 그러지 마, 정애!'

그의 눈에는 눈물이 으스름히 괴었다.

'체념을 하고 운명에 복종하며 살아갈까? 체념? 무엇을 체념해? 자기 운명을? 아니면 사람을? 그 사람은 누구냐!'

하영의 얼굴은 흉악해졌다.

'형이다! 그 아편중독자 형이다!'

정애의 마음은 해바라기처럼 하진을 향하고 있었다. 그것은 소녀의 맑은 꿈이었는지도 모른다.

정애는 어릴 적부터 하영을 몹시 따랐다. 그리고 믿어주었다. 오래 못 보는 날이면 하영을 몹시 보고 싶어 했다. 그러나 하진은 소녀에게 있어 신비스러운 존재였다. 일 년에 서너 번 만날 수 있었던 하진은 소녀를 고통스러운 눈으로 바라보았다. 어떤 때는 그 눈이 공포에 떠는 것 같았고 어떤 때는 슬픔에 가득 찬 것 같았고 어떤 때는 아픔에 몸부림치고 있는 듯 하진은 그런 눈으로 소녀를 바라보다가 가버리곤 했었다.

'고모와 그의 조카가……'

하영의 입에서 이빨이 부딪는 소리가 들려왔다. 그는 밝음이 두려운 듯 이빨 부딪는 소리를 내며 방 안을 휘둘러본다.

'마지막 희망을 저버린 정애 너!'

노파가 돌아오기 전에 다시 자살할 것을 두려워한 하영은 눈이 똑 바로 박힌 듯 거의 발광의 지경에 이른 정애를 벽에 걸린 치마를 찢어 팔다리를 묶었다.

"가만히 있는 거야, 정애. 정애! 내 마음 알아다오! 정애!"

묶으며 하영은 눈물을 흘렸다.

"악마! 악마! 악마!"

정애는 발버둥 치며 헛소리처럼 지껄였다.

하영은 대문을 나섰다. 그리고 그는 길모퉁이에 서서 노파가 돌아오기를 기다렸다. 그러나 노파가 옆에 와서,

"왜 여기 나와 있수?"

말을 걸었을 때 하영은 뛰듯 놀라며,

"아아, 할머니를 기다렸소. 어서 집에 가보세요."

하영은 급히 그 앞에서 물러섰다. 명동까지 온 그는 바를 찾아 들어갔다. 그는 정신없이 마시고 그리고 나와서 다른 바로…….

그가 호텔을 찾아 들어갔을 때, 통금 사이렌이 밤공기를 울렸다.

사랑의 형태

괴롭고 긴 밤이었다. 바람 소리도 없었다. 나뭇가지를 흔들

어주는 소리도 들려오지 않았다. 농장이 아니었으니까 물론 그런 소리들이 들려올 리 없다. 마치 죽음의 덩어리처럼 거대한 호텔은 적막 속에 파묻혀 쥐가 기어다니는 기척조차 나지 않았다. 모든 소리는 다 끊어지고, 깊이깊이 잠들어버린 잿빛의 도시. 수십 세기를 그렇게 잠들어 깨어날 줄 모르는 듯 몸서리쳐지는 착각이 별안간 하영에게 엄습해왔다. 가슴이 찢어지는 것 같았다. 굼실굼실 파도가 센 바다 위로 가는 배, 그 선실 속에서 뒹굴뒹굴 구르고 있는 듯 속이 울렁거리고 구토가 날 것만 같았다.

과음한 탓만은 아니다.

타는 듯 메마른 입술을 축이기 위해 하영은 몇 번 일어나서 냉수를 들이켰는지 알 수 없었다. 얼마나 많은 술을 마셨으며 어디로 어떻게 헤매어 이 호텔까지 찾아왔는지 그것도 알 수 없었다. 희미한 속에 바걸 얼굴 위에 술을 들이부은 일이 떠올랐다간 이내 사라진다. 그것은 어젯밤에 있었던 일이 아니며, 아주 옛날에 있었던 일같이도 생각되었다. 그는 몸을 반쯤 일으켜 탁자 위의 냉수 컵을 잡아당겼다. 굴컥굴컥 삼키는데 미적지근하고 닝닝한 물이 식도를 타고 내려간다. 갈증이 나기는 매한가지였다.

'저주받은 밤 같다!'

하영은 벌떡 일어나서 창가로 간다. 커튼을 거칠게 잡아 젖혔다. 어두운 밤이, 희미한 가로등 밑에 텅 비어버린 가로가,

매서운 거절처럼 닫아붙인 상점이, 그리고 가슴 아프게 반짝이는 별들이 창밖에 있었다.

그는 팔을 들어 시계를 본다.

'어디서 넘어졌을까?'

시계는 와싹 부서져 있었다. 유리는 물론 장침 단침이 다 달아나고 없었으니 시간을 알려줄 리 없다.

'대체 지금은 몇 시냐!'

하영은 우리 속에 가두어진 사나운 짐승처럼 좁은 방 안을 왔다 갔다 한다. 이따금 굳게 다물려진 그의 입술에서 신음과 같은 낮은 소리가 새어 나곤 한다. 그는 발길을 멈추고 어두운 창밖을 뚫어지게 바라본다.

"나는 젊다!"

짙붉게 충혈된 하영의 눈이 번쩍 빛났다.

"나는 지금 온갖 가능성을 갖고 있다! 가득 찬 내 야심은 이제 출발점에 서 있는 것이다. 나는 형과 같은 폐인은 아니다! 폐인은 아니란 말이야! 내 미래는 길고, 행운은 내 눈앞에 다가오고 있다!"

자신도 모르게 하영은 허공을 향해 주먹질을 하다가 넘쳐흐르는 증오심과 그리고 치솟는 정열에 스스로가 지쳐서 소파에 쓰러지듯 앉는다.

그는 다시 시계를 들여다본다. 산산이 망가져서 바늘도 없어진 시계는 시간을 상실한 채 하영을 물끄러미 올려다보았다.

"제기랄!"

하다가,

'어제는…… 그렇지, 바로 어제였다. 그곳에 가서 정애를……
지금쯤 무슨 일이 일어났을까? 내가 취한 행동은 과격했다구?
무, 물론 과격했다. 정애는 미혜가 아니었으니까 말이지. 하지
만, 그, 그런 식으로 정애를 범할 생각은 조금도 없었어, 조금
도. 이제는 할 수 없다. 이미 결판은 나고 말았다. 운명은 누
구의 편에 서 주는가가 문제다. 누구의 편에, 흥! 이 새끼야
너도 거창한 소리를 하는군. 언제부터 운명론자가 됐나? 흥!
사람 웃기지 말어라.

아편쟁이 그 작자를 기다리는 것은 오직 자멸뿐이 아니냐?
자멸! 누구의 탓도 아니다! 스스로 택한, 다만 나는 그것에 조
그마한 기름을 제공하였을 뿐이야. 자멸의 불길이 더 기승해
지게 말이지. 하지만 내게는 이제 비옥한 삶의 들판이 끝없이
펼쳐져서 마음껏 깃을 펴고, 흥, 어느 넋 빠진 운명신이 이 기
정사실을 막을 수 있단 말이냐! 그까짓 계집애 하나에 네 생
애를 걸었더란 말이냐? 치사스런 졸장부의 짓이지. 제이의 정
애, 제삼의 정애! 계집애는 썩어날 만치, 얼마든지 있다! 나에
게 황금이 있고 젊음이 있는 한에선. 그러나 이제 하진에게는
그게 없다! 젊음도 황금도 없어질 것이다! 오로지 가엾은 폐
인 하나가 얼마만큼이나 그 명맥을 이어갈 것인가!'

하영은 미치광이처럼 끼득끼득 웃는다.

만족해서 웃는 웃음일까? 결코…….

"아저씨 참 이상해요."

정애는 중학 입시 공부를 하다가 하영을 빤히 쳐다보며 말했다. 까만 단발머리가 유난히 매끄럽게 보였다.

"뭐가?"

사회생활을 가르치다가 하영은 되물었다.

"아저씨 얼굴은 몇 개야요?"

"뭐? 몇 개라니."

"눈 감아도 아저씨 얼굴이 생각 안 나요."

정애는 눈을 감았다가 떠 보이며,

"하지만 보고 있으면 참 얼굴이 많아."

"정애 너 무슨 소릴 하고 있니?"

"자꾸만 얼굴이 달라지는걸."

고등학교 땐가? 그때도 애는 그와 비슷한 말을 한 적이 있었다. 하영을 물끄러미 바라보고 있던 정애는,

"참 이상해요."

"뭐가 이상해."

"가만히 이렇게 앉아 있어도 아저씨의 얼굴은 자꾸만 달라져요."

하영은 샛별 같은 정애의 눈을 피하며 손바닥으로 얼굴을 쓸어본다.

"달라질 리가 없는데……."

"아무래도 이상해서 내 동무한테 물어봤지 뭐예요?"

"그랬더니 뭐라든?"

"굉장히 감정이 복잡한 사람이라나요?"

"정애 친구 중 그런 관상쟁이가 다 있다니 놀랍군."

"얼굴도 안 보구 그러는데 뭐가 관상쟁이예요? 그런데 그 애가 또 뭐랬는 줄 아세요?"

"뭐랬어? 악인의 상이라든?"

"얼굴도 안 보았는데두."

짜증을 내듯 하다가 깔깔 소리를 내어 웃으며,

"천재래잖아요? 그래서 나빠질래면 아주 나빠지고 좋으려면 아주 좋아지고……."

"거 새로운 학설이군그래."

"그래서 생각해봤는데 아저씨는 천잴까?"

"아마 악인은 아닐 거야. 천재라는 편이 가깝겠지. 난 학교 때 썩 공불 잘했으니 말이야."

"아아주, 또 재시네요."

둘은 소리를 합하여 웃었던 것이다.

미치광이처럼 끼득끼득 웃고 있는 하영의 얼굴은 흉악했다기보다 처절한 슬픔과 고독에 가득 차 있는 것같이 보였다.

건조한 불빛 아래 홀로 앉아서 차갑고 희게 번지는 벽을 마주하고 있는 모습, 그의 얼굴은 고통에 팽창되어 있는 것 같았다. 평소 이죽거리기를 잘하고 만 가지를 다 시답잖게 생각하고 안하무인인 듯 행세하던 그를 누가 지금을 상상하랴. 그는 혼자서 고통에 뒹굴고 있는 것 같았다.

그는 수화기를 번쩍 들었다. 찌찌이 소리만 날 뿐 받아주는 사람이 없다. 한참 만에 졸려 죽겠다는 듯 교환수의 목소리가 들려왔다.

"××국 ○○○○번 부탁합시다."

교환수는 투덜거리며 전화를 끊었다.

"그런데 호텔비는 남아 있나?"

하영은 바지 주머니를 뒤적거린다. 그렇게 술을 마시고 의식도 없이 호텔을 찾아왔는데 바지 주머니 속에는 용케 돈이 들어 있었다.

"그런 줄 알았음 전화를 안 했을걸."

혼자 중얼거리며 담배를 꺼내어 붙여 문다.

"원하든 원치 않든 이미 일은 시작되었고 어쩌면 일은 끝났을지도 모른다."

한참 후 전화벨이 요란하게 울렸다. 하영이 수화기를 들었을 때,

"××국 ○○○○번 나왔어요! 말씀하세요."

올곧잖게 말했다. 그 말이 끝나기도 전에,

"여보세요."

두려움에 질린 듯한 형수 문희의 목소리가 울려왔다. 한밤의 전화에 몹시 놀란 모양이다.

"호텔비가 없나 싶어 전화 걸었는데 그만두죠. 있었어요, 돈이."

하고 하영은 상대방의 말도 듣지 않고 끊어버린다. 그는 통금만 해제되면 밖으로 뛰어나갈 심산이었던 것이다. 시간도 알 수 없었을 뿐만 아니라 통금만 끝나면 뛰어나간다는 다만 그 일념에서 그는 문희에게 한밤중이라는 의식도 없이 전화를 걸어 돈을 요구하려 했던 것이다. 생각이 끊어졌다 이어지는 혼란 때문에 전화만 해도 그렇게 끊어버린 것이다.

얼마 동안의 시간이 흘렀을까? 통금 해제 사이렌이 창문을 흔들며 울려 퍼졌다. 그는 소파에서 벌떡 일어났다. 도어를 밀고 나갔다. 침침한 층계를 밟고 로비로 내려갔을 때 하영과 마찬가지로 통금 해제 사이렌을 고대하고 있었던 성싶은 몇몇 숙박객들이 그곳을 서성거리고 있었다. 하영은 카운터에서 계산을 마치고 거리로 나왔다.

싸늘하게 식은 밤공기가 얼굴에 와서 닿았다. 가로등들의 여광이 흩어져 뿌연 안개가 서린 듯한 가로는 어쩌면 그렇게 넓고 아득했던지.

하영은 사방 흰 벽에 둘러싸인 호텔의 방 속에 압축되어 있었던 그 고독과 고통은 여전히 이 밤거리에 가로누워서 그림자를 밟고 가는 자기 자신을 조롱하고 있음을 느낀다.

'뭐, 넌 아직 젊다고? 온갖 가능성 속에 있다고? 세상이란 그리 느슨한 건 아니야. 왜 넌 고통을 받고 있니? 넌 악인도 선인도 못 되는 족속이야. 선인이 되기엔 너무나 욕망이 강하고 악인이 되기엔 너무 지나친 고독을 느끼거든. 굶주린 이리처럼 넌 인간에 대한 목마름에 몸부림치고 있다. 고독을 이기는 놈이 악인이 되고 욕망을 이기는 놈이 선인 된다는 걸 모르느냐?'

'난 선인을 원치 않아! 철저한 악인이 되고 싶은 거다!'

'그럼 넌 왜 이 밤길을 가는 거냐?'

'그야 결과를 볼려구 가는 거다?'

'정애가 살아 있기를 갈망하며 가는 거지. 더 나아가서 정애가 너에게 올 것을 간절히 바라면서 결국은 마음을 소유하고 싶은 거다. 마음을 소유하고 싶어 하는 것은 고독한 자만의 열망인 것을 알 만도 한데?'

생모가 누구인지 하영은 오늘도 그것을 모른다. 아무도 그를 천시하지 않았건만 — 부친만은 그를 학대하고 잘못 태어난 것으로 생각했었다 — 그러나 그는 항상 외곽 지대를 맴돌며 살아왔고, 남의 눈빛 속에서, 저놈은 잘못 태어났어, 그런 표정을 읽으며 살아왔다. 그런 외톨이의 삶을 지탱할 수 있었던 것은 강한 자존심과 증오심, 그리고 인간에 대한 불신이었다. 하진은 늘 말하기를,

"저놈은 누군가를 미워하지 않고는 못 배긴다."

하영이 처음으로 사랑을, 인간이 인간에게 느낄 수 있는 평화스러운 사랑을 발견한 것은 어린 정애를 보았을 때다. 그가

고아였다는 점에서 하영은 더욱 그랬는지도 모른다. 물론 어린 정애에 대하여 이성이 지닐 수 있는 그런 것은 아니었다. 어버이 같고 때론 모성적인 그런 사랑이었다. 자기에게 기대어오는 가냘픈 한 생명에 대한 눈물겨운 마음, 그 생명이 목이 말라 할 적에 무엇으로든지 주고 싶고 줌으로써 즐거워지는 마음, 맑고 한 점의 티도 없는 사랑이었다. 그것은 정애를 기쁘게 했고, 자라가게 했고, 한편 하영을 행복하게 했으며 이 세상에 밝은 빛이 있음을 알게 하였다.

특징 있고 음영이 짙은 하영을 좋아한 여자들이 없었던 것은 아니다. 아니 꽤 많았던 편이다. 그러나 하영은 그들에게 애정을 느껴본 일은 없었다. 도리어 그들을 농락하고 학대함으로써 쾌감을 느꼈으며 멸시함으로써 만족을 느꼈다. 모든 여자를 미혜를 다루듯 그렇게.

고아인 정애는 하진의 옛날 연인의 조카였다. 정애가 기억하고 있는 그의 고모란 어렴풋하였고 머리를 길게 늘어뜨리고 있었다는 것 이외, 물결에 비친 그림자처럼 언제나 흩어지고 마는 영상이었다. 정애가 외할머니한테 들은 고모에 대한 지식이란 육이오 당시 그는 여의사가 되는 학교에 다녔다는 것과 정애가 그를 많이 닮았다는 그런 정도였으며 고모가 하진의 애인이었다는 사실은 알지 못하였고 하진이 자기를 도와주는 것은 아버지와 절친한 친구이기 때문이라는 정도로 납득하고 있었다.

정애는 사변 때 고모를 잃었을 뿐만 아니라 어머니를 잃었고 아버지는 납치되고 말았다. 환도한 후 하진을 만나 오늘에 이르기까지 정애는 하진을 별로 많이 만난 일이 없었다. 일 년에 많아야 두 번 정도, 언제나 그들을 찾아주는 사람은 하진으로부터 생활비를 전해주는 하영이 그 사람이었다. 정애는 하영을 몹시 따랐고 육친처럼 신뢰하였다. 그것은 마치 추운 날이면 햇볕을 찾고 더운 날이면 그늘을 찾는 것처럼 자라가는 목숨의 하나, 본능 같은 것이었다.

그러나 정애가 차츰 자라서 나이 먹어감에 따라 하영에 대한 감정은 좀 달라졌다. 막연하게 이성으로 느끼기 시작했던 것이다. 하영을 막연하게 이성으로 느껴가는데 이상한 현상은 일 년에 한두 번밖에 만날 수 없었던 하진에 대한 마음도 또한 묘하게 되어갔던 것이다. 하진은 신비한 인물로서 정애의 공상 세계를 물들여가기 시작했다.

'이상한 아저씨, 그 아저씨의 눈은 왜 그리 슬퍼 보일까? 어떤 때는 그 아저씬 날 보고 자꾸만 떨든걸. 왜 그럴까?'

눈을 감아보면 거의 매일같이 보는 하영의 얼굴은 생각나지 않았다. 그 얼굴이 생각나지 않는 것도 이상했지만 아주 드물게 만나보는 하진의 그 아픔을 누르는 듯한 깊은 눈은 정애 뇌리 속에 꽉 박혀서 마음을 소란스럽게 하는 것도 이상하였다.

정애는 어릴 때부터 병이 잦은 아이였다. 조금만 충격을 받아도 열이 나고 헛소리를 했다. 여고 졸업반 때의 일이었다. 학교에서 여자 선생한테 꾸중을 듣고 와서 앓아누운 일이 있었다. 그때 그는 잠결에 헛소리를 했는데 그는 하진의 눈 이야기를 했다. 머리맡에 앉아 있던 하영이 그 말을 들었던 것이다. 그 일이 있는 후 하영은 어느 날 정애의 일기를 몰래 훔쳐보았다. 그것을 계기로 하여 정애와 하영의 평화스러운 애정은 무너지고 말았다. 하영은 하영대로 정애를 여성으로 깊이 인식하였고 정애는 정애대로 하영을 한 남성으로 인식하게 되었다. 물론 순조롭고 좋은 방향으로의 그것은 아니었다. 정애는 자기 마음을 훔쳐본 하영을 증오하였고, 하영은 이 소녀의 마음을 차지한 하진을 증오하게 되었다. 그때부터 하영은 다시 비뚤어지고 거칠어져 갔던 것이다.

그러나 하영이 생각한 것처럼 정애의 마음에 하진이 온통 차 있었던 것은 아니었다. 하진이 그의 꿈이었다면 하영은 그의 현실이었는지도 모른다. 하영을 증오한 것도 일종의 사랑의 변형이었는지도 모른다. 민망하여 그것을 감추기 위한 노여움이었는지도 모른다. 소녀는 자기 꿈을 혼자 남몰래 지니고 싶었으니 그것은 결코 정은 아니었을 것이다. 동경은 동경으로서 구름같이 사라지는 것이다. 정이란 뿌리가 깊은 것이다. 만일 하진이 죽었다면 그 무덤에 코스모스를 심고 조용히 일어났겠지만 하영이 죽었다면 정애는 그 무덤 앞에서 몸부림치고 울었을 것이다. 하여간 미묘한 두 갈래의 사랑인 것만은 틀림이 없다. 하영은 너무 가까웠고 하진은 너무 멀었다. 그러나 하영은 정애의 그 심리 상태를 알지 못하였다. 하영은 형이 빛이라면 자기는 그늘이라는 생각을 했다. 해바라기는 햇빛을 향해서만 얼굴을 돌린다고 생각했다. 여기서 그는 형이 지닌 빛을 무너뜨리리라 결심하였던 것이다.

정애는 고등학교를 나온 뒤 건강이 허락지 않아 대학은 단념하고 집에서 조용히 날을 보냈다. 하영이 자기 몫으로 된 유산으로 시골의 농장을 마련한 것도 정애의 병약한 몸을 생각해 한 일이었다. 그러나 지금 그 농장은 황폐하고 말았다.

정애가 자살할 만한 충격을 준 것은 하진에 관한 하영의 말이었다. 아무리 노엽고 분하여도 하영이 정애를 다른 여자들처럼 다룰 수 없는 것은 물론 그를 사랑한 때문이지만 보다 중요한 이유는 거미줄같이 가는 정애의 신경 탓이었다. 살짝 건드리기만 해도 끊어질 것같이 가냘픈, 그리고 그것은 실로 예민한 악기처럼 반응을 보이는 체질 탓이었던 것이다.

그러한 정애에게 술을 마시고 온 하영은,

"네 고모의 애인이라는 걸 너는 모르지? 알 턱이 있나. 넌 그가 이제 다 망가져 버린 폐인이라는 것도 아마 모를 거야!"

저주에 이글거리는 눈으로 그 말을 내뱉었던 것이다.

"무서워요!"

정애는 소리쳤다. 그리고 두 손으로 얼굴을 가렸다. 그 행동에서 하영은 정애에 대하여 완전한 절망에 빠졌다. 그리고 그 절망 위에 더 큰 무게를 덮어씌운 것은 정애의 자살 기도였던 것이다. 그 두 가지 행위는 하진에 대한 사랑의 결정적인 형태였기 때문이다.

하영은 느릿느릿한 발걸음으로 언덕을 올라간다. 비둘기장 같은 정애 집 앞에까지 왔을 때 열기를 띠고 있던 그의 볼에서 핏기가 가시어졌다. 정애가 죽었을지도 모른다는 공포가 엄습해왔기 때문이다. 귀를 기울여본다. 아무 기척도 들려오지 않았다. 이른 새벽 길에도 지나는 사람은 아무도 없었다.

'할머니마저 죽었는지도 모른다!'

하영은 더욱더 얼굴이 질려서 대문을 떼밀었다. 물론 문은 잠겨져 있었다. 하영은 돌아서서 대문을 등지고 멀리 동편 하늘을 바라본다. 잿빛 구름을 뚫고 마치 핏줄기와도 같은 붉은 광선이 뻗치고 있었다. 그것은 마치 지각을 뚫고 솟아나려는 선사시대의 괴물 공룡의 숨은 모습 같기도 했다. 하영은 그 동편 광경을 오래오래 바라보고 있었다. 그의 뺨으로 눈물이 흘렀다. 상가 문을 지키는 상주같이 눈물이 마냥 흘렀다.

쓰레기차가 지나갔다. 어느 집에서 개가 짖었다. 두부 장수가 방울을 흔들며 지나갔다.

하영은 조심스럽게 문을 흔들었다.

문희는 밤에 걸려 온 전화 때문에 공포에 떨었다.

'호텔비가 없나 싶어 전활 걸었는데 그만두죠. 있었어요,

돈이.'

한마디 하고 끊어버린 목소리.

멀었기 때문에 그랬는지 음성을 구별할 수 없었다. 십중팔
구는 하영일 거라고 믿었다. 낮에 받은 쪽지도 있고 하여. 그
러나 그렇게 생각하면서도 언젠가 염기섭을 처음 만나던 날
호텔에서 식사를 끝내고 나올 때,

"날 모르겠어?"

하며 하진의 팔을 덥석 잡던 초라한 신사 얼굴이 자꾸만 스쳐
가곤 했다. 하진은 그를 공범자라 하지 않았던가. 그뿐만 아
니다. 하영이 다녀갔는데도 이내 그 노파가 쪽지를 가져왔다
는 사실도 이상했던 것이다.

그는 갑자기 혼자 있는 것이 무서워졌다. 하진이 옆에 있었
던 날은 괴롭기만 했는데 문희는 본능적으로 하진에게 달려가
고 싶은 충동을 느꼈다. 하진을 비롯하여 일어난 일들이고 또
하진을 보호해야 한다는 마음은 어느새 여자의 가냘픈 마음,
남편에게 기대어야 한다는 마음으로 변해가고 있었던 것이다.

날이 밝자 그는 여장으로 집을 나섰다. 순이에게 당부는 했
으나 그는 집일에 대하여 그다지 걱정을 하고 있지는 않았다.
이상하게 여지껏 없었던 그런 강한 충격으로 그의 마음은 하
진에게로만 달리고 있는 것 같았다.

역으로 나가서 기차표를 사고 좌석을 찾아 앉고, 그것은 일
순간에 행해진 일 같았다. 그리고 그의 마음은 오래간만에 기

297

쁜 것 같았다. 간밤의 공포심도 어디론지 다 사라지고 하진에 대한 의혹조차 희미해지고 말았다. 목적지를 향해 간다는 설렘, 하진을 만나서 밤에 온 전화 이야기를 해야 한다는 것조차 과히 두려울 것이 없을 것만 같았다.

차창 밖에 달리는 푸른 들판은 아름다웠다. 하늘도 아름답고 농가조차 버섯같이 조개껍데기같이 귀여운 것 같았다.

어디쯤 달렸을까? 문희는 배고픈 것을 깨달았다. 서둘러 나오느라고 그는 조반을 먹지 않았던 것이다. 그는 일어서서 식당차로 들어갔다. 식당 창밖에서도 들판은 달리고 있었다. 차가 달리는 것이 아니고 들판이 달리고 있는 것 같았고 창문은 온통 푸르름에 물든 것 같았다.

맛없게 만들 것을 연구라도 한 듯 식당차의 음식은 엉망이었다. 그러나 맛이 없다고 생각하면서도 문희는 차창의 풍경을 바라보며 이상한 기름 냄새가 풍기는 고기를 씹었다.

"아니, 이게 누구야?"

"어머!"

문희도 놀란다. 미소 지으며 서 있는 신사는 염기섭이었던 것이다.

"선생님 웬일이세요?"

"그보다 혼자서 웬일일까?"

염기섭은 어중간한 말투로 중얼거리며 문희 맞은편 좌석에 앉았다.

그의 얼굴은 좀 여윈 것 같았다.

"전 농장에 내려가는 거예요."

"농장이라니?"

"시동생 농장이 있어요."

"대천에 가는 것 아니구먼."

"혼자서 어떻게? 선생님은 바다에 가시는 거예요?"

"서울서 별로 할 일도 없고……."

"식사는?"

"지금 할려구."

"참 맛이 없어요."

염기섭은 웨이터가 주문을 받아 간 뒤 담배를 붙여 물었다.

"많이 달라졌구먼."

혼잣말처럼 말했다. 문희는 자기 자신을 보고 한 말인 줄 착각하며,

"네?"

하고 되물었다.

"한국의 시골 풍경 말이지."

"저도 아까 그런 생각을 했어요."

"한국에 살면서도?"

"여행해본 일이 거의 없었거든요."

웨이터가 접시를 염기섭 앞에 놓았다. 포크를 들면서,

"그동안 별일 없었어?"

새삼스럽게 물었다. 문희는 그의 눈을 마주 보다가 부신듯 비키며,

"일이 많았겠죠."

하는데 갑자기 문희의 기분은 틀어지고 말았다. 염기섭에 대해서 기분이 틀어진 것은 아니다. 마치 맛없는 음식을 그나마 먹고 있었는데 갑자기 구역이 난 것처럼 문희 머릿속에는 온갖 괴로웠던 일이 한꺼번에 되살아났던 것이다. 그 괴로웠던 일 중에서도 하진이 아편중독자였다는 사실이 그의 머리 한가운데를 내리치듯 꽝! 울렸던 것이다. 그 사실을 알았던 그 순간에도 이렇게 충격이 크지는 않았다. 문희는 창밖에 달리고 있는 푸른 들판이 갑자기 잿빛으로 변해가는 것을 의식했다.

"왜, 기분이 언짢어? 내가 공연한 말을 했군."

염기섭은 얼굴을 찌푸렸다.

"아, 아니에요. 다 그런 것 아니에요?"

문희는 나이프와 포크를 접시 위에 놓았다.

염기섭은 갑자기 변한 문희 얼굴빛에 적잖게 당황하며 저도 모르게 웨이터를 불러,

"커피 가져와."

했다. 커피가 무슨 대단한 진정제도 아니건만.

"다 그런 거지. 깊이 생각하는 것이 병이거든."

서로가 서먹해지고 말았다.

조용히 커피를 마시고 있던 문희가,

"무엇이든 끝장은 있을 거 아니에요?"

"끝장······."

"끝장이 있을 거예요."

"생각 탓이겠지. 죽는 것만이 오직 끝장이 아닐까? 하지만 죽는 것만으로 끝장이라 할 수 없는 것도 같거든. 뭐든지 자취를 남기니까······."

"자취를······."

"많든 작든."

"그럼 헤어날 수 없겠군요."

"그렇다고 생각돼."

"그럼 절망이군요."

"절망이라 하면서도 살아가거든. 절망이라는 것도 생각 탓이겠지."

"임의로 할 수 있을까요?"

"뭘?"

"그 생각 말예요."

"임의로 못 하니까 운명이라 하는 건가?"

염기섭은 쓸쓸하게 웃는다.

"사실 사람이란 모두 낭떠러지 위에서 춤을 추고 있는 어리석은 동물인 것 같애. 쥐가 쥐틀 속으로 기어들어 가는 것처럼 뭔지 자기를 에워싼 것이 보이지 않을 경우가 많거든. 기고만장하여 내일 당장 황금덩어리가 굴러오는 꿈을 꾸다가 어처구니없이 저승길로 휙 가버리는 꼴을 여러 번 보았지. 사실 능력이라는 것도 인간에게 있어선 한심스러운 거지. 굴러보아도 그렇고, 서 있어 보아도 그렇고, 돈이 있어 봐도 그렇고, 없어 봐도 그렇고, 항상 마음대로 안 되는 것만은 확실한 것 같애. 마음대로 되었다는 것도 한순간 휙 지나가고 말거든. 아마 그건 조물주의 생색인가 보지."

"그, 그래요. 선생님."

문희는 고개를 끄덕인다.

"종교라는 것이 그런 틈을 비집고 들어오는 건데, 이따금 이 나이에 유혹을 받는 경우가 있었어. 마치 사춘기의 소녀같이 종교라는 것을 생각해본단 말이야. 믿을 수도 없고 어떤 절대의 힘 앞에 설 용기도 없고 다시 무위하게 멈추어 서버리지."

"선생님?"

문희의 음성은 낮았다.

"만일 여기 병자 한 사람이 있다면 종교로서 구원받을 수 있을까요?"

"난 신부도 목사도 아냐. 내 자신이 헤매는 눈먼 양인걸."

염기섭은 허허하게 웃는다. 문희도 따라 웃는다. 심각했던 그의 표정과 달리 그의 질문은 퍽이나 유치했다고 스스로 깨달은 모양이다.

"다 가는 거지, 이 기차처럼."

"좀 이상해요."

"뭐가?"

"얼마 전의 선생님하구, 뭔지 초월한 듯한 말씀만 하시네요."

"초월?"

하다가,

"얼마 전에 일본에 두고 온 아이가 죽었지."

"어머!"

"일곱 살 먹은 계집앤데……."

"……."

"애당초 없는 사람도 있으니 그까짓 안 낳은 셈 치면 되겠지만 사람이 자꾸 무력해진다는 생각이 들어."

"그래서 혼자 바다에 가시는군요."

"그런 것도 아니지만 어느 친구의 별장이 비어 있다기에 내려가 보는 거지."

"……."

"별로 관심도 없이 보아온 아인데, 밤이 되면 눈에 밟혀서…… 죄를 진 것만 같고, 좀 어처구니가 없어져서."

"가보시지는 않겠어요?"

염기섭은 아무 말도 하지 않았다.

기차는 조그마한 정거장에 잠시 머물렀다가 다시 떠났다.

"뜬구름 같애."

"……."

"내 자신이, 이곳에 와도 발이 땅에 붙질 않는 것 같고 그곳에 가도 마찬가질 거야."

"선생님, 맥주 하시겠어요?"

"아아니, 생각 없어. 문희는 도중에서 내리겠구먼."

"네."

"하 선생은?"

"거기 있어요."

"농장에?"

"네."

눈에 보이게 염기섭은 쓸쓸한 표정을 지었다. 그러다가 이내 당황하며 하는 말이,

"그럼 하 선생하고 바다에 안 오겠어?"

얼버무린다.

"글쎄요."

"별장이 넓고 아무도 없다더구먼."

하더니 그는 호주머니를 뒤적거렸다. 그리고 조그마한 종이를 꺼내어 문희에게 내밀었다.

"별장 위치를 그린 약돈데…… 나는 몇 번인가 봐서 알고 있고…… 가져가요. 혹 생각이 있으면 하 선생과 함께."

문희는,

"그건 선생님이 가지셔야지요."

하고 사양했으나 염기섭은 무슨 고집처럼 부득부득 문희에게

내밀었다. 염기섭하고 헤어진 문희는 정오가 훨씬 지난 뒤 농장에 닿았다.

문희는 황폐한 농장을 보고 놀랐다. 몇 해 전에 한번 왔을 때만 해도 농장은 이렇지가 않았다.

"아무도 없네?"

문희는 사방을 휘둘러보았으나 아무도 서성거리는 사람이 없었다. 그는 차츰 집을 찾아 들어갔다. 흰 페인트칠이 희뜩희뜩 벗겨진 집 앞에까지 와서 그는 다시 사방을 살폈으나 일꾼하나 지나가지 않았다.

"이 넓은 농장에 사람 하나 없다니."

그는 하는 수 없이, 발자국까지 울릴 것만 같은 조용한 집의 문을 밀어보았다. 그러나 널찍한 마루방도 텅 비어 있었다. 문희는 하는 수 없이 언젠가 와서 묵고 간 일이 있는 딴채를 찾아갔다.

'아마 거기 계실 거야.'

문희는 하진의 놀란 얼굴을 생각하며 혼자 미소 짓는다. 하진이 거기 있다면 차라리 다른 사람을 만나지 않는 편이 좋았다. 그러나 그곳으로 돌아가는 순간 문희는 한 사나이를 만났다. 좀 낯이 익은 얼굴이어서 고개를 갸웃거리는데 상대편은 하영의 형수인 것을 이내 알아차리고 당황한다.

"아니 어떻게 이리 오십니까, 기별도 없이."

하고 밀짚모자를 벗었다.

"갑자기…… 저기 계신가요?"

문희는 눈으로 딴채를 가리키며 물었다.

"네, 저……."

우물쭈물한다.

"안 계세요? 산책 나가셨어요?"

"아니, 저……."

사나이는 몹시 딱한 표정을 지었다.

문희는 의아하게 상대편을 주시한다.

"저 잠깐 저쪽으로 가실까요? 모시고 오죠."

"아니, 그럼 저기 안 계신가요?"

"네, 저……."

사나이는 문희를 떠밀 듯하며 먼저 집에까지 와서 문을 열었다.

"여기 앉아 쉬십시요. 제가 가서 모시고 오죠."

문희를 안으로 역시 떠밀 듯하며 밖에서 문을 닫고 그는 급히 가버렸다.

"이상하다?"

문희는 소파에 앉아서 방 안을 살폈다. 한구석 벽면에 볼품 사납게 여자의 옷이 하나 걸려 있었다. 문희 머릿속에 잠시 무슨 생각이 스쳐갔다. 그러나 문희는 하진과 관련시키지는 않고 하영과 관련을 시켜 생각했던 것이다.

문희는 매달려 있는 그 옷을 외면하듯 뒤쪽 창가에 가서 밖을 내다보았다. 그 순간이었다. 그린빛 원피스의 단추를 잠그며 여자가 지나갔다. 이상스럽게도 단추를 잠그는 동작이 선명하게 눈에 들어왔는데 얼굴은 확실히 잡을 수 없었다. 아마 고개를 숙였던 모양이다. 그는 창가에서 문희가 보고 있는 것을 눈치채지 못했던 모양이다. 문희의 낯빛이 변했다.

사나이의 당황하던 꼴을 비로소 이해할 수 있었다. 사나이는 이내 돌아왔다.

"저 저리로 오시랍니다."

문희의 하얗게 질린 얼굴을 사나이는 의식적으로 피했다. 문희는 뻣뻣한 나무토막이 걸어가고 있다고 생각했다. 그리고 앞서가는 사나이의 넓은 등이 시야 가득히 들어와서 그것 이외는 아무것도 눈에 들어오지 않았다.

방문을 열고 방으로 들어갔을 때도 문희는 하진의 얼굴이 보이지 않았고 다만 안내하던 사나이의 넓은 등만이 시야에 남아 있었다.

하진은 문희의 모습을 보는 순간 문희가 모든 것을 알아버렸다고 생각했다. 경옥과의 관계를 문희 앞에 털어놓을 수 있었던 하진이었는데 목격한 기나 다름없는 미혜와의 관계를 하진은 말할 수도 없었거니와 난생처음으로 그는 문희에 대하여 두려운 마음에서 피부가 굳어지는 것을 느꼈다.

"어떻게 갑자기…… 기별도 없이 내려왔소?"

"글쎄, 기별을 하고 내려올 걸 그랬어요. 그럼 전 험한 꼴을 당하지 않았을 텐데.”

하진은 묵묵부답이다.

“정애라는 여자예요?”

“정애?”

“정애가 누구인지 말씀하세요.”

“……”

“이제 더 이상 덮어둘 수도 없잖아요? 정애가 누구예요?”

“……”

“사정이 딱하다면 전 물러가겠어요. 이런 상태로 해결되는 것도 아니잖아요?”

“……”

“해결해서 제가 불행해지든 행복해지든…… 어느 쪽이든 상관없어요. 진실을 진실대로 밝혀보는 게 가장 지금에는…… 그 일밖에 남은 게 더 있겠어요?”

문희 눈에 하진의 얼굴이 조금씩 보이기 시작했다.

“장난이요!”

하진은 별안간 소리를 꽥 질렀다.

“하나도 심각할 건 없어! 장난이야. 정애는 물론 아니다! 그 애 이름을 네가 불러서는 안 돼! 미쳐버린다! 그 애는 아직 어린애야!”

하진은 자리에서 벌떡 일어났다.

허虛한 반발

밤이 깊어가고 새벽이 가까워오건만 문희는 잠을 이룰 수 없었다. 하진의 입에서는 어떠한 실마리를 잡을 만한 말도 나오지 않았다. 다만 정애는 연애 감정을 느낄 만큼, 혹은 이성으로 대할 만큼 성숙한 여자는 아니라는 말을 되풀이하였고, 한편 문희에게 새로운 말이었다면 그것은 존경했던 선배의 딸이었다는 그것뿐이었다. 그러나 정애라는 이름이 하진의 입에서 나올 때마다 그의 눈에서 역력히 전율과 같은 것이 지나가는 것을 문희는 볼 수 있었다.

"그렇다면, 선배의 딸이었다면 여직까지 한 번도 저에게 말씀 안 하신 건 이상하잖아요?"

하진은 몰이꾼에 몰려 막다른 곳으로 쫓겨 들어간 짐승과 같은 험악한 표정을 지었다. 그것은 문희에게 몰린 탓은 아니었고, 그가 말할 수 없었던 어떤 무엇에 몰려 그렇게 절박한 얼굴이 된 듯하였다.

"상관할 것 없어, 문희! 너가 상관할 건 없단 말이야!"

하진은 램프 불을 강한 입김으로 불어 껐다. 그리고 그는 자리에 쓰러졌던 것이다.

동녘 하늘이 뿌옇게 트일 무렵 문희는 자기가 가지고 온 조그마한 슈트케이스를 들고 방에서 나갔다. 하진은 악몽에 빠진 듯, 괴로운 잠을 계속하고 있었다.

뜰에 내려섰을 때 문희 눈에서는 눈물이 왈칵 쏟아졌다. 불덩어리가 떨어지는 것처럼 눈물은 뜨거웠다. 안개가 서린, 숲에 싸인 황막한 농장은 그의 시야에서 사라지고 심연과 같은 어둠이 그의 발길을 머무르게 하였다. 밤을 밝히며 추궁하였던 하진의 비밀이나 하진이 아편중독자가 되지 않으면 안 되었던 이유는 일단 문희 마음에서 물러서고 그는 견딜 수 없는 모욕을 느꼈던 것이다. 경옥과의 관계에서 비교적 무심히 자신을 가누었던 것은 하진이 문희 자신뿐만 아니라 어느 누구도 사랑하지 않으리라는 확신 때문이었다.

물론 지금도 그렇다. 농장에서 벌어지고 있는 이상한 관계가 사랑이 아님을 그리고 정애라는 소녀도 아닌 것을 문희는 알고 있었다. 그러나 문희는 인생이란 한없이 추한 거라고 생각했다. 경옥의 경우에는 그렇지 않았는데 지금 다른 여자와의 관계를 염오하는 심정은 문희 자신도 그 이유가 무엇인지 알지 못하였다. 어쩌면 하진은 허무하고 고통스러웠기 때문에 그랬던 것이 아니었고 동물이 자연에서 행할 수 있는 그 본능과 같은 것에 의해 그랬던 것은 아닐까? 문희는 생각했다.

어쩌면 배경이 그 음영 짙은 서울이 아니었고 황폐하고 나태에 빠진 듯한 이 시골 농장인 탓이었는지도 모른다고 생각했다. 그러나 문희는 견딜 수가 없었다. 그 자신도 감정의 빛깔을 헤아리기 이전의 거의 본능적인 염오에 사로잡혔으니, 이런 상태였기에 그는 하진을 둘러싼 신비스러운 안개에는 아랑곳할 겨를이 없었고, 하진으로 말미암아 빠지지 않을 수 없었던 안타까운 타인적인 공허가 지금은 자기 자신으로 말미암아 하진 가까이 있을 수 없는 냉엄한 타인적인 거리로 자각되었던 것이다.

"추하다! 추하다!"

문희는 그 말을 뇌며 발이 닿는 대로 농장을 걸어나가는 것이었다.

이때 미혜는 이슬이 흠뻑 내린 숲속을 미치광이처럼 헤매고 있었다. 그러나 그는 괴롭다거나 창피하다거나 또는 질투하는 따위의 감정에는 거의 무감각이 되어 있었다. 미혜는 자기 나름대로 그렇게 외곬으로 성실히 생각하고 행동했다고 볼수는 없지만 그래도 꽤 오랜 세월 하영으로 말미암아 괴로워했고 앙탈을 했으니 미혜가 지닌 참을성 정도로는 이제 기름이 떨어져 버렸다고 보아야 옳을 것이다. 그 기름 떨어진 불길이 꺼졌다 켜졌다 하면서 진실 같기도 하고 거짓 같기도 했던 하진과의 관계는, 어제 문희의 출현으로 말미암아 회색의 싸늘한 재가 되고 말았다. 억울할 것도 슬플 것도 없는 재 그것으로.

미혜는 숲속을 헤매다가 농장 입구에까지 와서 비바람에 썩은 울타리 옆에 주저앉았다. 사람들이 지나가는 거리라면 행인들을 향해 "한 푼 적선합쇼!" 하고 손이라도 내밀고 싶은 기분이 순간 그의 마음에 엄습해왔다. 그러나 아무도 지나가는

311

사람은 없었다. 개 한 마리 없었다.

미혜는 목을 돌려 농장 쪽을 바라보았다. 문희가 슈트케이스를 들고 몽유병 환자처럼 걸어 내려오는 모습이 미혜 눈에 띄었다.

미혜는 입가에 슬그머니 미소를 띠었다.

'모두 고생이구먼. 사내들 때문에 고생을 한단 말이야. 저 부인의 지금 심정은 하늘이 무너진 것 같을 거라.'

그의 마음속에는 아주, 아주 조그마한 선의가 싹텄다.

'내가 무슨 말을 해야만 저 부인께서 마음을 잡아주실까? 세련되고 교양 있는 부인을 하영 씨는 그래도 제일 존경하나 보던데? 어쩌면 하영 씨는 그 여자를 사랑하고 있을지도 몰라? 음, 그럼 이번 일에는 하영의 각본이 있었던 것은 아니었을까? 부부 사이를 갈라놓으려구. 미혜야, 너에겐 아직도 질투가 남아 있니? 아냐 아냐, 아무것도 없어. 심심할 뿐이야. 맛있는 것 배불리 먹고 기지개를 켜고 춤이나 실컷 추어봤으면, 그리고 가엾은 그 계모에게 일 년은 넉넉히 살 수 있는 돈뭉치를 내던져 주어봤으면…….'

어느새 문희는 미혜 옆을 지나치려 하고 있었다. 그의 눈에는 쭈그리고 앉은 미혜의 모습이 보이지 않았던 모양이다.

'정신이 오락가락해서 사람이 눈에 안 보이나? 아니면 나를 아주 무시하고 지나가는 거야?'

미혜는 치마를 털며 일어섰다.

"사모님!"

문희는 모르고 간다.

"사모님!"

문희는 얼굴을 홱 돌렸다.

"한두 번인가? 만나 뵌 기억이 있는데 절 모르시겠어요?"

"아니!"

문희의 얼굴이 짙붉어졌다.

"알아보시는군요. 저 강미혜예요."

도전적이며 대담한 미혜 언동에 문희 얼굴은 그만 질려버
린다.

"저 땜에 사모님께서 가신다면 그건 정말 엄청난 오해예요. 저
는 다만 심심했을 뿐예요. 그리고 소속도 분명치 않았거든요."

"……."

"어렵게 생각하실 필요 없잖겠어요? 술 동무가 함께 술 마
시고 취한 기분이라면 뭐 그게 비극이 되기나 하나요? 소포
꾸러미를 끄르기 위해 노끈 마디를 애써 풀려고 하면 그 노끈
은 아주 어려운 가치를 지니지만 칼로 쌍둥 잘라버리면 아무
것도 아니잖아요? 버려진 것은 다 같이 하찮은 노끈에 지나지
않단 말예요. 이렇게 말이 술술 잘도 나오는 것도 칼로 쌍둥
잘라버리는 기분이어서 그런가 보죠? 아침부터 술 마셨을 리
도 없구 아주 기분이 그만이에요."

미혜는 정말 주정이라도 하는 여자처럼 웅변인 데다가 몸도

건들건들 흔들어대었다. 그러나 문희는 그 말을 뒤통수에 들으며 발을 옮기고 있었다.

"아아— 아."

미혜는 하품을 깨물고 돌아섰다. 그리고 「죄 많은 여인」의 곡을 휘파람으로 불며, 슬금슬금 문희와 반대 방향을 걸어 올라간다.

'홍! 근래에 드문 명연기였어. 상대가 하영이었더라면 더욱 멋이 있었을걸.'

그는 마음속으로 중얼거리며 하진이 묵고 있는 곳으로 가서, 그의 방 앞에 걸음을 멈추었다.

"하 선생님?"

방문을 두드렸으나 대답이 없었다. 그는 방문을 쑥 열었다. 하진은 잠든 채 있었다. 아침의 밝음이 거침없이 스며든 방에서 그는 한밤중 같은 잠에 빠져 있는 것이었다.

"선생님, 선생님!"

미혜는 어깨를 흔들며 하진을 흔들었다.

"음?"

미간을 찌푸리며 간신히 눈을 벌렸다.

"정말 잠보네요? 귀중한 사람이 달아나는 줄도 모르시고."

"뭐?"

"어서 일어나세요. 부인이 가셨는데 빨리 나가셔서 잡아 오세요."

그러나 하진은 일어나지 않았다. 천장을 멀거니 올려다보며,

"갔어?"

"아이, 어서 일어나시라니까."

하진은 겨우 몸을 일으켰으나 윗목에 놓인 담배를 끌어당겨 불을 붙여 물었을 뿐이다. 그리고 누웠던 자리에 도로 누우며,

"옛날 총명한 기생들은 그렇게 한다더구먼."

"어머, 제가 기생이란 말예요?"

"아닐 것도 없지. 촌뜨기처럼 무슨 변명이 있나?"

미혜는 깔깔 웃는다. 웃다가 웃다가 눈에 괸 눈물을 닦으며,

"아닌 게 아니라 그런 것 같기도 해요. 어쩌면 직업도 아닌데 이러는 걸 보면…… 음, 그거는 그렇고, 선생님?"

하진은 천장을 향해 담배 연기를 뿜어내고 있었다. 가늘게 가물거리는 눈에 해결을 바라고 초조와 미련을 연민하는 우수가 지나가고 있었다.

"저도 오늘 서울 가야겠어요."

"왜?"

"기생이 될려구요."

"영어 마디나 지껄이면 배가 큰 족속들이 좋아한다더군."

"그렇다나 봐."

"서울 갈 것 없어. 여기서 기생 노릇 하라구, 한 달만. 보수는 그쪽에서 정하고."

"어머, 돈이 있으세요?"

"뭐라구?"

"하영 씨가 다 가진 것 아니에요?"

"뭐라구?"

하진의 눈이 심하게 흔들렸다. 당황하고 놀라움에서. 그러나 이내 눈빛은 죽었다.

"설마 형의 유흥비쯤은 안 줄라구?"

그는 벌떡 일어났다. 미혜가 그런 일을 알고 있다는 것은 조금도 이상할 게 없다. 다만 그는 마약이나 성의 힘을 가지고도 자기 자신에 염오감을 없이 할 수 없다는 데 노여움을 느끼며 일어섰던 것이다. 자기 자신에 대한 염오감은 미혜라는 여자에게도 강력히 전염되어갔다. 인간 이하의 대우로써 그를 학대하고 싶은 충동이 그를 순간 흥분시켰다. 경옥에게도 얼마간의 차이는 있었지만, 그와 비슷한 것을 느꼈고. 그러나 하진은 문희에게만 그것을 느끼지 않았던 것을 마치 무슨 발견이나처럼 깨달았다.

'하영 씨가 다 가진 것 아니에요?'

동시에 미혜 말이 이마빼기를 치듯 되살아났다.

'내가 죽으면 문희는 거지가 될까?'

하진은 미혜가 그랬던 것처럼 숲속을 혼자서 오랫동안 헤매어 다니다가 돌아와서 짐을 챙기기 시작했다.

"어머, 선생님이 서울 가시는 거예요?"

"……."

"한 달 동안의 제 보수는 어떡허구요?"

"……."

"거 보세요. 제가 뭐랬어요? 부인을 잡으러 가시라 하지 않았어요?"

그러나 하진은 한마디 대답도 없이 짐을 챙기더니 옷을 갈아입었다.

"으음, 나는 이것도 저것도 아니네."

준비를 다 끝낸 하진은 호주머니 속에서 집히는 대로 돈을 꺼내어 미혜 앞에 내밀었다.

"이게 뭐예요?"

"보시다시피 돈이야."

"돈!"

순간 미혜의 표정은 험악해졌다.

"받아 넣어."

하진은 문희에 대한 불안 때문에 미혜의 변한 표정에는 조금도 신경을 쓰고 있지 않았다.

"나 돌아갈 차비 있어요."

"차비로 하든 뭣을 하든 그건 그쪽의 자유."

미혜는 지폐를 덥석 잡았다. 그리고 그것을 하진의 얼굴을 향해 던졌다.

"아, 아니!"

얼굴에 부딪친 지폐는 방바닥에 흩어졌다.

"이, 이거 무슨 짓이야!"

"난 아직 창부 개업은 안 했어!"

미혜는 방바닥에 엎드려 울음을 터뜨렸다. 하진에게 미련이 있었던 것도 아니었고 하영에게 미련이 있었던 것도 아니었다. 애정을 떠나서도 진실로 고독이라는 것이 무엇인지, 뼈가 으스러지는 듯한 아픔이 그 자신도 예기치 않게 불어닥쳤던 것이다.

하진은 쓰디쓴 얼굴로 울고 있는 미혜를 내려다보다가 부드러운 말 한마디 남기지 않고 방을 나섰다. 문희를 두고 경옥을 거쳐서 미혜에 이른 치정은 먹물을 마신 듯 추잡한 뒷맛으로 하진의 마음 바닥에 남았다. 그 어느 누구도 사랑할 수 없다면 무슨 행위든 염오할 까닭이 없다. 그러나 하진은 스스로도 어쩔 수 없는 모순에 빠져 있었던 것이다. 여하간 그러한 것은 얼마간의 시간이 무마해주는 것이겠지만 문희에 대한 불안은 시간이 감에 따라 짙어만 갔다.

서울, 집에 도착했을 때 문희는 집에 와 있지 않았다.

"아주머니! 시골 내려가시지 않았어요?"

순이 의아하게 하진을 쳐다보았다.

"왔었어."

"그런데요?"

순이의 눈은 뭔지 하진의 마음을 추궁하는 것 같았다. 아저

318

씨가 나빠요! 나빠요! 하면서.

'물론 나쁘지. 나쁘다는 건 또 뭐야?'

헛소리를 하듯 그는 안방으로 건너가 수화기를 들고 다이얼을 돌렸다. 깐깐한 현숙의 목소리가 이내 울려왔다.

"거기, 우리 집사람 안 갔습니까?"

"난 또 누구라구. 시골 가셨다더니 언제 오셨어요?"

어세가 과히 부드럽지는 않았다.

"우리 집사람 있어요, 없어요?"

"온 급하시기는, 안 왔어요."

"안 왔어요?"

"그거는 그렇고 나 이야기 좀 해야겠어요."

수화기를 놓으려는데 현숙의 말이 쫓아왔다.

"대관절 처남 매부가 어떻게 된 거예요?"

"무슨 말씀인지?"

"몰라서 물으시는 거예요?"

"……"

"아 좀 생각해보세요. 세상에 이런 창피한 꼴이 어디 있수? 멀쩡한 남자 둘이서."

"무슨 말씀을 하시는 겁니까?"

"시치미를 떼기예요? 아이들 고모도 알고 있는 일인데."

"……"

"그래 어디 여자가 없어서 그까짓 경옥인가 뭔가 하는 년을, 기가 막혀서. 아 세상에 국제적으로 굴러먹던 그런 창부나 다름없는 년을 처남 매부가 함께 데리고 놀았다니 세상에 그런 법도 있수? 난 고모부만은 그런 분이 아닌 줄로 믿었어요. 샌님 뒷구멍에서 호박씨 깐다고."

현숙은 오직 경옥에 대한 증오 때문에 야비하기 없는 말을 내뱉으며 하진을 공박하는 것이었다.

"소위 대학의 교수요, 화가인 분이 남의 이목도 있는 거구. 그년이 날름날름 이야기를 퍼뜨리고 다니면 체면이 뭐가 되겠어요? 그년이 똑똑히 날 보고 말합디다. 말을 했단 말이에요."

하진은 멍청한 얼굴로 현숙의 말은 듣는 둥 마는 둥 수화기를 들고 있다가 인사도 없이 놓아버린다.

'어딜 갔을까? 설마……'

그는 초조한 나머지 밖으로 휙 나갔다.

어디로 헤매 다니는지, 낯선 거리, 구질구질하게 오물이 쌓인 뒷길을 돌아 하루살이의 군상들이 모여 앉은 곳을 빠져서 하진은 저도 모르는 사이 서울역 광장에 와서 우뚝 서 있는 자신을 발견하였다.

그는 광장을 질러 이등 대합실 쪽으로 뚜벅뚜벅 걸어가다 말고 발길을 돌려 출찰구로 향했다. 아직 들어온 기차가 없었던지 출찰구 앞 설렁하니 비어 있었다.

하진은 자기가 왜 역에 왔는지 따지지 않았다. 담배를 붙여 물고 건물 벽에 몸을 기대며 하늘을 올려다본다. 아주 옛날에 시골 간 어머니를 기다리며 이렇게 벽에 기대어 하늘을 바라 보았던 일이 생각났다.

얼마나 오랜 시간이 흘렀을까. 출찰구 앞에 사람들이 모여 들었다. 그리고 출찰구에서는 많은 사람들이 꾸역꾸역 밀려 나왔다.

하진은 담배를 버리고 나오는 사람들을 열심히 살펴본다. 그러나 어디서 온 기차인지 알려고 하지도 않았지만 문희의 모습은 찾을 수 없었다.

"하 선생 아니시오?"

누군가가 어깨를 쳤다.

"네?"

하진은 거의 겁먹은 눈으로 돌아보았다. 염기섭이었다.

"누굴 마중 나오셨습니까?"

"집사람이 좀……."

하진은 눈길을 돌린다. 염기섭은 빙그레 웃었다.

"우리 차나 한잔할까요?"

하진은 가만히 있었다.

"갑시다."

팔을 잡아끌자 하진은 겨우 발길을 옮겨놓았다. 다방에서 마주 앉아 차를 주문한 뒤 염기섭은 가벼운 기침을 하고,

"지금 문희는, 아니 부인은 대천에 있습니다."

"네?"

하진의 눈에 빛이 돌아왔다. 그러나 다음 순간 어두워졌다. 그는 의혹에 찬 눈으로 염기섭을 쏘아본다.

"오늘은 늦어서 내려가는 차가 없을 거구 내일 아침에라도 내려가 보십시오."

"문희가 어째서 거기에?"

"우연이죠."

염기섭은 씁쓸하게 웃었다.

"나는 하 선생이 역에 나와 계시는 걸 보고 서운하면서도 안심이 되었습니다. 문희는 좋은 사람입니다."

의혹이 풀리지 않은 채 하진은 염기섭을 응시한다.

"옛날에 갈망하던 사람이었소. 그러나 나이가 드니 분별이 생깁디다."

"……."

염기섭은 담배를 붙여 물고,

"사실은 좀 쑹쑹한 일이 있어서 대천에 있는 친구 별장으로 내려가는 기차 속에서 부인을 만났죠. 하 선생이 계신 농장에 간다구 하더구먼요. 이런저런 이야기 끝에 하 선생하고 함께 대천에 내려오라 했었죠. 그래 약도를 그려주었더니, 오늘 낮에 혼자 오지 않았겠습니까."

"그리로 갔었군요."

"이런 말을 하면 하 선생님은 나를 뭐로 생각하실지 모르겠습니다만 문희는 퍽 불행한 것 같았습니다. 가능하다면 나는 그를 행복하게 해주고 싶었소. 하지만 그는 하 선생을 깊이 사랑하고 있었습니다. 일시적인 반발로 무슨 일을 저지를 그런 여자도 아니겠지만 설령 그랬다 할지라도 그것은 반발로 끝나는 거구 마음의 방향이 달라지지 않으리라는 것을 나는 알았습니다. 사실 오늘 같은 경우 내게 나이와 풍상으로 얻어진 분별이 없었더라면 매우 위험한 처지에 빠졌을지도 모르겠습니다. 나는 며칠 쉬었다 서울로 가는 게 좋을 거라구 타일러놓고 올라왔습니다. 서로 순수하게 아무 사고가 나지 않는다 할지라도 그를 위해 함께 묵을 수 없다는 생각이 들더구먼요."

염기섭은 대충 이야기를 해놓고 찻잔을 들어 마른 입술을 축였다. 하진은 말없이 앉아 있다가 불쑥하는 말이,

"내가 이 세상에서 없어진다 하더라도 문희는 마음의 방향을 돌리지 않을까요?"

"무슨 그런 말씀을……."

"그 여자는 거지나 다름없어요."

하진은 그 말을 하고 일어섰다.

예기치 못한 결과

정애의 할머니는 하영임을 짐작하였던지 지체하지 않고 문을 따주었다. 할머니는 하영의 눈길을 피하였으나 옷은 단정

히 입고 있었다. 그 옷차림은 자리에 들지 않고 밤을 밝힌 것을 증명하였다. 안방으로 들어가 하영이 고개를 푹 숙이고 앉아서,

"얼마든지 꾸짖어주십시요. 고발을 하시려면 하시구요."

할머니는 엄숙한 눈빛으로 하영을 쏘아본다. 하영의 꼴은 말이 아니었다. 초췌한 얼굴, 느슨해진 옷차림, 보는 사람의 마음을 조금은 흔들어놓는다. 그러나 세상을 오래 산 할머니의 사려는 깊고 또한 사랑하는 손녀의 가장 행복한 길을 찾아주는 데 정신이 집중되어갔다. 잡아 뜯어주고 싶도록 미웠지만 항상 마음 바닥에는 하영이 장차 손자사위가 될 것이라는 생각은 있었던 것이다.

"우리가 고발을 한다면 자네 어쩌겠나?"

"벌을 받아야죠."

소년처럼 순했다. 정애나 할머니가 다 무사했다는 안심이 그를 착하게 했던 것이다.

"그럼 벌받을 짓을 왜 했나?"

"……."

"대체 자네는 정애를 뭘로 생각했나. 그래 자네 덕에 우리 할미 손녀가 오늘까지 명 보전해온 건 참말이지. 그러나 은혜는 은혜고 사람의 도리는 도리 아니겠나? 정애가 자네 노리갯감이 되어야만 했다면,"

"아, 아닙니다! 노리갯감이라뇨. 정애는 저의 전부였습니

다. 사는 보람이었습니다. 외로운 저에게, 마음이 비뚤어진 저에게."

하다가 하영은 마치 십 대의 부랑아같이 눈물을 흘린다.

"노, 놓치기 싫었습니다. 정애는 저에게 있어 단순한 여자만은 아니었습니다. 그, 그것을 설명할 수 없군요."

"그럼 자네는 왜 이 할미를 통해 청혼을 하지 않았나?"

"할 생각이었습니다, 시기가 오면. 하, 하지만 정애의 마음이⋯⋯."

"정애의 마음은 내가 알어."

"⋯⋯?"

할머니는 일어섰다.

"못 먹고 허약해서 시장에 가서 닭이나 한 마리 사다 고아 먹여야겠어. 자네는 정애를 괴롭히지 말고, 서둘지도 말고 좀 지켜주게."

하영의 얼굴에는 무안하고 반가운 빛이 봄볕처럼 퍼졌다.

대문을 나서면서 할머니는 돌아보며 낮은 소리로 그러나 무섭고 엄한 눈으로,

"만일 또 그따위 흉한 짓을 하다가 마지막인 줄 알아라."

하영은 고개를 푹 숙였다. 장바구니를 든 할머니는 길모퉁이로 사라졌다. 하영은 조심스럽게 대문을 닫고 건넌방 문 앞에 섰다.

"정애!"

대답이 없었다.

"정애!"

몸을 뒤치는 소리가 났다.

"정애, 나 이야기 좀 해도 될까?"

역시 대답이 없었다. 하영은 문을 열고 들어섰다. 그 순간 정애는 발딱 일어나 앉았다. 그리고 번쩍번쩍 빛나는 눈으로 하영을 쏘아본다. 하영은 쓰러지듯 앉으며,

"내가 잘못했어. 용서해주어."

다음 순간 정애의 손이 날았다 싶었는데 하영의 볼 위에서 찰싹 소리가 났다. 그것은 한 번이 아니고 두 번이었다.

"바보 같으니…… 아직은 용서 안 해줄 테야!"

하영은 지금껏 반가워한 정애의 말보다 이상한 정감을 그 노여움 속에서 발견하고 놀란다. 하영은 멍한 눈으로 정애를 바라보는데 정애는 자리에 도로 누워 천장을 올려다본다.

"야만인! 악마! 살아서 복수해주고 말걸!"

했으나 그 독살스러운 어조 속에는 여전히 이상한 정감이 스 며 있는 것 같았다.

"얼마든지, 얼마든지 당하겠어. 죽지만 말어, 용서해주지 않아도 좋아."

"언제 날 사랑한다고 했어? 언제 날 사랑한다고 했냐 말이 에요! 그, 그래 놓고서 무, 무슨 철면피한 짓을!"

정애의 독살스러웠던 얼굴은 무너지고 흐느끼더니 나중에

는 소리 내어 울기 시작했다. 그 모습은 하영에게 숨 막히는 애정을 불러일으켰다.

"정애!"

그는 정애를 덥석 안았다.

"사, 사랑해!"

정애는 몸부림을 치며 하영의 얼굴을 할퀴었다.

"나하고 농장에 가서 조용히, 조용히 살어. 넌 이젠 어른이야. 아무도, 아무도 다른 사람 생각은 안 하는 거야. 정애가 없어지면 난 살인을 할지도 몰라. 정말 악마가 될지도 모른단 말이야."

하영은 정애의 가냘픈 몸을 양팔로 죄며 열에 들뜬 사람처럼 지껄였다.

"불쌍한 정애! 너는 내 살, 내 뼈, 내 심장이다."

무슨 소리를 지껄였으며 정애가 어떻게 반항을 하였는지, 아무튼 그들은 서로가 미친 듯, 하영은 사랑을 고백하고, 한편 정애는 저주와 욕설로 응수하였으나 결국 그들은 그들 자신이 무슨 말을 지껄이고 있는 것조차 잊어버리고 말았던 것이다. 그들은 다 지쳐버렸다. 정애는 더 이상 몸부림치지 않았고 하영도 더 이상 포옹한 팔에 힘을 주지 않았다. 서로가 눈을 하나는 올려다보고 하나는 내려다보고, 하나는 애원에 떨고 있고 하나는 노여움에 떨고 있었다.

"누워, 흥분하지 말구."

"보기 싫어요! 나가세요!"

"그, 그래 나갈게."

하영은 어린애를 다루듯 정애 머리 밑에 베개를 밀어 넣고 안방으로 건너왔다.

그는 어떤 확신을 얻은 듯 가슴이 뿌듯했다. 정애는 용서하지 않겠다면서 갖은 폭언을 퍼부었지만 그러나 하영은 그의 말이 험하면 할수록 애정의 표현으로 받아들이고 있는 자기 자신을 조금도 이상하게 생각하지는 않았다. 어쩌면 죽었을는지도 모른다는 최악의 경우를 상상하고 찾아온 탓이었을까. 할머니가 장에서 닭을 사 가지고 돌아왔을 때 하영은 내일 다시 들르겠다는 말을 남기고 집을 나갔다.

그는 여러 가지 정리해야 할 일이 너무 많다고 생각했다.

'이제는 나도 손을 씻어야겠어. 정애가 그 사실을 안다면 정말 용서하지 않을 거야. 우리가 일생 동안 편하게 살 수 있는 준비는 이미 되어 있어. 형님 것은 형님한테 돌려주고…… 서울에 살고 싶다면 취직을 하는 거구, 시골 가고 싶다면 농장으로 내려가는 거구.'

하영은 정애와 앞날의 생활은 이미 기정사실로 생각하고 있었다. 과연 운명의 신은 그의 편이었을까?

그는 농장에 내버려두고 온 미혜 생각도 했다. 섭섭지 않게 돈을 주어야겠다고 마음먹어 본다.

'이제 모든 일은 잘되어 나갈 거야. 내 양심의 아픔도 사라

지겠지.'

그러나 하진의 여위어가는 모습을 눈앞에 그렸을 때 그는 걷던 걸음을 멈추고 사방을 둘러보았다.

'내가 유혹했다는 거냐? 결코!'

그는 발길을 빨리하였다. 택시를 잡아타고 명동까지 간 하영은 다방에 들어가서 커피 한 잔을 마시고 다시 필동을 향해 걸어갔다. 조용한 주택가, 이 층 양옥집 앞에서 초인종을 눌렀다. 계집아이가 불안한 눈으로 내다보았다.

"아주머니 계셔?"

"나가셨어요."

"문 열어."

소녀는 문을 열어주었다.

"곧 들어오시겠지."

"글쎄요…… 잘 모르겠어요."

하영은 비어버린 안방으로 거리낌 없이 들어갔다.

"한잠 잘까?"

그는 머리에 깍지 낀 손을 받치고 드러누웠다. 간밤에 과음으로 잠을 이룰 수 없었기에 눕자마자 피곤이 엄습해왔다. 그는 이내 잠들어버렸다.

"이봐, 하군! 일어나요."

아득히 여자의 목소리가 들려왔다.

"아니?"

하영이 눈을 비비며 일어났을 때,

"참 기가 막혀서, 아 글쎄 주인도 없는 남의 안방에 들어와서 이게 뭐야?"

중년 부인의 눈을 흘기는 얼굴이 마치 안개가 걷히듯 나타났다.

"과부니 망정이지 임자 있는 처지라면 하군의 정갱이가 성해 나가지 못할 거요. 그런데 어디 가서 노름을 했나? 얼굴이 왜 그 모양이야."

"되게 마셨죠."

"사랑하는 소녀가 병들어 죽게 생겨서 홧술을 마셨나?"

하영은 픽 웃는다.

"그보다 김은 아직 안 왔어요?"

"글쎄, 나도 걱정이 좀 되는구먼. 어쩌면 농장으로 가지 않았나 싶기도 하지만 그래도 연락은 있어야 할 텐데……."

"나 이제 이 일에서 손 뗄려고 생각해요."

"뭐라구?"

여자의 표정은 순간 좀 험악해졌다. 그러나 이내 본시로 돌아가며,

"어째서 그런 소릴 하는 거야? 무슨 심경의 변화일까?"

"젊은 놈이 언제꺼정 햇빛을 피하는 심정으로 살아서야 되겠어요?"

"……."

"잘하고 잘못하고 지금 가려 얘기할 필요는 없구요. 그동안 아주머니께서도 섭섭잖게…… 아무튼 내 심정이 그쯤 됐으니 이해해주셔야겠어요."

"그리 쉽게 빠져나갈 수 있을 것 같애?"

여자는 자신 있게 웃는다.

"그게 무슨 말씀이죠?"

"이런 일이란, 누구나 다 끝장을 보게 되어 있는 거야."

"뭐라구요? 협박하시는 겁니까?"

"아 아냐, 오해 말아요. 우리가 어쩐다는 게 아냐. 나는 한 번도 이 일에 들어섰다가 손을 떼는 사람을 본 일이 없으니까 하는 말이야."

"……."

"손을 끊으나 안 끊으나 결과는 다 마찬가지야."

"내가 그리 신경이 가는 줄 아셨어요. 아주머니, 나도 나쁜 놈의 소질은 아주머니를 넘어설 거요. 쩨쩨하게 한다는 말이 그게 뭡니까?"

"아니, 나에게 시비 거는 거야?"

"그만치 단물 빨아먹었으면 그만이지 더 이상 뭘 욕심내는 거요."

"아니, 천하를 지배할 듯 큰소릴 치던 사람이 누구였는데 지금 와서 그런 소릴 하는 거야?"

하영은 그 말에는 입을 다물어버린다.

"참, 기가 막혀서."

여자는 담배를 붙여 물었다.

"아무튼 그쯤 아시고…… 난 가겠어요."

그러는데 전화벨이 요란하게 울렸다.

"음, 김군이야! 음 음, 뭐라구? 아 아니!"

수화기를 든 여자의 얼굴빛이 질렸다.

"음, 그래. 음…… 음……."

수화기를 놓은 여자는,

"일은 터졌구먼."

하영은 조금 얼굴빛이 달라진다.

"어쩔 테야?"

"……."

"여기까지 손이 뻗칠 모양인데 뒷수습은 거들어주어야 할 거 아냐?"

"김이 어디서 전활 걸었죠?"

"장솔 밝히지 않아. 여기 손을 뻗친 모양이니 서둘라는 거지."

"집을 옮겨야죠."

"옮기는 거야 오늘 밤에라도 할 수 있는 일이지만, 이까짓 전셋집. 그런데 이리 오는 연락에서 걸려들면 큰일이란 말이야. 내 혼자는 벅차."

"내가 나가죠."

하영은 우울하게 뇌었다.

바닷가에서

"문희."

하진은 창가에 돌아서 있는 문희를 불렀다. 문희는 대답하지 않았다. 하얀 블라우스 깃이 꺾인 목덜미가 가늘었지만 조금도 흔들리고 있지는 않았다.

"문희."

"왜 오셨어요."

돌아보지 않고 문희는 물었다.

"문희는 거지가 될지도 몰라."

하진은 엉뚱한 말을 해놓고 머리를 넘기다가 가만히 마룻바닥을 내려다본다.

"지금, 현재 이 이상의 거지가 어디 있겠어요."

문희는 여전히 창밖의 먼 바다에다 눈을 둔 채 말했다.

"하, 하지만 문희가 거지…… 그것만은 참을 수 없어."

하진은 전혀 동떨어진 생각에 사로잡혀 있는 듯했다. 대천까지 문희를 찾아온 일도 잊어버리고 있는 것 같았다.

"그건 무슨 뜻이죠?"

처음으로 문희의 쓸쓸한 얼굴이 하진에게로 돌려졌다.

"여태 나는 왜 그 생각을 못 했을까?"

"이제 와서 왜 그런 말씀 하시는 거예요?"

"나, 나도 모르겠어."

"이혼하더라도 위자료 청구는 안 하겠어요. 피아노 하나면 설마 굶어 죽기야 하겠어요."

하는데 문희 눈에 눈물이 푹 솟는다.

하진은 입을 다물고 방 안을 빙빙 돌았다.

석양에 바다는 짙붉은 빛을 띠고 있었다. 아직은 계절이 조금 일러서 별로 사람들이 없는 바닷가.

문희는 그새 너무나 많은 세월이 지나가고 아주 먼 곳으로, 남의 나라에라도 흘러온 듯한 느낌이 들었다. 어디를 향해야 할지 방향도 잡을 수 없었지만 마음의 바다를 짓누르고 괴롭히던 여러 가지 상념도 저 석양을 받아 짙붉게 타고 있는 바다 위에 훌훌히 흩어져버리는 것 같았다. 그 장엄함이, 그 무궁함이, 시한時限에 얽매인 미물 같은 인생을 자각하였던 것일까. 문희는 자기 눈의 눈물이 무엇을 위해 흘려진 것인지 알 수 없었다.

"문희."

하진은 마치 출구를 찾는 사람같이 방 안을 빙빙 돌다가 또 문희를 불렀다. 전과는 사뭇 다른 그의 언동인데도 문희는 하진이 마음의 문을 열 것이라는 데 기대를 가지지 않았다.

"내일, 내일 나하고 서울에 가요."

"······."

"여기 이러고 있을 수도 없잖아?"

"그래요. 여기 이러고 있을 순 없죠. 하지만 서울 간들 어쩌
겠어요."

하진은 의자에 푹 주저앉았다. 사방에 어둠이 깃들기 시작
했다. 침묵에 가라앉은 방 안에 별안간 문 두드리는 소리가
들려왔다.

"네."

문희는 나직이 대답하며 도어 쪽으로 몸을 돌렸다. 별장지
기 노인이 문을 열고 얼굴을 디밀며 말했다.

"손님 묵을 방이 다 준비됐는뎁쇼."

"알았어요. 고맙습니다."

문희는 하진을 위해 다른 방을 부탁했던 모양이다. 노인은
엉거주춤 서 있다가 문을 닫았다.

"피곤하실 텐데······ 가서 쉬시겠어요?"

하진은 그냥 의자에 푹 가라앉은 채 움직이지 않았다. 방
안에는 더욱더 짙은 어둠이 흘러들어 왔다.

"내일 서울 가서 영이를 만나야 하오."

몸은 움직이지 않는데 하진의 입에서는 마치 주문처럼 그
말이 나왔다. 창밖을 바라보고 있는 문희의 머리칼이 바람에
나부꼈다.

하진은 벌떡 일어섰다.

"우리 밖에 좀 나갑시다. 밖으로 나가면 이야기할 수 있을 것 같소."

그는 문희 옆으로 뚜벅뚜벅 걸어와서 팔을 덥석 잡았다.

"나가지요."

그들은 밖으로 나갔다. 파도 소리가 갑자기 달겨들 듯 무섭게 울렸다. 모래밭을 사북사북 밟으며, 이야기는 문희 쪽에서 먼저 했다.

"우리 같이 죽어버릴까요?"

"……"

"파도 속에 묻혀버리면 이 세상 자국은 말짱히 없어질 게 아니에요?"

"……"

"미움도 사랑도 없이 막연히 산다는 것, 그것보다 더 무섭고 괴로운 일이 어디 있겠어요? 반발 같은 것으로 목숨을 이어갈 만한 힘이 저에겐 없는 것 같아요. 당신도 그럴는지 모르죠."

하진은 문희의 팔을 잡았다.

"여기 앉지."

그는 문희의 팔을 잡아끈 채 모래밭에 앉았다. 문희는 그의 팔을 풀고 얼마간 거리를 두며 앉는다.

"문희, 내 눈이 보여?"

바닷바람에 하진의 목소리가 흐트러지는 것 같았다.

"보이지 않아요."

"보이거든 얼굴을 돌려. 내 눈을 보면 안 돼."

"……."

"내 눈을 보면 나는 이야기할 수 없을 거야."

하진의 목소리는 의외로 침착하였다.

"십여 년 가까운 세월 비밀을 지니고 살아왔다는 것은, 나 같이 약한 인간이……."

일단 말을 끊었다가 하진은 다시 말을 이었다.

"정애 아버지가 내 선배였던 것은 사실이야. 그 정애에게 고모가 한 사람 있었지. 서로 사랑했었어. 사변만 일어나지 않았더라면 순조롭게 결혼했을 거구 나는 문희를 만나지도 못했을 거요. 이렇게 말하면 문희는 그 여자를 잊을 수 없어 내가 이러는 거라구 아주 낭만적인 해석을 할지도 모르지만…… 정애 고모는 그 당시 학생이었어. 의과대학의 학생이었지. 만일 그가 의과대학에 다니지 않았던들 그런 끔찍스런 비극이 없었을는지도 몰라."

하진은 다시 말을 끊었다. 그는 입을 크게 벌리고 바닷바람을 마시는 시늉을 했다.

"결국 그랬기 때문에 그는 의용군에 끌려 나갔던 거요. 나는 이쪽 군대에 끌려 나오고…… 내가 까마귀를 무서워하는 것은……."

그는 몸부림치듯 몸을 흔들었다. 그리고 그의 말은 흩어지기 시작했다.

"나는 지리산 토벌대에 있었어. 그 까마귀, 무수히 많은 까마귀, 괴뢰군이 있는 곳에도 언제나 까마귀 떼들이 몰려 있었거든. 이쪽에선 그 몰려 있는 까마귀만 보면 그곳에 괴뢰군이 틀림없이 있는 걸 알아차렸지. 까마귀는 맨 먼저 죽음의 냄새를 맡은 거야. 싸움이 끝나고 거기 가보면 까맣게 내려앉은 까마귀, 미처 숨도 끊어지지 않은……."

하진은 숨을 몰아쉬며 허덕였다.

"여자도, 여자도 있었지. 전쟁이란 모든 것을 부정하고, 인간성마저 부정하는 게 저, 전쟁이요. 사람의 마음을 가지고 전쟁을 할 순 없어. 어느 날 밤 우리 몇 사람은 여자 하나를 끌고 가서…… 윤간하고 주, 죽였소. 그 그 여자가 바로 정애 고모였소. 나중에 알았지. 내가 죽인 건 아니지만……."

문희는 벌떡 일어섰다. 그리고 와락 달려들어 하진을 끌어안았다. 그의 입에서 울음이 터져 나왔다. 하진은 물에 젖은 듯 전신에 땀을 흘리고 있었다. 그는 붙들고 우는 문희에게 몸을 내맡긴 채 넋 빠진 사람같이 땀만 흘리고 있었다. 파도 소리가 멀어졌다가는 가까워지고 다시 멀어지곤 했다.

한참을 흐느껴 울던 문희는 눈물을 닦으면서,

"가엾은 사람, 그런 고통을 받고 혼자서……."

"말을 하고 나니 속이 후련해지는군. 생각한 것보다 시원해. 중병을 앓다 일어난 사람같이……."

"당신은, 당신은 다시 살아날 수 있어요. 당신은 괴로움을 저에게 나눈 거예요. 작품을 하세요. 이제부터 그림을 그리시 란 말예요."

문희는 하진에게 매달렸다. 그를 위한 뜨거운 눈물이 자꾸 만 쏟아졌다. 그는 하진이 얼마나 심약하고 선량한가를 누구 보다 잘 알고 있었다. 다만 그를 둘러싸고 있는 짙은 안개 때 문에 문희는 그를 강한 인간으로 오해했던 것이다.

"얼마나 많은 세월이 지나갔어요? 그건 전쟁이 빚은 악몽 이에요. 우리들, 이 땅에 사는 우리들 어느 누구 한 사람 전쟁 의 상처를 안 가진 사람이 있을까요? 많건 적건. 그건 다 우리 의 죄가 아니에요. 우리의 죄가 아니구말구요. 당신은 죄를 진 게 아니에요. 다만 형벌을 받았을 뿐이에요. 억울하게 형벌을 받았을 뿐이에요. 죽은 사람 산 사람 모두가 다, 우리 민족이 다, 우리 민족이 다 죄 없이 형벌을 받았던 거예요. 여보, 왜 당신은 그렇게 생각하지 않으세요?"

"왠지 시원해. 언젠가 호텔 앞에서 만난 그 사나이가 공범 자였었지. 모두 눈에 핏발이 서서…… 피 냄새를 잊으려고 했 었지. 나는 까마귀를 잊을 수 없었고 그 얼굴을…… 그런데 이야기를 다 하고 나니 나도 의외요. 속이 후련하거든. 하늘 을 바라보며 모래밭에 누워서 잠든 것처럼 죽을 수도 있을 것 같애."

하진과 문희는 그 암흑의 사장에서 마치 이 세상에 최초로

태어난 인간처럼 뒹굴뒹굴 구르며 지껄이고 눈물 흘리곤 하는 것이었다. 그리고 십 년 세월이 흐른 뒤 비로소 그들은 그들의 분신을 얻은 듯 처참한 환희에 젖기도 했다. 문희는 이제 그림을 그리라고 되풀이 되풀이 말했다.

그들은 일어서서 서로 부축하며 모래밭을 한없이 거닐다가 하진 쪽에서 별안간 돌아가자고 서두는 바람에 별장으로 돌아갔다.

이튿날 그들은 서울로 돌아왔다. 하진은 흡사 몽유병자만 같이 보였다. 문희는 아편 탓이라 생각했다.

집에 도착한 하진은 부리나케 다시 외출하려고 서둘렀다.

"어딜 가신다는 거예요?"

불안하게 물었을 때,

"영이를 만나야 해, 영이를. 틀림없이 정애 집에 갔을 거야. 한시바삐 만나야 하거든."

초조하게 말했다. 하진이 나간 뒤,

"아주머니?"

순이가 와서 불렀다.

"아주머니 안 계신 새 전화가 여러 번 왔었어요."

"어디서?"

"돈암동도 아니구 작은아저씨도 아니구 이름은 대주질 않았어요."

"여자야?"

"아뇨, 남자예요."

"남자?"

문희 머리에 호텔 앞에서 만났던 그 후줄그레한 차림의 남자가 떠올랐다.

"아저씨한테 왔던?"

"아뇨. 아주머니를 찾으셨어요."

염기섭이 전화를 했을 리는 만무다. 그러는데 벨이 울렸다. 문희가 수화기를 들었을 때 그 독특한 목소리의 흥신소 사나이.

"급히 연락드릴 일이 있어서 여러 번 연락을 했습니다만 마침 안 계시더구먼요. 이거는 순전히 저의 호의, 이렇게 말씀드리면 쓸데없는 노파심이라고 웃으실는지 모르겠습니다만, 하여간 참고삼아 저의 이야길 들어주시는 게 좋을 겁니다."

일단 말을 끊고 그는 기침을 했다. 문희의 얼굴빛이 달라진다. 그러나 침착하게,

"무슨 말씀이신지."

"하 선생님의 동생 되시는 분에 관한 일입니다만, 마약 관계에 걸려든 것 같습니다. 혹시 댁에 누가 끼칠까 봐서 미리 알아두시는 게 좋을 것 같군요. 이 사건과 저는 아무 관련이 없습니다만 호기심에서 그 동생 되시는 분을 살펴본 데서 얻은 정보입니다. 제 얘기는 이것뿐입니다. 아마 그리고 이것으로서 저의 의무도 끝난 것 같습니다. 그럼 안녕히 계십시오."

그는 전화를 끊었다. 문희 머릿속에 피뜩 떠오르는 일이 있었다.

'문희는 거지가 될지도 몰라?'

어제 하진이 한 말과 하영을 만나야겠다고 서두는 하진의 태도.

'그렇지. 전혀 관련이 없다고 볼 수는 없어. 그이는 그것의 중독자니까. 그, 그렇다면 도련님은? 음, 언젠가 흥신소의 그분이 말한 일이 있어. 도련님을 경계하라고…… 그렇다면 형을 그런 진구렁창에 빠뜨린 것은?'

문희 얼굴에 열이 모여들었다. 그는 갑자기 세상이 무서워졌다.

'그럴 수가 있어? 형제간에 그럴 수가 있어?'

강하게 부정해보았으나, 그것보다 더 강한 배신당한 분함에서 문희의 몸은 사시나무 떨듯 떨려왔다.

'만일 그이가 관련되어왔다면? 어느 정도로? 도련님도 마약 중독자?'

걷잡을 수 없는 혼란에 빠졌다. 이때 다시 전화벨이 울렸다. 문희는 덤비듯 수화기를 잡았다.

"고모요?"

올케 현숙이었다.

"네, 웬일이세요?"

문희는 말을 하기는 했으나 마음은 안절부절 갈피를 잡을 수 없었다.

"고모, 경옥인가 뭔가 하는 그년 만났수?"

"아뇨."

"미국으로 돌아간다는 소문도 못 들었수?"

"네."

"암만해도 불안해서 내가 누굴 좀 시켜 감시를 했지. 아주 큰 망신을 시킬려고. 그런 년을 가만두어 쓰겠어요? 좀 비겁한 짓이긴 하지만. 그랬는데 글쎄 미국으로 되돌아간다는 소문 아니나? 내 동창생의 친구하고 그년하고 잘 아는 사이라우? 제발 이 땅에서 꺼져버렸음 좋겠어. 그래 고모는 그런 일을 당하고도 그년을 두둔하는 형편이니 행여 확실한 소식이라도 갖고 있는가 싶어 내가 전화 건 거요."

은근히 비꼬았으나 문희 귀에는 그 말이 들어오지 않았다.

"그런데 고모는 어디 갔기에, 어제든가? 아니 그저께였구면. 고모부가 전화했습디다, 왔느냐구. 거기서는 냉전이 벌어지는 거요?"

"……"

"그렇게 꽁하게 생각하고만 있으면 골병만 들어요. 한바탕 벌이고 툭툭 털어버려요. 그런데 고모부는 지금도 그년을 만나고 있수?"

"언니, 나 나중에 전화할게요. 지금…… 그럼 끊겠어요."

수화기를 놓은 문희는 현기증이 났다. 방이 사각이 되고 장

방형이 여러 개가 되어 겹쳐 오는가 하면 원형이 되어 빙글빙글 돌기도 했다. 이때 하진이 돌아왔다. 그의 얼굴은 더욱 창백했다.

"도련님 만나셨어요?"

"아니."

하진은 자리에 주저앉았다. 문희가 전화의 얘기를 할까 말까 망설이는데,

"저녁에 정애 집에 오기로 했다는구먼. 오거든 집으로 보내 달라고 일렀지. 그런데 뭐 영이가 정애하고 결혼하고 어쩌구 정애 할머니가 말하는 것 같더구먼. 영이를 만나서 일이 일단락 지어지면 나 병원으로 들어가겠소."

"잘 생각하셨어요. 그리구 그림 그리셔야 해요."

하기는 했으나 문희의 마음은 무거웠다. 좋은 일에는 마가 따른다고 했었지만 눈앞에 보이기 시작한 서광을 가로지르려는 검은 구름, 그러기에 문희는 더욱 두렵고 불안했던 것이다.

'다 버려도 좋고 거지가 되어도 좋아. 다만 이분만 다치지 않게…… 그 많은 세월의 아픔 위에 또 무슨 형벌이 내리려 하는가.'

"당신 왜 그러우?"

하진이 담배를 피워 물며 문희의 눈을 주시했다.

"왜요?"

"몹시 괴로운 얼굴이야."

"그보다도 당신은 더 창백해요. 한잠 푹 주무세요."

"하지만 마음은 편해."

"왜 진작 편해지려고 노력하시지 않았어요?"

"그건 나도 몰라. 건드리기조차 끔찍스러워서…… 이제 그 얘기 다시는 하지 않기로. 그런데 문희는 그 얘기 듣고도 왜 내한테 정이 떨어지지 않지?"

문희는 무릎 위에 손을 얹고 불안한 미소를 띠며,

"당신이 얼마나 인간적인 사람이라는 것을 알았을 뿐예요."

"그런데 역시 문희는 괴로워하고 있어."

"지나간 일들을 괴로워하고 있는 건 아니에요. 당신 혼자 겪으신 게 가슴 아플 뿐예요. 다만 어떤 일이 앞으로 닥칠까 불안한 거예요."

"병원에 들어간다 하지 않았어?"

상처받은 외로운 비둘기처럼 그들은 서로의 얼굴을 마주 보았다.

종결

하영이 정애 집에 나타난 것은 해 질 무렵이었다. 그는 두툼한 서류봉투를 들고 왔다.

"형님이 왔다 가셨는데."

마루로 올라서는 하영을 보고 할머니가 말했다.

"형님이? 여기 왔어요?"

"꼭 집에 들르라고 신신당부하시던걸."

"알았습니다."

하영의 표정은 침울했다.

"정애한테 잠시 할 말이 있는데."

"들어가 봐라. 아마 일어났을 테니."

할머니는 건넌방의 기색을 살피며 어색하게 말했다.

하영이 방문을 열고 들어갔을 때 정애는 책상 앞에 앉아서 돌아보지 않았다. 하영은 아무 말 없이 자리에 앉았다. 그는 정애가 돌아앉기를 기다리기라도 하듯 입을 떼지 않았다. 견디다 못했던지 정애는 돌아앉았다. 그리고 전에 없이 절망에 찬 그의 얼굴을 보고 의아하게 생각한다.

"왜 오셨어요?"

말소리만은 여전히 뾰로통했다.

"이젠 다시 올 수 없을 거야."

왜 그러느냐고 물으려다 정애는 입을 다물어버린다.

"왜 그러느냐고 묻지 않는군, 정애."

정애는 힐끗 쳐다본다. 하영의 얼굴에는 여태 본 일이 없는 쓸쓸한 웃음이 번지고 있었다.

"왜 그래요?"

정애는 목에 걸린 소리로 물었다.

"악의 종말이지."

"악의 종말."

"아무리 세상이 썩고 개판이라도 인간이란 어떤 형식이든 자기가 진 죄는 스스로 보상해야 한다는 것을 늦으나마 나는 깨달았어. 참 우스운 얘기지만 물질에만 물리적인 현상이 나타나는 게 아니라구. 인간의 행위 그 자체에 있어서도 마찬가지라는 생각을 했었지. 갚을 것은 갚고 받을 것은 받고. 종교를 가질 만치 내가 약해진 것은 아니지만 하여간 그것은 무엇이래도 좋아. 신이라 해도 좋고 무슨 원칙이라 해도 좋지. 하여간 보이지 않는 힘이 우리를 관리하고 있는 것만은 확실하단 말이야."

이야기에 열중하다가 하영은 현재의 자신으로 돌아온 듯 아까와 같이 쓸쓸한 미소를 머금었다.

"나는 내 욕망에만 사로잡혀 있었어. 정애를 갖고 싶어 했고, 비정상적인 내 환경에서 일어서 소리치고 싶었던 거야. 그러기 위해 나는 비정상적인 수단을 썼었어. 형을 진구렁창에 밀어 넣고 그리고 내 자신도 진구렁창에 빠졌다는 것을 몰랐거든. 나는 형을 파멸시키려 했고 형의 재산을 뺏으려 한 악덕한이었어. 변명이야 정애 때문에 그랬노라 할 수도 있겠지. 그러나 따지고 보면 그것은 내 욕망이라 할 수밖에 없을 거야. 머지않어 쇠고랑을 찰."

했을 때 정애 입에서 놀라운 비명 같은 소리가 나왔다.

"쉬잇! 할머니가 들으셔."

정애 얼굴은 새파랗게 질렸다.

"내가 무슨 정애에게 참회라도 하러 온 것같이 되어버렸지만, 하긴 정애에겐 참회해야 되겠지. 빌어도 어쩔 수 없는 일이겠지. 정말 잘못했어, 지금은 내가 할 수 있는 일……."
하다가 그는 입을 다물었다. 그의 얼굴에는 다시 절망의 빛이 드리워졌다.

"무, 무슨 일을 했기에요."

"밀무역을 했어."

하영은 거짓말을 했다.

"그, 그럼 우린 다시 만날 수 있잖아요?"

하영은 놀란 듯 정애를 쳐다본다. 정애는 그의 눈을 피하지 않았다.

"그, 그럴 수는 없어. 난 나쁜 놈이고 비, 빈털터리, 전과자, 그럴 수는 없어."

그는 일어섰다.

"내가 여기 온 것은…… 한번 보고 싶어서…… 내가 이런 말 하면, 주제넘고 뻔뻔스런 수작일지…… 정애는 그따위 일 악몽으로 돌리고…… 잘 살아야 해."

"아니에요! 우린 다시 만나야 해요."

하영은 방에서 나왔다. 걱정스럽게 우두커니 서 있는 할머니의 눈을 피하며 하영은 구두를 신었다. 그리고 인사를 하고…….

거리에 나왔을 때 물론 밤이기도 했지만 하영은 눈앞에 칠흑으로 갈 길을 막는 것을 느꼈다. 그는 서류가 든 두툼한 봉투를 소중히 안고 걷기 시작했다.

자신의 욕망을 버렸을 때 그곳에 안식이 있지만, 하영은 정애와 형 하진을 생각할 때 그들을 위해 돌이킬 수 없는 회한이 그를 괴롭히고 또 괴롭혔다. 정애가 또 만날 수 있으리라는 말을 했을 때 그의 회한은 마치 바늘로 심장을 찌르는 듯 깊어졌던 것이다.

'내가 마지막으로 할 수 있는 것은 물질적인 원상 복귀밖에는 없다. 그러나 그들의 버려진 육체는 무엇으로 보상하나.'

그는 술이 먹고 싶었다. 그러나 술을 마시고 형 집에 가는 것은 더욱 비겁하다 생각했다.

하진의 집에 갔을 때 문희가 나왔다.

"형님 계시죠?"

"계셔요."

했으나 문희의 얼굴은 노여움에 창백해졌다.

"서재에 계신가요?"

"아뇨, 안방에."

"서재에서 기다리겠습니다."

문희는 굳어진 얼굴로 하영에게 일별을 던지고 안으로 들어갔다. 한참 만에 돌아온 문희는,

"안방으로 오시래요."

"아니 여기서."

하영은 엉거주춤한다.

"그래도 형님이 안으로 들어오시라는 걸요."

하영은 할 수 없이 안방으로 들어갔다.

"언제 오셨습니까?"

자리에 앉으며 물었다.

"며칠 됐어. 너 형수가 왔길래."

하영은 잠시 낭패한 얼굴이다. 형수의 표정이 굳어진 것은 미혜 때문이라고 그는 짐작했다. 하진은 한참 만에 말을 꺼내었다.

"이제는 비밀로 할 아무것도 없다. 그리고 영이 너 잘못도 아니구. 내가 그 짓을 했을 시초엔 넌 몰랐으니까……."

하다간 하진은 문희를 힐끗 쳐다보았다.

"다만 나는 영이 너에게 수모를 무릅쓰고 부탁하는 것은 제발 네 형수를 위해 다소나마 우리 재산을 찾아보자는 거다. 그것이 너에게 넘어간 경위를 지금 따지자는 건 아니야."

하진은 말을 마치고 고개를 푹 숙였다. 하영이 얼마나 악랄한 방법으로 하진의 아편중독을 이용하여 토지 문서를 빼앗아 갔는가. 그 말을 할 기력도 없었거니와 흥미도 없었던 것이다. 다만 조금이라도 되찾고 싶은 마음, 문희에 대한 연민의 정이 그렇게 하게끔 했던 것이다.

"그러잖아도 이걸 찾아왔습니다."

하영은 두툼한 서류봉투를 하진 앞에 내밀었다.

"이거?"

하진은 좀 당황한다.

"토지 문섭니다. 고스란히 그대로 있습니다. 그리고 농장의 것도."

"농장의 것은 왜?"

"좀 다급한 일이 생겨서 형님보고 의논을 했지만 매매계약서하고 다 함께 들어 있으니 형님이 수고 좀 해주셔야겠습니다. 정애에게 판 형식이니 정애 앞으로 등기가 나오도록 해주십시오. 그리고 예금통장에도 역시 정애 앞으로 이백만 원 돼 있으니까 형님께서 전해주시구요."

"대체 어떻게 되었다는 거냐?"

하진의 얼굴에 초조한 빛이 돌았다.

"걸려든 거죠."

"걸려들다니."

"손 씻으려고 했는데 사태는 한발 앞서 왔어요. 몇 년 썩었다 나오면 사람이 안 되겠어요?"

문희는 모든 것을 비로소 알아차렸다.

"형님은 병원에나 들어가십시오. 저는 거기 가서 마음 고쳐 나오죠. 이미 비밀이 없다 하셨으니, 형수씨께서도 아시는 모양이니, 정말 뵐 낯이 없습니다."

문희 눈에 눈물이 괴었다. 눈물을 흘리면서 그는 미소 지었다.

"왜 진작 이런 날이 오지 않았을까요. 그랬음 오늘 같은 이런 결과보다는 나았을 텐데······."

"아까 정애한테 갔을 때는······ 내 마음속에 집착이 남아 있다는 것을 깨달았습니다. 영원히 잃는 거라 생각하니까······ 하지만 지금은 마음이 조용해지는군요. 정말 이 세상에 열등감보다 더 무서운 것은 없나 봐요. 이지러진 마음에 정애는······ 잘 보살펴주십시오. 그리고 좋은 사람한테 시집보내주시고."

하영은 허탈한 듯 웃었다. 웃다가,

"형수씨, 커피 한 잔 안 주시겠습니까? 자꾸 이런 말 하니까 하영이란 인물이 점점 보잘것없이 돼가는 것 같구먼요."

"아닌 게 아니라 그, 그래요. 옛날 도련님같이······."

문희는 눈물을 씻으며 순이를 찾지도 않고 그 자신이 부엌으로 나갔다. 안주를 챙겨놓은 상을 들고 와서 양주를 꺼내었다. 두 형제는 서로 덤덤히 바라본다. 멸시도 적의도 없는 눈이, 흉허물 없이 마주친 것이다. 문희는 술을 따르면서, 따르기 때문에 고개를 숙인 채,

"자수를 하시는 거죠?"

"그러겠습니다."

"그럼 유리할 거예요. 밖에서도 힘자라는 대로 노력하겠

어요."

"제 걱정은 마시고 형님이나 병원에 들어가시도록, 그리고 작품 하시도록 제가 나올 때 형님 개인전을 열었으면 얼마나 좋겠습니까. 하기는 몇 년이 될지……."

문희는 그 말 대답은 하지 않고,

"정애라는 소녀, 도련님을 기다릴 거예요. 도련님만 한 신랑감이 어디 있겠어요?"

"전과자래두요?"

"여자의 마음은 그렇지 않아요. 애정이 문제죠."

"그런 어리광을 제가 가져서 쓰겠습니까? 정애의 행복을 생각하는 게 속죄하는 길이죠."

그때까지 말없이 앉아 있던 하진은,

"잔말 말고 술이나 들어. 너희들을 위해서 꾸며놓지."

그러자 하영은 갑자기 생각이 난 듯 문희에게 곁눈질을 하며,

"오늘도 거기 가셨어요?"

"낮에."

하고 하진은 대답했다. 그 비밀의 집은 하진이 저녁마다 가서 주사를 맞고 쉬는 곳이었던 것이다. 그들 형제는 늦게까지 술을 마셨다. 하진은 조금씩, 하영은 폭음했다.

"형님?"

혀 꼬부라진 소리로 부르며,

"난, 난 너무 서러운 세월을 보, 보냈죠. 나를 낳아준 여자의 얼굴도 모르고 돌아간 그 영감한테 구박을 받으며 자라지 않았습니까. 형은 모, 모를 거요. 그 사무친 설움을…… 나, 나를, 그러한 뜨내기 같은 나, 나를 구원한 것은, 저 정애였어요. 그 꼬마에게, 그 강아지 새끼 같은 고아에게 어, 어버이 같은 정을 느꼈단 말입니다. 그, 그랬는데 난 오해했죠. 오해를 했어요. 고 정애가 혀, 형님을 좋아하는 거라고…… 형님은 인생에 있어 언제나 주역이구 나, 이 하영은 언제나 조역이었더란 말입니다. 오냐 한번 해보자, 나도 주역이 될 수 있다! 무서운 복수심이었죠. 그, 그런 나를 다시 깨우쳐준 건 정애였더란 말입니다. 분명히 나를 사랑하고 있다는 그 확신이 나를 눈뜨게 한 거죠. 어디 애초부터 내게 물욕이 있은 줄 아시오. 천만에요. 난 험하게 노, 놀았죠. 험하게 망나니짓을 했죠."

술을 핑계 삼아 하영은 자기 심정을 다 털어놓기 시작했다.

"형수씨, 이 잔 받으세요."

그는 떨리는 손으로 술을 부으며,

"형수씨, 나 참 몹쓸 놈이죠? 죄인입니다. 용서받을 수 없는 죄인입니다. 형의 약점을 이용하여 형을 알거지로 만들고 파멸시키려 했으니 말입니다."

"잔소리 이제 그만해. 너나 나나 다 같은 죄인이다."

자정이 넘도록 시부리고 술을 먹다가 하영은 비틀거리며 하진의 서재로 가서 쓰러졌다.

아침 해 뜨기 전에 하영은 자리에서 일어났다. 그는 긴장과 침착성을 되찾은 것같이 보였다. 그는 문희더러 형을 깨우지 말라 이르고 뜰로 내려갔다. 문희는 그를 따라 문간까지 나갔다.

"그럼 다녀오겠습니다. 성당에 가는 기분이구먼요."

그는 맑은 아침 공기를 들이마셨다. 그리고 뚜벅뚜벅 걷기 시작했다. 문희는 그가 길모퉁이로 사라질 때까지 바라보고 서 있었다.

어느새 겨울이 왔다. 정애와 문희는 형무소 언덕길을 올라가고 있었다.

"아주머니?"

"음?"

"하영 오빠는 아주 나쁜 버릇이 있었어요."

"뭔데?"

문희 털목도리에 턱을 묻은 채 되물었다.

"잠만 들면 막 코를 골거든요. 전에 제가 아주 어렸을 적에 코를 골며 낮잠을 자는 하영 오빠 코를 꼬집어준 일이 있었어요."

문희와 정애는 동시에 웃음을 터뜨렸다.

"그런데 감방 안에서 남도 못 자게 그리 코를 골면 기합받을 거 아니에요?"

"하지만 도련님이 힘이 세니까 그 속에서 왕초 노릇 할 거야."

"어머, 그럼 나와서도 왕초 노릇 하면 큰일이게요?"

"이 세상에서 정애를 제일 무서워하니까 호통 한 번만 치면 안 그럴걸?"

"하지만 하영 오빠 성미도 대단한 걸요. 배짱이에요."

정애는 배짱이라는 말에 힘을 주었다. 그 투가 우스워서 문희는 또 웃었다. 웃는 것을 보고 정애도 따라 웃었다.

"이런 곳에 오면서 너무 웃으면 이상하지. 이제 좀 심각해지자꾸나."

문희는 억지로 웃음을 멈추고 말했다.

한참 동안 묵묵히 걸어 올라가다가,

"아주머니."

하고 정애가 또 불렀다.

"이제 전쟁 나지 않았음 좋겠죠?"

"설마 또 그런 일이야 있을라구? 얼마나 시달렸기에, 하나님이 또 벌주시겠니."

"여기 올 때마다 생각이 나요."

"무슨 생각?"

"그때 전 여섯 살이었던가? 이 길을 전차랑 군용 트럭이 마구 지나가던 것이 생각나요. 그런 일이 없었음 전 고아가 되진 않았을 거 아니에요."

"그렇지. 하지만 정애를 나는 이렇게 만날 수도 없었을 거야."

"그러니까 지금이 좋은 거예요. 하영 오빠만 나오면 정말 전쟁이 없는 세상에서."

"누구나 다 바라는 거지."

"요즘도 하진 아저씨 그림 그리세요?"

"도련님은 오빠고 형님은 아저씨라니 대체 촌수가 어떻게 된 거지?"

그들은 웃지 말자던 웃음을 다시 터뜨렸다. 그들이 이렇게 기쁜 것은 형무소에서 복역하고 있는 하영이 건강하고 명랑했으며 기쁨으로 날을 보내며 머지않은 출옥 날을 기다리고 있다는 사실과 하진이 화필을 잡았다는 사실 때문이다.

날씨는 맑은데 어젯밤에 쌓인 눈이 바람에 휘날리곤 한다.

이때 김포 비행장에서는 미혜가 미군과 결혼하여 미국으로 떠나려고 나와 있었다. 지난가을 경옥이가 떠난 것처럼. 그러나 경옥이처럼 외롭지 않게 파아란 눈을 가진 사람과 함께…… 그는 그 변통성 없는 계모와 이복형제를 위해 두툼한 돈뭉치를 던져주고 또 미국에 가면 형편 봐서 동생들을 데리고 가겠다는 약속을 남겨두고 나선 길이었다.

모두 한 시절 진통을 겪듯 괴로워한 일들은 꿈같이 되어버렸다. 그 상처들을 아주 잊을 수야 없겠지만 세월은 그 흔적을 엷게는 해줄 것이다.

유리알같이 맑은 겨울 하늘, 떠나기 전의 이 헐벗은 내 조국을 실감하려는 듯 미혜는 사방에 깊은 눈을 돌렸다.

작품 해설

애정소설인가,
추리소설인가?

이태희(인천대학교 기초교육원 강의교수)

『타인들』을 쓰기 전까지의 이력

박경리 작가는 1926년 10월 28일(음력) 경상남도 통영시에서 출생했다. 1945년 진주고등여학교를 졸업하고 1946년 결혼하였으나 육이오동란 중에 남편과 어린 아들을 잃고 생업 전선에 뛰어들어야 했다. 학창 시절에도 줄곧 시를 써왔던 작가는 1954년 '박금이'라는 본명으로 자신이 다니던 한국상업은행(현 우리은행) 행우회 이름으로 간행된 《天一(천일)》이라는 사보에 「바다와 하늘」이라는 16연 159행의 장시를 발표한 바 있다. 박금이가 소설가 김동리에게 처음 보여준 원고도 소설이 아니라 시였다고 한다. 그러던 중 김동리 선생의 권유로 소설을 쓰게 된 작가는 그의 추천으로 1955년 《현대문학》 8월호에 「계산」이라는 단편을 발표하면서 소설가로서 그의 문학적 생애가 출발한다. 이후 「불신시대」, 「영주와 고양이」 등 10여 편의 단편을 발표하던 박경리는 1958년 『애가』를 《민주신보》에 연재하면서 장편 작가의 길로 들어선다. 당시 장편소설은 대부분 일간지나 월간지 등의 지면을 통해 연재한 후 단행본으로 출간되는 것이 일반적이었다. 박경리의 경우에도 연재 없이 곧바로 출간되는 이른바 '전작 장편'이 몇 편 있지만 대부분 연재를 통해 발표되었다.

『타인들』은 《주부생활》에 1965년 4월부터 이듬해인 1966년 4월호까지 13회에 걸쳐 연재한 장편이다. 《주부생활》 1965년 4월호는 창간호인데, 제1회(「서울흥신소」, 「방문객」)분이 발표되었다. 이 지면에는 다섯 장의 삽화가 실려 있는데, 송영방(宋榮邦)이라는 화가가 그린 것으로 되어 있다. 또 작품 중간에 작가의 얼굴 사진과 함께 '필자 소개'가 삽입되어 있어 눈에 띈다. 당시까지 작가의 이력 소개라는 점에서 옮겨본다.

1926년 경남 충무시(忠武市)에서 출생. 진주고녀 졸업. 〈현대문학〉 추천작가로 문단에 등장하였다. 제3회 현대문학사 신인 문학상 수상. 제3회 내성문학상(來成文學賞) 수상.

작품은 장편으로 〈표류도〉 〈노을진 들녘〉 〈김약국의 딸들〉 〈내 마음은 호수〉 〈가을에 온 여인〉 〈성녀와 마녀〉 〈시장과 전장〉 등 17편이 있고 단편은 〈불신시대〉 〈귀족〉 등 40여 편이 있다.

住所: 서울特別市 城北區 貞陵洞 822~4

이 '필자 소개'는 당시 작가의 거주지 주소까지 밝히고 있다는 점도 흥미롭지만, 박경리가 그때까지 본인이 발표한 작품을 장편 17편 외에 단편이 40여 편이라고 밝힌 점도 주목된다. 최근 한 연구자의 조사에 따르면 『타인들』이전까지 박경리 작가의 작품은 단편이 20여 편, 중·장편이 20여 편 정도로 파악되었는데, 위의 '필자 소개'를 신뢰한다면 『타인들』이전에 발표한 작품이 조사된 것 외에도 10여 편 이상 더 있다고 볼수 있기 때문이다.

아무튼 『타인들』 발표 시기의 박경리 작가는 40대에 접어들었고, 등단한 지 10년을 넘기면서 왕성한 필력을 보여주었다는 점을 상기할 필요가 있다. 특히 『타인들』 직전인 1964년에 전작 장편으로 출간된 『시장과 전장』은 한국동란이 휴전된 지 10여 년을 지나는 시기에 쓰인 작품으로, 전쟁에 대한 작가의 관심이 무엇인지 『타인들』과 비교해볼 수 있는 작품으로 생각된다.

애정소설인가? 추리소설인가?

『타인들』은 여주인공 문희가 '서울흥신소'를 찾아가 남편 하진의 사진을 꺼내놓으며 그의 행방을 알아봐 달라고 의뢰하는 데서 출발한다. 흥신소 김주원이 '실종되었냐?'고 묻자, 문희는 실종된 건 아니고 "여덟 시에서 열한 시 반까지"의 행방을 알아봐 달라고 한다. 문희가 왜 남편의 행방을 알아봐 달라고 하는지 궁금한 독자들은, 문희가 자신의 오빠(문영)의 집에 와서 나누는 대화 중 "가정이라구요? 사막이죠. 그건 차라리 없느니만도 못한 걸 거예요"(19쪽)라며 고개를 떨구는 문희의 모습을 보며 이 가정의, 부부간의 어떤 불화가 있을 것으로 짐작하게 된다. 이처럼 『타인들』은 애정소설 혹은 추리소설의 모습으로 출발한다.

김주원은 의뢰받은 하진을 미행하여 그가 '김순녀'라는 문패가 달린 집으로 들어가는 것을 확인하고, '바람을 피우는 모양'이라고 상상한다. 문희가 흥신소로부터 미행한 내용을 전해 듣고 남편에 대한 의구심이 커지는데, 불현듯 방문한 시동생(하영)은 왜 흥신소를 찾아갔냐며 그 집은 '빈집'이라고 말한다. 남편 하진의 의심스러운 행방에 시동생도 개입되어 있음을 보여주는 대목이다.

더구나 '수천 마리 까마귀 떼가 사람의 눈을 파먹는다'는 잠꼬대를 동반한 하진의 악몽을 지켜보면서 문희의 의구심은 더욱 증폭된다. 하진은 자꾸 캐묻는 문희를 향해, '문희와 관계없는 일'이라며, "앞으로 두 번 되풀이했다간 이혼이다!"(68쪽)라며 입을 막아버린다. 이후에도 하진의 의심스러운 행동은 이어진다.

미국서 귀국한 문희의 친구인 경옥의 독주회를 계기로 과거 학창 시절에 문영은 경옥을 좋아하고 경옥과 문희가 하진을 좋아하였는데 하진이 문희와 결혼을 하게 된 사연이 소개되면서 그들 사이의 미묘한 애정 혹은 애증은 복잡한 양상을 띤다. 그러던 중 하진이 여전히 '사랑은 원한다'는 경옥을 위해 다이아몬드 반지를 사고, 호텔에서 함께 묵게 되면서 하진의 불륜 행각은 극에 달한다. 이어지는 「장미원」 장에서는 산장에 들렀다 오는 길에 문영과 경옥이 '장미원'이라는 화원에 들르는데, 마침 문영의 아내인 '현숙'과 문영의 동생인 문희도 함께 장미원을 방문하면서 두 일행이 마주치는 난처한 상황에 이르러 절정을 맞는다.

이런 애정 행각을 묘사해가는 중에 주목되는 것은 이들 남녀들의 모습을 보는 타인들의 시선이다.

⑴ 운전수는 핸들을 잡은 채 경멸 섞인 눈빛으로 앞을 바라만 보고 있다. 누구인지 알 턱이 없는 운전수였으나 어느 모로 보나 상류사회의, 지식도 있음직한 사람들이 주고받는 말이 그렇게 썩어서야 어떻게 이 나라 꼴이 바로 되겠는가 사뭇 분에 찬 표정이다. (133-134쪽)

⑵ 일하던 일꾼들이 일손을 멈추고 비웃음을 띠며 구경을 한다.

'밥 잘 처먹고 헐 일 없는 족속들의 심심찮은 치정극 구경이나 하자.'
그런 투의 눈초리다. 옷을 보나, 모양을 보나, 자가용을 보나 점잖
아야 할 여자들이 마구 본능적인 언쟁을 벌이는 것이 추하게 보인
탓이다. 물동이 이고 다니는 그네들의 안사람들보다 더 추하다고
생각한 탓이다. (146쪽)

⑴은 문영과 경옥을 산장에 태워다준 택시기사의 표정을 묘
사한 것이고, ⑵는 장미원에서 마주친 문영-경옥과 현숙-문희
일행들, 특히 경옥과 현숙의 언쟁을 구경하는 장미원 일꾼들의
표정을 묘사한 것이다. 이와 같은 묘사의 바탕에는 은연중 작
가의 시대 풍속에 대한 비판의식이 깔려 있다고 생각된다. 그러
나 이러한 세태에 대한 고발이 이 작품의 중심은 아니다. 추리
소설적 기법을 동원하여 궁금증을 자아내면서 미루고 지연시
킨 소설의 결말, 즉 이 소설이 그려내려는 것은 무엇일까.

저녁을 끝내고 밥상을 물린 뒤에도 하진은 말없이 우두커니 앉아
있었다. 그 모습은 아무리 봐도 정상은 아니었다. 눈에 빛이 부딪
쳐 그 빛이 튀는 것 같았다. 노여움도 아니고 슬픔도 아픔도 아닌
일종의 광기라고나 할까?
"농장에 내려가셔서 푹 쉬고 오세요."
문희는 그 눈빛을 살피며 조심스럽게 말한다.
"쉬기는 뭘 쉬어? 내가 뭐 대단한 일을 했다고."

자기 생각을 뒤엎듯 화를 내며 엉뚱한 말을 한다.

"경옥이가 당신에게 이겼다는 말은 하지 않습디까?"

웃는 얼굴을 돌리며 하진은 문희를 쏘아본다.

"무슨 뜻이죠?"

문희는 그를 올려다본다.

"난 경옥이하고 동침했어! 다이아몬드 반지도 선사했지!"

"네?"

"당신 올케처럼 질투하겠소?"

문희는 숨을 마신다. 심술이 잔뜩 오른 하진의 눈이 잔인하게 문희의 눈을 주시한다.

"시시한 얘기야. 사랑이 어디 있어? 모두 타인들이면서……."

이번에는 크게 소리 내어 웃으며 하진은 문을 거칠게 열고 나가버린다.

어둡기 전에 하진은 밖으로 나가는 모양이다. 문희는 무릎을 모으고 웅크리고 앉는다. 이상한 일이었다. 질투의 감정은 조금도 없고 모두 타인들이란 하진의 말만이 귓가에 쟁쟁 울리고 방 안은 뿌연 안개 속에 묻히는 것만 같다.

'사람을 죽이는 것이다! 이 안개가 사람을 죽이는 것이다! 나는 언니처럼, 그, 그러지도 못하는 사람하고 한 지붕 밑에서…… 타인, 타인들!' (150-152쪽)

작품 제목인 '타인들'의 의미가 무엇일까 집중한 독자라면,

「장미원」장에 등장하는 위와 같은 대화에서 '타인들'의 진정한 의미를 파악할 수 있다. 즉, 국어사전적으로 '타인'이란 '다른 사람'을 의미하지만, 소설 속에서의 '타인'이란 소외된 혹은 절연된 인간관계의 의미로 쓰이고 있다. 그러면 하진과 문희가 '모두 타인'이라는 의식에 휩싸이게 된 이유는 무엇인가? 더불어 아내 친구와의 동침 사실을 태연하게 드러내고, 아내에게 커피 잔을 던져 상처를 입히는 등 일련의, 어쩌면 위악적인 행동에는 어떤 연유가 있는 것인가? 추리소설의 구성이 그러하듯 추리소설적 기법을 활용한 이 작품에서도 그 비밀은 작품의 끝에 가서 밝혀진다.

전쟁 후일담 소설

"나는 지리산 토벌대에 있었어. 그 까마귀, 무수히 많은 까마귀, 괴뢰군이 있는 곳에도 언제나 까마귀 떼들이 몰려 있었거든. 이쪽에선 그 몰려 있는 까마귀 보면 그곳에 괴뢰군이 틀림없이 있는 걸 알아차렸지. 까마귀는 맨 먼저 죽음의 냄새를 맡은 거야. 싸움이 끝나고 거기 가보면 까맣게 내려앉은 까마귀, 미처 숨도 끊어지지 않은⋯⋯."

하진은 숨을 몰아쉬며 허덕였다.

"여자도, 여자도 있었지. 전쟁이란 모든 것을 부정하고, 인간성마저 부정하는 게 저, 전쟁이요. 사람의 마음을 가지고 전쟁을 할 순 없어. 어느 날 밤 우리 몇 사람은 여자 하나를 끌고 가서…… 윤간하고 주, 죽였소. 그 그 여자가 바로 정애 고모였소. 나중에 알았지. 내가 죽인 건 아니지만……."

문희는 벌떡 일어섰다. 그리고 와락 달려들어 하진을 끌어안았다. 그의 입에서 울음이 터져 나왔다. 하진은 물에 젖은 듯 전신에 땀을 흘리고 있었다. 그는 붙들고 우는 문희에게 몸을 내맡긴 채 넋빠진 사람같이 땀만 흘리고 있었다. 파도 소리가 멀어졌다가는 가까워지고 다시 멀어지곤 했다.

한참을 흐느껴 울던 문희는 눈물을 닦으면서,

"가엾은 사람, 그런 고통을 받고 혼자서……."

"말을 하고 나니 속이 후련해지는군. 생각한 것보다 시원해. 중병을 앓다 일어난 사람같이……." (338쪽)

후반부에 이르러 「바닷가에서」 장에서 모든 비밀이 밝혀진다. 하진의 수수께끼 같은 행동들, 까마귀 악몽에 시달리고, 마약중독에 빠지고 아내의 친구와 동침하거나 동생의 애인과 동침하는 등 쉽게 납득이 안 되는 행동들의 배후에 한국전쟁으로 인한 트라우마가 자리를 잡고 있는 것이다. 이러한 남편의 고백을 들은 문희는 "그건 전쟁이 빚은 악몽이에요. 우리들, 이 땅에 사는 우리들 어느 누구 한 사람 전쟁의 상처를 안 가진 사람이 있을까요? 많건 적건. 그건 다 우리의 죄가 아니에요. 우리의 죄가 아니구말구요. 당신은 죄를 진 게 아니에요. 다만 형벌을 받았을 뿐이에요. 억울하게 형벌을 받았을 뿐이에요. 죽은 사람 산 사람 모두가 다, 우리 민족이 다, 우리 민족이 다 죄 없이 형벌을 받았던"(339쪽) 것이라며 위로한다. 이는 여주인공 문희의 말이면서 작가의 말처럼 들린다.

결론을 맺자. 『타인들』은 애정 혹은 치정 소설로 분류될 소설은 아니다. 그렇다고 범죄를 밝히고 범인을 추적하는 추리소설로 분류될 작품도 아니다. 연애라는 대중적 소재를 동원하여 추리소설적 기법으로 쓰인 것은 사실이나, 그것은 육이오라는 한국동란의 비극과 상처를 어루만지는 전쟁소설로 분류되어야 한다. 한 연구자의 지적과 같이 초기 박경리의 문학세계는, 개인의 불행으로부터 출발하여 『김약국의 딸들』(1962)에서는 한 가정의 불행으로 확대되고, 『파시』(1964)에 와서는 한 사회의 불행으로 확대되었으며, 『시장과 전장』(1964)에서는 민족적 비극으로 형상화되었다고 할 수 있는데, 이런 흐름에 놓자면 『타인들』(1965)은 개인적 비극이 민족적 비극과 연결된 전쟁 후일담 소설의 위치를 갖는다. 민족적 비극으로 초래된 개인적 상처는 어떻게 치유될 수 있는가? 이 작품에서 작가가 보여주는 해답은 진실된 고백과 따뜻한 위로다. 즉, 엄청난 전쟁의 트라우마에 시달리다 폐인이 되다시피한 하진이 겨우 진정된 모습을 보일 수 있었던 것은 자신의 숨김없는 고백과 문희의 따뜻한 위로였다.

타인들

초판 1쇄 인쇄 2024년 4월 22일
초판 1쇄 발행 2024년 5월 3일

지은이 박경리
펴낸이 김선식

부사장 김은영
콘텐츠사업2본부장 박현미
책임편집 곽수빈 **디자인** 정명희 **책임마케터** 최혜령
콘텐츠사업6팀장 임경섭 **콘텐츠사업6팀** 곽수빈, 임고운, 정명희
마케팅본부장 권장규 **마케팅1팀** 최혜령, 오서영, 문서희 **채널1팀** 박태준
미디어홍보본부장 정명찬 **브랜드관리팀** 안지혜, 오수미, 김은지, 이소영
뉴미디어팀 김민정, 이지은, 홍수경, 서가을, 문윤정, 이예주
크리에이티브팀 임유나, 박지수, 변승주, 김화정, 장세진, 박장미, 박주현
지식교양팀 이수인, 염아라, 석찬미, 김혜원, 백지은
편집관리팀 조세현, 김호주, 백설희 **저작권팀** 한승빈, 이슬, 윤제희
재무관리팀 하미선, 윤이경, 김재경, 이보람, 임혜정
인사총무팀 강미숙, 지석배, 김혜진, 황종원
제작관리팀 이소현, 김소영, 김진경, 최완규, 이지우, 박예찬
물류관리팀 김형기, 김선민, 주정훈, 김선진, 한유현, 전태연, 양문현, 이민운
외부스태프 교정교열 김가영 본문 조판 스튜디오 수박

펴낸곳 다산북스 **출판등록** 2005년 12월 23일 제313-2005-00277호
주소 경기도 파주시 회동길 490
전화 02-704-1724 **팩스** 02-703-2219
이메일 dasanbooks@dasanbooks.com
홈페이지 www.dasan.group **블로그** blog.naver.com/dasan_books
용지 아이피피 **인쇄** 민언프린텍 **코팅 및 후가공** 평창피앤지 **제본** 국일문화사

ISBN 979-11-306-5249-8 (03810)